KB049519

로셀리니가의
아들

The son of the Rossellini family
SUCCESSOR

The son of the Rossellini family
SUCCESSOR

로셀리니가의 아들

◆계승자◆
上

Kaoru Iwamoto

로셀리니가의
아들

◆계승자上◆

The son of the Rossellini family
SUCCESSOR

CONTENTS

화보·본문 일러스트 하스카와 아이
옮긴이 심이슬

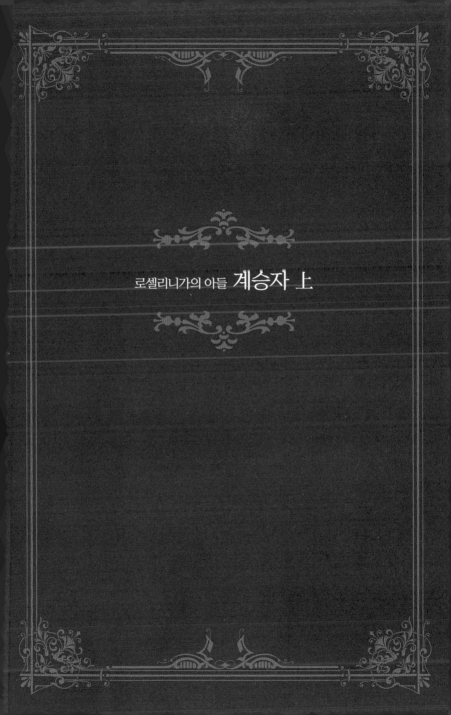

로셀리니가의 아들 **계승자 上**

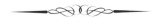

레오나르도 로셀리니×하야세 아키라

하야세 아키라가 시칠리아에 온 지 2년째 되는 해가 지려 하고 있다.

세계적인 콘체른 기업 —— 로셀리니 그룹의 CEO인 연인 레오나르도 로셀리니의 브레인으로서 평일에는 팔레르모에서 일하고, 주말에는 로셀리니가의 본가인【팔라초 로셀리니】에 돌아가는 생활 사이클도 1년 반 정도가 지난 현재는 몸에 익숙한 일상이 되었다.

작년 5월에는 하코네 산 중턱에 있는 일본가옥에 감금당한 상태로 자신을 14년 동안이나 호시탐탐 노려 왔던 야쿠자 —— 시바타의 장난감이 되는 날을 우울하게 기다렸던 사실을 떠올리니 지금의 평온한 생활이 꿈만 같았다.

물론 여기에 이르기까지 수많은 역경을 극복해야 했다.

레오와의 관계 역시 처음부터 좋았다고는 할 수 없다.

오히려 축하 연회 자리에서 납치당하듯이 시칠리아로 끌려온 뒤 광대한 부지를 가진 저택에 갇혀 있던 무렵에는 그 의도를 몰라 당혹감에 빠진 채 레오를 '제멋대로인 폭군', '약탈자'라고 부르며 증오 속에서 하루하루를 살았다.

멀리하고 싫어하면서도 그 존재에 속수무책으로 끌리기 시작한 자신을 당혹스럽게 여긴 아키라는 그의 손아귀에서 한차례 벗어나려고 했다. 탈주는 허무하게 실패로 끝나 곧장 도로 끌려오고 말았지만.

레오를 눈엣가시로 여기는 사촌 마리오가 꾸민 함정에 빠져 두 사람 다 목숨이 위태로운 상황에 빠지기도 했다.

하지만……, 아니……, 그렇기 때문에 총탄으로 인해 레오를 잃을지도 모른다고 생각한 그때, 그를 사랑하는 감정을 확실히 자각할 수 있었다.

그리하여 서로 힘을 합쳐 최대의 위기를 극복한 후, 가슴에 간직한 마음을 여과없이 전해 맺어지게 되었다.

그리고 현재.

평생을 함께하기로 맹세한 연인과 보람 있는 일, 게다가 돌아갈 집이 있다는 행복을 날마다 절절히 곱씹으며 지내고 있다.

지금의 자신은 행복하다.

야쿠자 집안에서 태어난 자신에게 항상 열등감을 갖고 타인과 적극적으로 어울리기를 피하며 살아온 29년이라는 세월과 비교할 필요도 없이……, 충분히 만족스러운 일상을 보내고 있다.

'딱 하나 있는……, 근심을 제외하면…….'

── 너와 앞으로의 인생을 함께해 나갈 각오를 에두아르에게 고백할 생각이야.

Natale 아침, 레오의 입에서 나온 충격적인 선언.

크리스마스에 스케줄이 맞지 않아 만나지 못한, 밀라노와 도쿄를 근거지로 삼고 있는 레오의 두 동생 ── 에두아르와 루카가 1월 7일에 시칠리아로 돌아올 예정이다.

로마에 거주하는 부친도 두 아들을 따라 9일에 시칠리아로 돌아오기로 했다. 그리하여 마침내 1년 반 만에 각자 떨어져 사는 가족이 【팔라초 로셀리니】에 집결하게 되었다.

이 기회에 레오는 둘째인 에두아르에게 자신들의 관계를 고백하겠다고 한다.

── 내가 아이를 낳지 않겠다고 결심한 이상, 언젠가 에두아르혹은 루카의 아이가 로셀리니가를 이을 가능성이 높아. 그런 생각을 하면 에두아르에게는 가급적 일찍 말해 두는 편이 좋겠지.

그 결의를 알게 된 아키라의 가슴에 작은 불안이 싹텄다.

결코 레오와의 관계를 부끄러워하는 것은 아니다.

세상에 공표할 수는 없지만 레오를 사랑하는 자신의 마음에 솔직하고 싶을 뿐만 아니라, 필요 이상으로 숨길 생각도 없다. 평상시의 생활에서도 군이 감추지 않기 때문에 단테를 비롯한【팔라초 로셀리니】의 스태프들은 두 사람의 관계를 눈치채고 있을 터. 하지만 그로 인해 그들의 태도가 변하는 일은 없었다.

'그렇지만……'

에두아르도 그럴 것이라는 보장은 없다.

원래 그는 로셀리니 가문이 가진 마피아의 일면을 탐탁지 않게 여기기 때문에 오랫동안 이어져 온 '패밀리'의 유대를 소중히 여기는 레오와 사이가 양호하다고는 할 수 없었다.

진실을 털어놓음으로써 안 그래도 미묘한 형제 사이에 새로운 풍파가 이는 것은 아닐까?

만약 가장으로서 자각이 부족하다고 정면에서 비난받으면?

그 결과, 그 고백이 결정타가 되어 레오와 에두아르의 사이가 단절되고 만다면?

요새 들어 자신은 틈만 나면 어느샌가 다람쥐 쳇바퀴 돌듯이 답이 나오지 않는 질문을 스스로에게 되풀이하고 있었다.

── 괜찮아. 걱정하지 마. 아마 에두는 반대하지 않을 거야. 물론 놀라긴 하겠지만, 우리의 의지가 견고하다는 것을 알면 결국에는 받아들이겠지. 그 녀석은 그런 녀석인 데다, 원래부터 집안의 존속이나 혈통에 집착이 없으니까.

── 게다가 만약 에두아르가 이의를 제기한다 해도 상관없어. 누가 뭐라 하건……, 설령 아버지께서 반대하신다고 하더라도 우리 사이를 갈라 놓을 수는 없어.

레오가 그렇게 단언해 주었기에 자신 또한 두 사람의 생활을 지키기 위해 강해지자고 결심했다.

이 행복한 나날을 영원토록 손에 넣기 위해 함께 싸우겠다고.

'그래. 더 이상 망설일 필요는 없어.'

평소처럼 자신을 타이르며 다람쥐 쳇바퀴 돌듯이 계속 원점으로 돌아오는 고민에 결착을 낸 뒤, 머리를 말리던 헤어드라이어를 껐다.

파우더룸 거울에 비친 목욕 가운 차림의 자신을 향해 중얼거렸다.

"그럼⋯⋯, 준비해볼까?"

1년의 마지막 날에도 저녁 여섯 시까지 일을 한 다음, 아까 사무실에서 팔레르모 별장으로 돌아와선 샤워를 했다. 오늘 밤에는 밖에서 식사를 할 예정이기 때문에 포멀 슈트로 갈아입어야 했다.

12월 31일, 섣달 그믐달에 이탈리아인은 '체노네' —— 푸짐한 저녁 식사 —— 라 불리는 만찬을 든다. 해가 넘어갈 때 메밀 국수를 먹는 일본과는 대조적이다.

설음식을 31일에 먹는 감각일까?

이날은 거리에 있는 모든 리스토란테가 예약으로 가득 차며, 요리는 전부 풀코스이다(이건 일본의 크리스마스 디너와 비슷할까?).

대부분의 일본인과는 반대로 이탈리아인은 Natale를 가족과 보내며, 새해는 보통 친구나 연인과 맞이하는 것 같다.

작년에는 도저히 취소할 수 없는 중요한 비즈니스 미팅이 잡히는 바람에 크리스마스이브부터 그다음 달 3일까지 레오와 함께 행선지에서 지냈기 때문에 시칠리아에서 연말연시를 즐기지 못했다.

하지만 2년째 되는 올해는 시칠리아에서 크리스마스 페스타를 보내기 위해 휴일을 반납하고 일했다. 그리고 그 덕분에 크리스마스이브부터 26일 산토 스테파노의 휴일까지 사흘 동안 【팔라초 로셀리니】에서 지낼 수 있었다.

특히 크리스마스이브 밤에는 포도원 농부들과 양조장 스태프들 등, 고용인과 그 가족을 모아 디너 파티를 열어 평소에 레오의 버팀목이 되어주고 있는 사람들을 격려했다.

첫 시도였지만 결과적으로 무척 떠들썩한 파티가 되었고, 초대 손님들과 주최자인 레오 모두 만족해준 것 같다. 파티의 발안자로서 크게 안도했다.

25, 26일은 느긋하게 보내고, 27일 아침에 레오와 함께 팔레르모에 돌아오고 나서 오늘까지 매일 시에스타 시간도 반납하고 날짜가 바뀔 때까지 일했다.

내일은 또다시 【팔라초 로셀리니】에 귀환하여 열흘에 걸친 긴 휴가를 보낼 예정이기 때문에 쉬기 전에 해치워야 하는 일이 산더미 같았기 때문이다.

열흘이나 한꺼번에 휴가를 잡은 적은 아키라가 레오의 일을 돕게 된 이후로 처음이었다.

준비 기간을 포함해 오랜만에 본거지에 집결하는 가족을 최대한 극진하게 대접하고 싶다는 가장 레오의 마음을 짐작할 수 있었다.

자신 또한 레오의 가족과 만나는 것이 기대되었다.

특히 레오의 막냇동생 루카는 아키라와 모친이 같은 이부동생에 해당한다.

지금은 일본에 살면서 도쿄에 있는 대학에 다니는 루카를 만나 크리스마스 전에 허리를 다쳐 입원하셨던 할아버지의 경과와 아르바이트, 대학 생활 등 그의 근황에 대해서도 이야기를 듣고 싶다. 정기적으로 전화는 하고 있지만, 역시 얼굴을 제대로 보고 이야기를 나누는 것과는 또 다르다.

루카와는 서로 성인이 되고 나서 처음 만났기 때문에 갑자기 생긴 '동생'을 어떻게 대하면 좋을지 외아들로 자란 자신의 입장에서는 솔직히 당혹스러운 부분도 있었다.

루카 입장에서도 느닷없이 나타난 자신을 '형'이라고 여기기는 힘들 것이다. 그러나 언젠가는 레오와 다른 가족을 대할 때와 마찬가지로 자신에게도 어리광을 부려주었으면 좋겠다……는 것이 지금 가장 남몰래 바라는 소망이다.

그 루카는 7일 오전 중에 오랫동안 그의 시중을 들어 온 막시밀리안과 【팔라초 로셀리니】에 도착할 예정이다.

도쿄에서 시칠리아까지 오는 직항편이 없기 때문에 로마 피우미치노 공항에서 일단 내린 다음, 로마에 거주하는 막시밀리안과 공항에서 합류하여 카타니아 공항편 비행기를 타고 함께 시칠리아로 올 것이라고 한다.

성인이 된 루카를 그렇게까지 에스코트하는 것은 너무 과보호가 아닌가 싶기도 하지만, 동생 바보이자 루카에 관해서는 물불을 가리지 않는 레오는 '막시밀리안이 함께 와주면 안심'이 되는가 보다.

7일 오후에는 에두아르가 밀라노에서 일본인 부하 직원을 대동하고 도착할 예정이다.

"에두아르가 가족 모임에 가족 이외의 사람을……, 게다가 비즈니스 관계인 직원과 동행하다니, 정말 놀라운걸. 어지간히 그 일본인 부하 직원이 마음에 드는가 보군."

그것은 레오의 주장일 뿐이지만, 확실히 대인관계에 드라이한 이미지가 있는 에두아르치고는 드문 일일지도 모른다. 다른 모임도 아니고 이번에는 가족들만 참석하는 모임이기 때문에 특히나 그런 느낌이 강했다.

에두아르가 마음에 들어 한다고 하는 그 부하 직원은 로셀리니 그룹의 호텔·의류 부문 산하에 있는 호텔 '카사호텔 도쿄'의 총지배인이라고 한다. 총지배인이라고는 해도 올해 10월에 취임했기 때문에 아직 얼마 되지 않았지만.

서른 살의 나이에 100명이나 되는 스태프를 총괄하는 중책을 맡은 이상, 상당히 우수한 인물일 것이다. 듣자 하니 나이도 비슷하고, 에두아르가 그렇게까지 신뢰하는 사람이 어떤 인물일지 아키라도 기대가 됐다.

그리고 삼형제의 부친 돈 카를로로부터는 남프랑스에서 연말연시를 보낸 뒤 여행지에서 곧바로 9일 오후에 시칠리아로 올 것이라는 연락이 있었다.

돈 카를로와 정식으로 만나는 것은 이번이 처음이다.

1년 반 전, 루카의 스무 살 생일에 일족이 【팔라초 로셀리니】에 집결했을 때는 살롱 문 틈으로 그 모습을 슬쩍 엿보기만 하는 데에 그쳤다.

새삼 세상을 떠난 모친의 재혼 상대이자 레오의 부친이기도 한 돈 카를로에게 소개될 것이라는 생각을 하니 벌써부터 긴장이 깃들었다.

――누가 뭐라 하건……, 설령 아버지께서 반대하신다고 하더라도 우리 사이를 갈라 놓을 수는 없어.

돈 카를로를 생각하니 덩달아 크리스마스 아침에 레오가 했던 말이 되살아났다.

만약 선대가 죽은 아내가 일본에 남겨 두고 온 아들과 가장의 자리를 물려받은 장남이 연인 사이라는 사실을 알게 된다면……, 과연 무슨 말을 할까?

아들이 평생의 반려로 남자를 택했다는 사실을 알고 기뻐할 부모는 없을 것이다.

아무리 낙관적으로 생각해봐도 축복받을 가능성은 한없이 0에 가까웠다.

언젠가 아내를 맞이하여 아이를 낳고 가장으로서 역할을 다해주리라고 믿었던 아들이 평생 독신으로 살 것을 알면 배신당했다고 여기는 게 보통 보이는 반응이다. 레오에게 기대하는 마음이 컸던 만큼 틀림없이 실망도 클 것이다.

가장 실격이라는 낙인이 찍혀 상속 권리를 빼앗기거나, 어쩌면 부자지간의 연이 끊기는 최악의 상황이 벌어질지도 모른다…….

만약 레오가 돈 카를로에게 절연당해【팔라초 로셀리니】에서 쫓겨나면 ──.

"……."

향토애가 넘치고 자존심이 높으며 완고하고 정이 깊은 전형적인 시칠리아인인 레오 또한 자신이 태어나 자란 토지에 남다른 애착과 긍지를 갖고 있었다.

생가인【팔라초 로셀리니】를 떠나야 하는 일이 벌어진다면 레오는 그야말로 헤아릴 수 없을 만큼 큰 대미지를 받을 것이다.

아키라 또한 '돌아갈 집'을 잃는 충격은 크다.

레오에게 거의 납치되다시피 ── 지중해의 십자로라고 불리며, 수많은 문화가 교차하는 시칠리아 섬에 끌려온 당시에는 스스로 원해서 온 땅이 아니라는 반발심 때문에 태어나 자란 일본에 돌아가고 싶은 마음이 강했다.

그러나 아름답고 풍요로운 자연과 인내심이 강하고 꾸밈 없는 사람들에게 둘러싸여 지내는 사이에 어느샌가 자신도 이 섬에서 떠나지 못하는 레오의 심정을 이해할 수 있게 되었다.

아키라에게도 이미 시칠리아는 제2의 고향이며,【팔라초 로셀리니】에서 보내는 생활은 인생과 뗄래야 뗄 수 없는 소중한 시간이었다.

'……안 되겠어.'

아키라는 아까 더는 망설이지 않겠다고 결심했는데도 불구하고 또다시 흔들리기 시작한 자신의 모습에 작은 한숨을 내쉬었다.

기껏 함께하기로 한 디너에 어두운 얼굴로 갔다간 레오에게 걱정을 끼치고 말 것이다.

고개를 가로저어 끈적하게 들러붙는 울적함을 억지로 떨쳐버린 아키라는 레오가 마련해준 디그 슈트를 집어 들었다.

하얀 레귤러 칼라 셔츠를 입은 다음, 광택이 도는 삭스블루색 넥타이를 맸다. 최고급 캐시미어 도스킨을 사용하여 일류 테일러가 지은 사이드 벤츠[1] 재킷을 걸쳤다.

블랙 벨모럴 플레인 토 슈즈를 신은 뒤, 마무리로 작년 크리스마스 때 레오가 선물로 준 뚜르비옹 손목시계를 차고 있으려니 문 건너편에서 노크하는 소리가 났다. 이어서 유창한 일본어로 질문이 날아왔다.

"준비는 다 됐어?"

대답을 기다리지 않고 문손잡이가 돌아가면서 문이 열렸다.

성미가 급한 이 남자는 레오나르도 로셀리니.

시칠리아의 명가 로셀리니가의 5대째 당주 겸 로셀리니 패밀리의 카포(보스)이자, 세계적인 콘체른 기업 로셀리니 그룹의 현

---

1 사이드 벤츠: 재킷이나 코트에서 등판 자락의 양옆을 튼 디자인.

CEO.

귀족의 피와 마피아의 피를 이어받은 하이브리드이며, 몇 개나 되는 얼굴과 칭호를 가진 남자.

영원한 사랑을 맹세한 파트너는 이제 막 몸단장을 끝낸 아키라를 머리 끝부터 발끝까지 두 번 훑어본 다음, 육감적인 입술 한쪽 끝을 치켜 올렸다.

"나쁘지 않군."

만족스러운 듯이 혼잣말을 하는 레오야말로 빈틈없이 차려입은 옷이 본래 가진 미모를 보다 돋보이게 해주었다.

부드러운 커브를 그리며 세워진 라펠을 시작으로 한눈에 고급품임을 알 수 있는 블랙 스리피스 슈트 아래에 질이 좋은 흰 셔츠를 입고 실버 그레이 넥타이를 매었으며, 가슴에는 역시 흰색 행커치프를 꽂은 차림이었다.

색 배합 자체는 시크한 코디지만, 블랙 슈트는 키가 크고 근육이 붙어 덩치가 있는 레오가 입으니 더더욱 박력이 느껴졌다. 하얀색 V존이 유피 같은 거무스름한 피부를 돋보이게 하는 효과가 있는 것 같다.

수려한 이마에 걸린 윤기 있는 검은 머리. 그 검은 머리를 그대로 옮긴 듯한 칠흑 같은 눈동자. 진하고 부리부리한 눈썹. 고귀함이 감도는 높은 콧날. 관능적인 형태를 지닌 입술. 기품과 야취가 어우러진 아름다운 남자에게는 쓸데없는 색은 필요 없다는 사실을 새삼 느끼고는 깊이 감동했다.

한껏 꾸민 연인의 높은 완성도에 멍하니 넋을 잃고 있으려니, 다가온 레오가 가슴으로 손을 뻗었다.

그러더니 아키라의 넥타이를 움켜 쥐고 노트를 조절했다. 상체를 뒤로 젖혀 상태를 확인한 후, 또다시 노트를 만지작거리는 동작을 반복하던 레오는 겨우 납득이 갔는지 손을 뗐다.

"이제 됐어."

"고마워."

"아아, 잠깐만."

그렇게 말하더니 벽 쪽에 있는 콘솔 테이블을 향해 걸어간 레오가 꽃병에서 아직 꽃봉오리가 벌어지지 않은 흰 장미를 한 송이 뽑아 냈다. 그리고 줄기를 짧게 꺾은 장미를 손에 들고 돌아와선, 아키라의 라펠 플라워홀에 꽂았다.

"잘 어울리는군."

두 발짝 물러서서 전체상을 확인한 레오가 흡족한 목소리를 내며 고개를 끄덕였다.

가슴에 꽃, 그것도 장미를 달아 어쩐지 부끄러웠지만, 기껏 레오가 해준 코디라고 생각을 고쳐 먹은 아키라는 다시 한 번 고맙다고 말했다.

"굳이 꽃의 힘을 빌리지 않아도 넌 충분히 아름답지만."

레오는 댄디남의 면모를 보여주는 세련된 칭찬을 속삭이며 아키라의 얼굴을 붉히게 만들고 나선 시선을 쓱 떨구었다. 아키라의 왼쪽 손목에 자신이 선물한 손목시계가 채워진 것을 확인하더니 기쁜 듯이 두 눈을 가늘게 떴다.

"차줬구나."

"살짝 긴장되긴 하지만."

손목에 미술품을 차고 있는 거나 마찬가지이기 때문에 어쩔 수 없다. 하지만 그 탓에 중요한 때가 아니면 차지 못한다. 레오는 몇천 만 엔이나 하는 시계를 평소에도 차고 다녀라, 차고 다녀야지 가치가 있다고 말하지만, 날 때부터 서민인 자신에게는 불가능했다.

뚜르비용 시계가 채워진 아키라의 왼손을 잡고 들어 올린 레오가 손등에 정중하게 입을 맞추었다. 작게 소리 내며 입술을 떼면서 시선 끝의 문자판을 확인했다.

"슬슬 나갈까? 아홉 시에 리스토란테 예약을 해 놨어."

*　　　*　　　*

"'체노네'의 시작은 아홉 시로 정해져 있거든. 우선 식전주로 건배하자."

구시가지 큰길에 인접한 고급 노포 리스토란테에 도착하여 리버티 양식으로 아름답게 장식된 플로어로 안내받은 두 사람은 다른 손님들과 적당히 격리된 테이블에 앉았다. 그러자 블랙 슈트를 입은 카포 카메리에레[2]가 스푸만테인 그랑 뀌베를 두 사람의 글라스

2 카포 카메리에레: 서빙 등을 하며 손님을 직접 대응하는 남자 홀 스태프장.

에 따랐다.

글라스를 손에 든 레오가 정면에 있는 아키라를 응시했다.

"올해 1년 동안 네 덕분에 내가 일하면서 받는 스트레스가 확 줄었어. 적확한 서포트, 그리고 조언에 얼마나 감사하고 있는지 몰라. 고마워."

진심이 담긴 격려의 말에 가슴이 뜨거워졌다.

"어학 능력도 완벽하지, 총명하지, 터프한 데다 섬세한 배려도 잊지 않는 최고의 파트너를 위하여."

"그렇게 비행기 태워봤자 소용없어."

"미안. 정정할게. —— 어학 능력도 완벽하지, 총명하지, 터프한데다 섬세한 배려도 잊지 않지, 게다가 아름답고, 침대에서는 음란한……, 최고의 파트너를 위하여."

"쓸데없는 사족 붙이지 마."

레오를 살짝 흘겨본 뒤, 아키라도 글라스를 들어 올렸다.

"건배."

"건배."

서로의 글라스를 부딪쳐 건배하고 나선, 무수히 많은 기포가 반짝이는 스푸만테를 한 모금 머금었다. 목에 스며드는 탄산과 알코올을 느끼며 한숨을 후우 내쉬고는 글라스를 놓더니, 눈앞에 있는 레오가 장난기 가득한 표정을 지었다.

"미리 말해 두는데, 어마어마한 양이니까 각오해."

그 말은 결코 과장이 아니었다.

우선 안티파스토 미스토[3])가 세 접시. '토마토 소스 트리파[4])와 병아리콩 파넬레[5])', '정어리 베카피코[6])', '소 넓적다리살 카르파초'.

프리모피아토는 두 접시, '멍게 링귀네'와 '돼지고기 라구[7]) 까르보나라'.

메인인 세콘도피아토는 '시칠리아산 마르살라 소스를 끼얹은 오리가슴살 로스트'와 대표적인 연말 요리인 '잠포네'. 족발로 만든 소시지이다.

와인은 토착 품종인 로소와 비앙코를 한 병씩 비웠다.

마지막 요리를 다 먹기까지 두 시간 반은 족히 걸렸다. 엄청난 양 때문에 중간부터는 식사라기보단 '싸움'이라고 생각될 정도였다. 대식가인 이탈리아인이 '어마어마한 양의 저녁 식사'라고 말할 만한 볼륨이었다.

"맛있었지만, 이제……, 돌체는 못 먹겠어."

"나도 그래."

원래 단것은 별로 좋아하지 않는 레오도 포기를 선언한 아키라에 동의하며 카포 카메리에레에게 [돌체는 준비할 필요 없어. 치즈도 됐고. 에스프레소를 부탁하네.] 하고 주문했다.

---

3 안티파스토 미스토: 이탈리아식 차가운 오르되브르, 즉 전채요리가 이것저것 섞여 나옴. 모둠 에피타이저 플레이트.
4 토마토 소스 트리파: 소 내장을 토마토 소스에 부드럽게 익힌 후, 치즈와 함께 먹는 이탈리아 요리.
5 파넬레: 병아리콩을 갈아서 만든 가루로 반죽하여 삼각형 또는 직사각형 모양으로 튀겨낸 이탈리아의 튀김 요리.
6 베카피코: 빵가루, 파슬리, 마늘 등을 넣어 만든 소를 정어리 사이에 넣고 튀기듯이 구워 만든 이탈리아 해물 요리.
7 라구: 파스타와 함께 조리하는 미트 소스의 일종.

겨우 주위를 둘러볼 여유가 생긴 아키라는 직원이 서빙한 에스프레소잔을 입가에 가져가면서 바로 붙어 있는 플로어의 다른 테이블을 관찰했다.

부부 혹은 연인 사이, 아무튼 커플이 많았다. 모두 잔뜩 기합을 넣고 차려입었지만 그 얼굴은 한결같이 괴로워 보였고, 돌체까지 다다르지 못한 손님도 몇 팀 있는 것 같았다.

싸움에 패배한 것은 자신들만이 아니라며 안심하고 있으려니, 블랙 슈트를 입은 카메리에레 몇 명이 각 테이블에 스푸만테 보틀을 나눠주기 시작했다.

코스가 끝났는데 이제 와서?

아키라는 신기하게 생각하며 레오에게 물었다.

"지금 또 마시는 거야?"

레오가 고개를 갸웃거리는 아키라의 시선 끝을 좇으며 "그래." 하고 수긍했다.

"이제 20분만 더 있으면 카운트다운이 시작되니까. 새해로 넘어가는 것과 동시에 스푸만테를 열어 건배하는 거지. 하지만 모처럼이니, 우리는 밖으로 나가자."

계산을 끝낸 레오가 자리에서 일어나자, 아키라도 테이블에서 일어섰다. 클로크룸에서 받아 든 코트를 걸친 뒤, 카포 카메리에레의 배웅을 받으며 리스토란테 밖으로 나갔다.

큰길은 심야임에도 불구하고 인파로 가득했다. 오가는 차도 많았고, 마치 출퇴근 시간처럼 떠들썩했다.

평소라면 이런 시간에는 나돌아다니지 않는 아이들도 보호자와 함께 걷고 있었다. 어른들은 이미 완전히 취한 상태라는 것을 벌겋게 상기한 얼굴에서 살필 수 있었다. 군밤과 파니니를 파는 노점도 많이 나와 있었다.

"사람 진짜 많다."

25일 심야에 크리스마스에서 새해 버전으로 확 변하는 일본과 달리, 이탈리아에서는 1월 6일 '에피파니아' —— 구세주 공현 대축일 —— 까지는 크리스마스 장식이 그대로 유지된다. 그래서 아직 쇼윈도이나 가로수에서 트리와 일루미네이션을 볼 수 있었다. 반짝반짝 빛나는 전구 장식이 한층 활기찬 분위기를 연출했다.

"다들 어디로 향하는 거야?"

"프레토리아 광장이겠지."

아키라와 레오도 우르르 걸어가는 인파 속에 섞여 걷기 시작했다.

시칠리아는 전형적인 지중해성 기후이기 때문에 한겨울에도 영하로 떨어지는 일은 없지만, 역시 이 시기에는 밤 12시 가까운 시간이 되니 추위가 매서워졌다. 아키라는 코트 주머니에서 가죽 장갑을 꺼내 끼었다. 그 모습을 본 레오가 "추워?" 하고 물었다.

"아니, 괜찮아."

그렇게 말했는데도 레오는 자신의 목에 감긴 머플러를 풀어 아키라의 목에 감아주었다.

"이러면 좀 낫겠지."

"······고마워."

캐시미어 머플러도 물론 따뜻하지만, 레오의 다정함에 한결 마음이 따뜻해졌다.

이 남자를 냉혹한 마피아라고 여기던 무렵의 자신은 자신을 지키기 위해 껍데기에 갇혀 소중한 것을 보지 못했다······.

어깨를 나란히 하고 또다시 걷기 시작했다.

길거리에서 바이올린을 켜는 광대 주위에 사람들이 잔뜩 모여 있었다. 어딘가 비애를 띤 바이올린의 선율은 중세의 시가지와 아주 잘 어울렸다.

건물에 새겨진 르네상스 조각. 바로크 저택. 이슬람 시대에 세워진 쿠폴라 교회 등이 혼재하는 점이 구시가지의 특징이다.

그 시대의 지배자들이 남긴 문화 유산이 불과 반경 100미터 정도 되는 지역에 밀집해 있으며, 좁은 골목길을 헤매다 보면 고대 세계에 타임슬립한 듯한 착각에 사로잡힌다.

화려하고 세련된 신시가지도 좋지만, 아키라는 이 구시가지가 지닌 그저 밝기만 하지 않은 농후한 분위기를 좋아했다.

다채로운 문화와 역사가 혼돈하고 뒤섞여 형태를 이룬, 그것이 야말로 시칠리아라고 느끼기 때문이다.

거대한 분수를 거느린 프레토리아 광장은 이미 수많은 사람들로 꽉 찬 상태였다. 이곳 또한 노점이 한가득 나와 있었으며, 특설 간이 스테이지에서 밴드가 연주하는 음악도 들려왔다. 그와는 상관없이 어깨동무를 하고 큰 소리로 지역 축구팀 응원가를 부르는 무리도 있었다.

흥분한 시민이 분수 안에 들어가지 않도록 제복을 입은 경찰관들도 몇 명이나 순회 중이었다.

얼추 보니 비교적 젊은 사람이 많았다. 레오의 설명에 따르면 어느 정도 나이가 되면 광장에서 떠들썩하게 노는 것을 그만두고 스키장 근처 호텔 등에서 조용히 새해를 맞이하는 커플도 많은가 보다.

"……굉장하다."

"어정버정하기 미. 길 잃어버린니까."

레오가 아이를 타이르듯이 주의를 주면서 손목시계를 보았다.

"……시작되겠군."

그 중얼거림을 긍정하듯이 여기저기서 동시에 카운트다운이 시작되었다.

[Dieci……, Nove……, Otto.]

점차 목소리가 커지면서 사람들의 흥이 고조되는 것을 알 수 있었다. 모두의 흥분이 전해져 왔다. 아키라도 남몰래 조용히 들뜬 상태로 그 모습을 지켜보고 있으려니, 느닷없이 옆에 있던 레오가 팔을 잡아끌었다.

"조심해. 멍하니 있다간 스푸만테를 뒤집어쓴다고."

그 말을 듣고 주위를 둘러보니 10대로 보이는 청년이 바로 근처에서 스푸만테 보틀을 위아래로 힘껏 흔들고 있었다.

'으아……, 뒤집어쓰겠어!'

황급히 그 청년의 곁을 떠났다.

[Quattro! ……Tre! ……Due! ……Uno! …….]

카운트다운은 마지막이 되자 밤하늘에 크게 울려 퍼지는 대음향이 되었고, [Zero!!]라는 외침과 동시에 펑! 펑! 스푸만테 마개가 뽑혔다.

[Buon anno!]

[Buon anno!]

새해를 축하하는 대합창과 함께 가족은 서로 포옹하고, 연인들은 신년의 키스를 나누었다. 여기저기서 스푸만테를 끼얹기 시작하자, 광장은 비명과 환호성으로 금세 소란스러워졌다.

"아키라."

레오가 그 열광의 소용돌이에 한동안 압도되어 있던 아키라를 불렀다. 돌아보자, 레오는 웃는 얼굴로 [Felice anno nuovo.]라고 말했다.

"응. 올해도 잘 부탁해."

아키라 역시 웃는 얼굴로 대답하자, 레오가 "시칠리아의 카운트다운은 재미있게 즐겼어?" 하고 물었다.

"응…….."

"그럼 슬슬 돌아가자. 곧 있으면 난장판이 되기 시작할 테니까."

"난장판이 된다고?"

"주정뱅이들이 스푸만테를 들이켜면 빈 병을 바닥에 내려쳐서 깨기 시작하거든. 게다가 폭죽을 터뜨리지 않나, 불꽃을 쏘아 올리지 않나……, 날이 밝을 때까지 이 주변 일대가 무법지대로 변하지. 그러니까 지금 당장 물러나는 게 상책이야."

어깨를 움츠린 레오가 손을 뻗어 아키라의 손을 잡았다.

"이리 와. 가자."

"레오."

이렇게 사람들이 많이 있는 밖에서……. 그렇게 항의의 목소리를 내려 했지만, "다들 취했으니까, 아무도 안 봐." 하고 슬쩍 흘려 넘겼다.

"그봐다……."

레오가 아키라를 끌어안더니, 귓가에 입을 가져다 댔다.

"아까부터 너에게 키스하고 싶어서 미칠 것만 같아."

저항하기 힘든 매력적인 테너톤 목소리로 속삭이자, 아키라는 도저히 그 손을 뿌리칠 수 없었다.

＊　　＊　　＊

폴리테아마 극장 부근에 위치한 팔레르모 별장으로 돌아가자, 스태프 중 가장 나이 많은 사용인장이 [어서 오십시오.] 하고 두 사람을 맞이하였다. 이 별장에는 집사가 없으며, 기본적으로 스태프들이 기거하면서 일하는【팔라초 로셀리니】와는 달리 전원 출퇴근하며 근무한다. 단, 유사시에는 즉시 달려올 수 있도록 다들 도보권 내에 살고 있다.

현관 홀에서 두 사람의 코트를 받아 든 사용인장이 레오를 향해 [마실 것을 준비할까요?] 하고 물었다.

[아니, 됐어……. 체노네 때 많이 먹은 탓에 배가 부르군.]

사용인장이 이어서 아키라를 살펴보았다.

[나도 괜찮아요.]

소화할 겸 산책한 덕분에 식후에 비하면 배 속이 많이 편안해졌지만, 그래도 배가 부른 것은 변함없었다.

[목욕하고 잘 테니, 오늘은 이만 물러가도록.]

[알겠습니다.]

사용인장이 레오의 말에 머리를 숙이고 인사했다.

아키라는 레오와 함께 2층에 있는 레오의 방으로 올라갔다. 마찬가지로 아키라의 방도 2층에 있지만, 사용 빈도는 그다지 높지 않다. 아키라가 자신의 침대에서 취침한 회수는 요 1년 반 동안 다섯 손가락에 꼽힐 정도였다. 레오의 침실에서 밤을 대부분 함께 보내기 때문이다.

본가 스태프들과 마찬가지로 이곳 스태프들도 아키라가 레오의 침대에서 함께 잠을 잔다는 사실을 알지만, 보고도 못 본 척해주고 있다. 가톨릭 신자인 그들이 사실은 속으로 어떻게 생각하는지 모르지만, 적어도 대놓고 비난이나 호기심 어린 시선을 보내는 일은 없다. 말로 티를 내지 않는 것만으로도 감사했다.

하지만 동성 커플이라는 점에 머쓱함과 죄책감을 느끼고 있는 사람은 아키라뿐. 레오는 전혀 부끄러워하는 기색도 없이 오히려 당당했다.

비즈니스에서는 '보스와 심복인 부하'라는 주종관계를 유지하고 있다. 그러나 사생활에서는 매우 자연스럽게 아키라를 자신과 동등한 파트너로 대할 뿐만 아니라, 집 안에서는 아키라와의 관계를 숨기려 하지도 않았다.

레오 왈, '숨겨봤자 어차피 다 안다'고 한다.

확실히 느긋하게 쉬어야 할 집에서까지 주위의 시선을 계속 신경 쓰는 것은 무리이기 때문에, 그리고 무리를 거듭하면 스트레스가 쌓어 머지않아 피빈을 맞이힐 깃이 눈에 흰히 보이기 때문에 아키라도 그 점에 대해서는 레오의 의향을 거스를 생각은 없다(아무리 그래도 스태프들 앞에서는 손을 잡거나 어깨를 끌어안는 이상의 스킨십은 허락하고 있지 않지만).

그래도 역시 단둘이 있으면 마음이 놓였다.

아무도 신경 쓰지 않고 '본연'의 모습으로 있을 수 있는 시간은 귀중하다. 스태프들이 돌아간 뒤에는 자질구레한 집안일을 직접 해결해야 하지만, 일본에 있었을 때는 당연히 하던 일이기 때문에 그쯤이야 아무것도 아니었다.

게다가 레오를 돌보고 레오를 위해 일하는 것 또한 싫지 않았다. 【팔라초 로셀리니】에서는 스태프들의 일을 빼앗는 꼴이 되기 때문에 절대로 허락되지 않지만, 레오의 사생활을 보살피고 지원하는 것은 연인의 특권이기도 하다.

주실에서 침실로 이동한 아키라는 오늘 밤에도 평소처럼 겉옷을 벗기기 위해 레오의 등 뒤에 섰다. 그런 다음, 촉감부터 고급스러운 겉옷을 받아 들어 옷걸이에 걸었다. 다리미질 같은 손이 많이 가는 일은 스태프에게 맡기기로 하고 일단 브러시로 손질을 하려던 그때, 레오가 아키라의 손목을 낚아챘다.

"아키라."

"왜? 지금 브러싱을……."

"그건 내일 하우스메이드한테 시켜. 그래서 사용인을 두는 거라고."

태어났을 때부터 타인의 시중을 받는 생활이 당연했던 레오가 약간 짜증 난 말투로 그렇게 말하더니, 아키라의 손을 끌어 자신 앞에 세웠다.

"그보다 너에겐 중요한 역할이 있어."

"중요한 역할?"

의아한 듯이 묻자, 레오가 진지한 얼굴로 이의를 제기했다.

"우리 말이야, 요 며칠 동안 키스도 제대로 못 했다고."

"……."

듣고 보니 그랬다.

무엇보다 27일에 팔레르모로 돌아온 이후로 줄곧 일에 쫓겨 맹렬하게 바빴다.

분 단위로 밀려드는 스케줄을 소화하는 것이 고작이었던 요 며칠 동안은 날짜가 바뀐 뒤에 퇴근해서 옷을 갈아입고 정리정돈을 끝낸 다음 목욕을 하고 나면 이미 두세 시쯤 되는 시각이었다. 레오보다 체력이 없는 자신은 그저께, 어제 연달아 머리를 말리는 도중에 의식을 잃는 바람에 언제 잠들었는지도 확실하게 기억나지 않을 정도였다.

그런 상황이 이어졌기 때문에 인사의 키스는 둘째치고 연인 사이에 걸맞는 정열이 담긴 키스를 할 여유조차 없었다.

사랑을 나눈 것도 크리스마스이브날 밤이 마지막이었다.

사고의 흐름이 크리스마스이브 밤에 나눈 뜨겁고 격렬한 정사를 떠올리고는……, 뺨이 확 달아오르는 것이 느껴졌다.

"……아키라."

연인이 달큼하게 쉰 목소리로 이름을 부르자, 아키라는 천천히 시선을 들었다. 열을 띤 칠흑 같은 두 눈과 시선이 마주쳤다. 레오가 자신에게만 보내는 정애를 품은 눈빛에 심장이 쿵쿵 뛰었다.

"비즈니스와 일상생활에서도 네가 필요하지만, 나에게 가장 중요한 건 연인인 너야."

"……레오."

"넌 어때? 연인인 나는 필요 없어?"

아키라는 가만히 자신을 바라보는 레오의 까만 눈동자를 마찬가지로 가만히 올려다보며 "바보야……." 하고 중얼거렸다.

"그런 건……, 굳이 대답을 듣지 않아도 알잖아."

미모의 남자가 입가에 미소를 지었다.

"너의 키스로 나의 굶주림을 채워줘."

한 손으로 턱을 들어 올리더니, 아름다운 얼굴이 다가왔다. 입술에 한숨이 닿은 직후, 뜨겁고 촉촉한 것이 입술을 덮었다.

"……웃."

윗입술, 입가, 그리고 아랫입술 순서로 긴장을 풀어주듯이 부드럽게 빤 뒤, 마지막으로 입술 사이를 혀끝으로 더듬었다. 들어가도 되는지 묻듯이 그곳을 콕콕 찌르자, 달콤한 전율이 등을 타고 오싹 기어올랐다.

"응……, 으응."

연인이 조르는 대로 입술을 살짝 벌렸다. 얇은 틈으로 쑥 들어온 두툼한 혀가 재빨리 아키라의 혀에 휘감겼다.

"응……, 흐읏……."

질척질척, 젖은 소리를 내면서 입안을 선정적으로 휘젓자, 체온이 서서히 올라갔다. 연인은 위턱을 희롱하고, 혀를 자근자근 깨물고, 입안의 온갖 성감대를 애무했다. 그러자 너무나도 기분 좋은 나머지, 아키라의 몸 한가운데가 끈적끈적하게 녹기 시작했다.

오랜만에 진지하게 나누는 딥키스에 머리가 하얗게 물들었다. 눈가에 눈물이 맺혔다. 무릎에서 힘이 빠져 다리가 덜덜 떨렸다…….

정신을 차려 보니 아키라는 매달리듯이 레오의 웨이스트코트를 꽉 잡고 있었다.

실컷 마음대로 입안을 휘저어 대던 혀가 아쉽다는 듯이 밖으로 나갔다. 젖은 입술이 떨어지자, 아키라는 "헉……, 헉." 하고 숨을 몰아쉬며 가슴을 헐떡였다.

아키라를 꽉 껴안은 레오가 목덜미에 입술을 가져다 댔다. 부드러운 살결을 쪽, 쪽, 빨아 대는 한편, 커다란 손이 옆구리를 천천히 어루만지기 시작했다. 살며시 어루만지는 사랑이 담긴 손길이 기분 좋아 몸을 맡기고 있으려니, 느닷없이 레오의 손이 동그란 엉덩이를 콱 움켜쥐었다.

"자……잠깐만."

연인이 이대로 단숨에 정사로 끌고 갈 듯한 기척을 감지한 아키라는 황급히 손을 냅다 밀쳐 레오의 몸을 떼어 냈다.

"……아키라?"

"레오……, 안 돼."

자신도 물론 레오를 원한다.

일주일 가까이 공백이 있었던 데다, 방금 전에 나눈 키스로 지펴진 욕정의 불기가 몸 안쪽에서 타오르지 못한 채 연기를 내고 있었다.

하지만 내일 ── 날짜가 바뀌었으니 오늘 ──【팔라초 로셸리니】에 돌아가면 곧바로 손님을 맞이할 준비에 들어가야 한다. 단테를 비롯한 스태프들도 자신과 레오의 귀가를 애타게 기다리고 있을 텐 데다, 오전 중에 돌아가기 위해서도 오늘 밤에는 되도록 일찍 쉬고 싶었다. 연일 잠이 부족한 탓에 체력적으로도 슬슬 한계였다.

그러나 아키라보다 젊고, 체력·정력 모두 우수한 레오는 이대로 얌전히 잠들 생각 따윈 조금도 없는 듯했다.

"뭐가 안 되는데?"

납득이 가지 않는다는 듯이 묻자, 아키라는 뭐라 대답해야 할지 말문이 막혔다.

"아니⋯⋯, 그야 우린 아직 목욕도 안 했는걸."

목욕을 하면서 일단 휴식 시간을 사이에 두면 레오도 진정될 것이라는 생각에 어르고 달래는 말투로 속삭이자, 레오는 예쁘게 생긴 미간을 찌푸렸다.

"식사하러 가기 전에 샤워했어."

"샤워로는 피로가 안 풀리잖아."

이건 진심이었다. 일본에서 길러진 습성이 아직도 없어지지 않아 뜨거운 물에 몸을 담그지 않으면 피로가 풀리지 않는 것이다.

"레오⋯⋯, 부탁이야."

"⋯⋯알았어."

그렇게 애원하자 마지못해 알겠다는 대답이 돌아왔다. 하지만 안도할 새도 없이 ── .

"그럼 같이 목욕하자."

"어?"

아키라는 예상치도 못한 레오의 반격에 두 눈을 크게 떴다.

시선 끝의 까만 눈동자는 새로운 놀이를 생각해 낸 아이처럼 반짝반짝 빛나고 있었다.

"같⋯⋯이?"

2년 가까이 함께 지냈지만, 레오는 거의 샤워만으로 끝내버리기 때문에 여태껏 함께 입욕한 적은 없었다.

"내 방 욕실은 넓으니까 둘이서 충분히 들어갈 수 있어. 바로 물을 받자."

레오가 방금 전과 완전 딴판인 모습으로 신난 듯이 그렇게 말하자, 아키라는 순간적으로 거절할 이유를 떠올리지 못하고……, 어쩔 수 없이 욕조에 물을 받기 위해 욕실로 향했다.

＊　　＊　　＊

어째선지 뜻하지 않은 전개가 벌어지고 말았다.

파우더룸에서 옷을 벗은 다음, 찰랑찰랑 물이 한가득 담긴 욕조에 마주 보고 앉아 몸을 담갔다. 대리석으로 된 타원형 욕조는 확실히 레오의 말대로 성인 남성 두 사람이 함께 들어가도 다리를 뻗을 수 있을 만큼 넉넉한 사이즈였다.

물 온도 또한 너무 뜨겁지도 않고 너무 미지근하지도 않고 딱 알맞았다. 가슴까지 몸을 담그자마자 아키라의 입에서 저도 모르게 한숨이 후우 새어 나왔다.

"……기분 좋다."

"그러게……. 물 온도가 딱 좋군."

평소에 사우나는 들어가도 욕조에는 별로 몸을 담그지 않는 레오도 기분 좋은 듯이 눈을 가늘게 뜨고 있었다. 오늘 밤은 추운 날씨에 장시간 밖을 걸어 다녔기 때문에 몸을 천천히 녹이고 잠드는 편이 레오를 위해서도 좋을 것이다.

대리석 가장자리에 등을 기대고 위를 올려다본 아키라는 몸 한가운데까지 서서히 따뜻해지는 감각에 잠겼다.

"아키라."

"응?"

자신을 부르는 목소리에 얼굴을 돌려 정면에 있는 레오를 보았다.

"이쪽으로 와."

레오는 그렇게 말하자마자 팔을 잡더니 쭉 끌어당겼다. 욕조 물이 첨벙 소리를 내며 물결쳤다. 가슴과 가슴이 맞닿은 것과 동시에 몸이 휙 뒤집혀졌다. 등을 돌린 자세로 레오의 허벅지에 엉덩이가 닿은 직후, 뒤에서 몸통 앞으로 팔이 뻗어 오더니 커다란 몸에 쏙 안겼다.

어른이 아이를 안아주는 듯한 자세에 한순간 부끄러움을 느꼈지만, 포개진 맨살에서 전해지는 레오의 체온 덕분에 저항감이 천천히 녹아내려 갔다.

등에 느껴지는 가슴에서 배에 걸쳐 탄탄하게 붙은 근육.

밀착한 단단한 몸과 적당한 팔의 힘이 기분 좋았다.

쿵쾅, 쿵쾅, 쿵쾅, 쿵쾅.

약간 빠른 속도로 뛰는 서로의 심장 또한 싱크로하여…….

'기분 좋아…….'

살이 맞닿은 곳에서 퍼져 오는 아늑함에 의식이 흐릿해지면서 꾸벅꾸벅 졸기 시작한 그때, 목덜미에 젖은 감촉이 느껴졌다. 귀 뒤쪽의 부드러운 살갗을 쪽 빨아 댄 레오가 이어서 귓불에 살며시 이를 세웠다.

"……앗."

짜릿하고 달콤한 자극이 가해지자, 목에서 목소리가 새어 나왔다. 그 갈라진 목소리가 예상보다 훨씬 크게 욕실에 메아리치는 바람에 초조해하며 입을 꾹 다물었다.

그러자 레오가 아키라의 동요를 눈치챘으면서도 더더욱 부추기듯이 귓바퀴에 혀를 집어넣었다. 혀끝으로 민감한 구멍 속을 할짝할짝 자극하자, 등줄기가 오싹오싹 떨렸다.

레오의 손이 귓바퀴를 희롱하면서 장난치듯이 목덜미에서부터 가슴 라인을 쓸어내린 뒤, 마침내 젖꼭지에 닿았다. 닿을락 말락 하는 미묘한 터치가 계속되자 허리가 실룩실룩 뛰었다.

기껏 휴식을 취하면서 진정되던 중이었는데 ── .

아랫배 언저리에 무거운 열이 찬 감각을 느낀 아키라는 입술을 꽉 깨물었다.

얼굴이……, 뜨거웠다.

'이런……. 이대로 있다간…….'

그렇게 생각하면 생각할수록 엉덩이 아래에 있는 연인의 욕망을 의식하고 말았다. 기분 탓인지 그 욕망이 질량을 더한 듯한 기분이 들자 이윽고 초조함이 폭발했다.

"나……, 슬슬 나갈게."

자신을 휘감는 레오의 팔을 몸에서 떼어 낸 아키라는 욕조 안에서 벌떡 일어섰다.

혼자 먼저 욕조에서 나와 샤워헤드가 설치된 샤워부스로 향했다. 그리고 손을 뻗어 물을 끼릭 틀었다. 상공에서 물방울이 쏴아아 내리쏟아졌다. 하반신의 열을 식히기 위해 약간 미지근한 물로 샤워를 하고 있으려니, 등 뒤에서 문득 인기척이 느껴졌다.

"……레오?"

돌아보기 바로 직전에 어깨를 잡힌 아키라는 그대로 대리석 벽에 밀어붙여졌다.

저항할 틈도 없이 뒤에서 레오가 몸을 덮어 오더니, 탄탄한 근육을 자랑하는 나체와 몸을 찰싹 포개었다. 그러더니 꼼짝도 하지 못하는 아키라의 가슴으로 손을 뻗어 뾰족한 두 봉오리를 손끝으로 집었다. 아키라의 젖꼭지가 약간 세게 잡혔다.

"앗……."

앙칼진 목소리가 샤워부스에 울려 퍼졌다.

"으응……, 읏……, 웅."

샤워헤드에서 내리쏟아지는 물을 맞으며 젖꼭지를 비비듯이 문질리고 손가락 바닥으로 꾹꾹 눌리는 사이에 점점 선단이 단단하게 웅어리지는 것을 알 수 있었다.

바짝 선 유두가 욱신욱신 저려 오면서 그곳에서 생겨난 관능이 전파된 듯이 하복부에 혈액이 집중되기 시작했다.

'안 되겠어……. 완전히 흥분해버렸어.'

몸을 약간 앞으로 구부린 자세로 욱신거리는 다리 사이를 주체하지 못하고 있으려니, 레오가 수도꼭지를 돌려 물을 잠갔다.

"……윽."

연인이 뒤에서 엉덩이 사이로 사나운 욕망을 밀어붙이자, 아키라는 숨을 삼켰다.

"아키라……, 널 원해……."

욕정의 증표를 밀어붙인 상태에서 그렇게 애달픈 목소리로 애원하니……, 마지막 남은 자제심까지 훅 날아가고 말았다.

"……괜찮아?"

아키라 본인도 이미 한계였다. 이렇게 된 이상, 하복부에 쌓인 '열'을 해소하지 않는 한 고통스러울 뿐이다.

"……응."

두 손을 벽에 댄 상태로 고개를 꾸벅꾸벅 끄덕였다.

방금 전과는 완전히 달라진 기쁜 듯한 목소리가 "아키라." 하고 이름을 불렀다.

가슴에서 떨어지더니 옆구리를 타고 내려간 레오의 손이 사랑스러운 듯한 손길로 둥그런 엉덩이를 부드럽게 어루만진 다음, 양쪽 언덕을 좌우로 갈랐다. 뜨겁고 촉촉한 곳을 손가락으로 쿡쿡 찌르자, 허리가 실룩 뛰었다.

"저기……, 여기서? 선 채로?"

곤혹스러워하는 아키라의 질문에는 아무런 대답도 돌아오지 않았다.

'이렇게 밝은 곳에서……, 선 채로 하다니.'

미지의 체험에 대한 당혹감과 수치로 인해 몸이 굳어진 탓에 들어오려고 하는 레오의 손가락을 원활하게 받아들이지 못했다.

"잠깐 기다리고 있어봐."

안달이 난 레오가 그렇게 말하고는 잠시 떨어지더니, 몇 초 만에 다시 돌아왔다.

또다시 뒤쪽 구멍에 닿은 손가락이 이번에는 아무런 저항 없이 쑥 들어오는 바람에 아키라는 깜짝 놀랐다. 코끝을 살랑 스치는 감 귤향을 맡고 아무래도 샤워젤을 윤활제 대신 사용한 것 같다는 사 실을 알아챘을 때는 이미 레오의 손끝이 꽤나 깊은 곳까지 도달한 상태였다.

"응……, 크, 으응."

찔꺽찔꺽, 물소리를 내며 몸 안에서 이물이 꿈지럭거리는 위화감 을 이를 악물고 견뎌 냈다. 아무리 몇 번을 경험해도 자신에게 상처 를 주지 않게 하기 위한 행위라는 사실을 알면서도 도무지 쉽사리 받아들이지 못했다.

내벽을 더듬더듬 만지작거리던 레오의 손가락이 마침내 목표하 던 포인트를 포착했다.

"아앗……."

손끝으로 꾹 눌린 찰나, 아키라는 등을 음탕하게 꿈틀거렸다. 그 곳을 중점적으로 몰아치자 욕망의 선단에 맺힌 투명한 꿀이 점차 부풀어 올랐고, 허리 안쪽이 끈적한 '열'을 품으며 욱신거렸다.

밝은 욕실에서 문란해지는 자신 —— 음란한 모습을 드러냈다는 수치감마저 떠내려 보낼 정도의 강한 쾌감에 까만 눈동자가 촉촉하 게 젖어 왔다.

"아……, 훗……, 응."

얇게 벌린 입술 사이로 달콤한 교성을 흘리며 관능에 사로잡혀 의식이 몽롱해진 상태로 허리를 들썩거리던 아키라는 레오의 손가락이 빠져나가는 기척을 느끼며 허리를 파르르 떨었다. 상실감으로 실룩거리던 뒤쪽 구멍에 작열하는 덩어리가 꾹 닿았다.

"원해?"

섹시하고 고혹적인 테너톤 목소리가 귓가에서 물었다.

"……레오."

"날……, 원해?"

입으로 소리 내어 말할 필요도 없이 손가락이 가한 애무로 촉촉히 젖은 봉오리는 연인의 열정을 애타게 기다리며 실룩실룩 연동하고 있었다. 그럼에도 불구하고 만족하지 않는 폭군이 "어서 말해 봐." 하고 목소리를 내어 애원하듯이 요구하자, 아키라는 수치와 굴욕을 꾹 억누르며 "……원해." 하고 대답했다.

그 직후, 레오가 꼿꼿하게 선 선단을 밀어 넣었다.

"히익……, 앗."

몸을 쩍 가르는 충격으로 인해 아키라는 비명에 가까운 목소리를 내며 하얀 목을 뒤로 젖혔다.

"큭……."

레오가 미간을 찌푸리며 신음하는 아키라의 앞쪽으로 손을 뻗어 오더니, 삽입의 충격으로 인해 시들시들해진 욕망을 잡았다.

"흐……아……."

음낭까지 함께 움켜쥐고 천천히 훑자, 쾌감이 어리기 시작하면서 굳어진 몸이 약간 풀렸다. 미끌미끌한 샤워젤의 힘을 빌려 서서히 침략을 강행하던 레오가 단숨에 끝장을 보려는 듯이 아키라를 꿰뚫었다.

"아앗……."

상반신이 크게 뒤로 젖혀졌다.

"……다 들어갔어."

허리를 추켜 흔들며 길고 커다란 욕망을 뿌리 끝까지 밀어 넣은 레오가 거친 숨을 몰아쉬면서 속삭였다.

아키라는 얕은 호흡을 반복하며 배 속으로 들어온 타오르는 듯한 맥동에 몸이 익숙해지기를 기다렸다.

"뜨거워……."

"네 안도……, 뜨거워."

목을 쭉 뻗어 아키라의 눈가에 맺힌 눈물을 입술로 빨아 낸 레오가 "움직일게." 하고 선언한 다음, 아키라의 허리를 두 손으로 받치며 움직이기 시작했다.

달래듯이 완만하게 움직이는 피스톤 운동에 맞춰 욕망을 위아래로 부드럽게 훑자, 아키라의 앞과 뒤 양쪽에서 서서히 달콤한 쾌감이 치밀어 올랐다.

"앗……, 웅, ……으, 웅."

위로 한껏 젖혀진 단단한 쐐기가 좁은 살을 비집어 열면서 왔다 갔다 할 때마다 온몸의 피부에 소름이 쫙 끼쳤다.

"으응……, 흐……응."

갈수록 속도를 올리는 피스톤 운동에 농락당해 머리 한가운데가 찌릿찌릿 저려 오고, 등이 물결치듯이 꿈틀거렸다. 다리가 덜덜 떨리는 탓에 서 있지 못하고 타일 벽에 매달렸다.

밝은 욕실에서 선 채로 섹스를 하는 특이한 시추에이션에 대한 저항감도 격렬한 쾌감 앞에서는 싹 사라지고 말았다.

앞과 뒤를 동시에 공격당하면서 귓바퀴를 혀로 희롱당하고, 손으로 젖꼭지까지 애무당하자……, 다른 종류의 쾌감이 한데 섞여 뒤얽힌 복잡한 관능이 몸속에 한껏 부풀어 올랐다.

절박한 사정감에 압도당한 아키라는 레오에게 놔달라고 호소했다.

"이……이제……."

"……가고 싶어?"

오로지 부풀어 오른 '열'을 방출하고 싶은 마음에 고개를 끄덕였다.

"가고…… 싶어……. 가게 해줘…… 제발……."

엉덩이를 쭉 내민 창피한 자세로 흐느껴 울면서 애원하자, 레오가 허리뼈를 세게 꽉 잡았다. 그 상태로 탐하듯이 사납게 찔러 올리자, 아키라의 허리가 붕 떠올랐다.

퍽퍽, 뼈와 살이 부딪치는 생생한 소리가 욕실에 울려 퍼졌다. 다부진 물건으로 안을 마구 휘저어 대자, 머리 한가운데가 어질어질해졌다.

"레오……, 레오!"

저도 모르게 자신을 괴롭히는 남자의 이름을 불렀다. 그러자 아키라의 안에 있던 레오가 부피를 확 늘렸다. 시야가 흔들릴 정도로 거칠게 뒤흔들린 아키라의 입에서 교성이 쉴 새 없이 흘러나왔다.

"앗……, 하앗……, 안, 돼……, 아……, 이제……, 나……와……!"

숨이 넘어갈 듯한 목소리와 동시에 대리석 벽에 하얗고 탁한 액체가 촤아악 흩날렸다.

"크윽……."

절정에 달하면서 구멍이 레오를 한껏 조였다. 그 직후, 등 뒤에 있던 레오의 낮은 신음 소리와 함께 몸 안에 따뜻한 액체가 터지며 번져나갔다.

"아……아……아."

레오가 힘이 쭉 빠져 맥없이 주르륵 쓰러질 뻔한 아키라를 꽉 껴안았다.

"아키라……, 사랑해."

허스키한 목소리로 귓가에 속삭이자, 아키라는 황홀한 미소를 지었다.

이대로 주저앉아 버리고 싶을 만큼 완전히 녹초가 된 상태였지만, 몸과 마음은 만족스럽고……, 더할 나위 없이 행복했다.

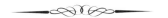

막시밀리안 콘티×루카 에르네스토 로셀리니

나리타에서 출발한 로마행 직항편이 12시간 40분에 걸친 비행을 거쳐 피우미치노 공항에 착륙한 시각은 현지 시간 1월 6일 오후 2시 45분이었다.

"오늘은 퍼스트 클래스를 이용해주서서 대단히 감사합니다. 승무원 일동, 다시 뵙기를 고대하겠습니다. 안녕히 가십시오."

짙은 갈색 더플코트 위에 가죽 토트백을 어깨에 메고 전방에 위치한 문에서 비행기 밖으로 나가려 하던 루카 에르네스토 로셀리니는 도어 사이드에 서 있던 일본인 객실 승무원이 깊이 머리를 숙이자 마찬가지로 "아……, 저야말로 이래저래 신경 많이 써주서서 감사드려요." 하고 허리를 굽혀 인사했다.

"덕분에 무척 쾌적한 비행이 됐어요."

루카가 칭찬의 말을 건네자, 거의 옆에 붙어 있다시피 하며 이것 저것 챙겨주고 보살펴준 베테랑 객실 승무원이 생긋 미소를 지었다.

루카가 먼저 말하기 전에 눈치껏 챙겨주면서도 억지로 내세우는 듯한 거북한 서비스가 아니었다. 역시 퍼스트 클래스 담당자답게 실로 섬세한 대응이었다.

그러나 이건 아니라고 뼈저리게 느낀 이유는 역시 저번에는 이코 노미 클래스를 탔기 때문일지도 모른다.

태어나서 처음으로 직접 비행기표를 구입하여(전적으로 친구의 도움이 있었기 때문에 인터넷으로 가격을 비교하면서 저렴한 비행기 표를 살 수 있었던 것이지만) 인생 첫 이코노미석에 타기 전까지는 그야말로 비행기를 탈 때는 퍼스트 클래스가 기본, 아니면 자가용 제트기로 이동하는 것이 일상이었기 때문에 이렇게까지 서비스 퀄 리티의 차이를 실감한 적도 없었다.

샤워실과 수면실이 완비된 라운지, 전임 그라운드 스태프의 마중 과 배웅, 쾌적한 풀 플랫 시트, 유명 셰프가 검수한 기내식 등등, 수 준 높은 서비스를 받기 위해서는 그에 상응한 대가가 필요하다는 사 실을 안 것도 작년 4월, 세상을 떠난 모친의 고향인 일본에 있는 대학 교에 다니기 위해 도쿄에서 혼자 생활하기 시작하고 나서부터였다.

현재 하고 있는 아르바이트 급료를 1년치 모아도 퍼스트 클래스 는 탈 수 없다……는 사실을 알았을 때 받은 충격은 지금도 선명하 게 기억한다. 정말 깜짝 놀랐다.

스스로 관리한 경험이 없었던 탓에 태어나서 지금까지 돈에 관해서는 실로 막연한 이미지밖에 없었지만, 일하기 시작한 이후로는 뭐든지 시급과 대조하여 계산하는 버릇이 생겼다. 퍼스트 클래스에 타기 위해서는 시급으로 환산하면 몇천 시간을 일해야 한다……고 생각하니 그것이 얼마나 어마어마한 일인지 리얼하게 느껴졌다.

그래서 이번에도 이탈리아로 귀성하는 데 앞서 당연한 듯이 준비된 퍼스트 클래스 티켓을 받아야 할지 말지 주저했다. 돈을 버는 것이 얼마나 힘든지 알아버린 이상, 수백만 엔이나 하는 비행기표를 '고맙다'는 한마디로 그리 쉽게 받을 수는 없었다.

그렇지만 역시 이코노미 클래스는 허락되지 않을 것이라 판단했기에 '돈이 아까우니 비즈니스 클래스를 타고 가겠다'는 말을 꺼내 봤지만, 막시밀리안은 역시 사전에 예상한 대로 그 제안을 일언지하에 기각했다.

『금전 문제가 아니라, 퍼스트 클래스는 승객을 가립니다. 다시 말해 퍼스트 클래스 승객은 사회적 지위가 높고, 신분이 확실한 신사 숙녀분들이 압도적으로 많이 계신다는 뜻이죠. 이 엄연한 사실은 루카 님의 신변 안전 보증으로 이어집니다.』

"하지만……."

『루카 님, 부탁이니 제발 고집 부리지 마시고 저를 위해서라도 부디 퍼스트 클래스를 타고 와주십시오. 그렇지 않으면 루카 님께서 비행기를 타고 오시는 동안 계속 걱정되어 일에 집중할 수 없을 겁니다. 솔직히 말씀드리면 제가 도쿄까지 모시러 가고 싶은 심정이니까요.』

"뭘 그렇게까지⋯⋯. 괜찮아. 안 그래도 막시밀리안은 바쁘잖아."

『그러니까 모쪼록 적어도 전임 스태프가 내내 붙어 서비스를 제공하는 퍼스트 클래스로 와주시길 부탁드립니다.』

연인 겸 수호자인 막시밀리안의 애원을 뇌리에서 되새기고 있으려니, "미스터 로셀리니." 하고 누가 말을 걸었다. 어느샌가 바로 앞에 짙은 감색 바지 정장을 입은 일본인 여성이 서 있었다.

"입국 게이트까지 안내해 드리겠습니다."

마중 나온 퍼스널 어시스턴트가 생긋 미소를 짓자, 고개를 꾸벅 숙여 인사했다.

이 인사 방식도 접객 아르바이트 때문인지 완전히 버릇이 되고 말았다. 일본에 오기 전에는 무슨 일만 있으면 금방 머리를 숙여 인사하는 일본인을 신기하게 여겼는데.

"조심히 다녀오십시오, 미스터 로셀리니. 로마에서 부디 즐겁고 알찬 시간을 만끽하시길 바랍니다."

루카는 고개를 살짝 숙여 인사한 객실 승무원의 배웅을 받은 뒤, 퍼스널 어시스턴트의 에스코트를 받으며 보딩 브리지로 발을 내딛었다.

보딩 브리지에서 터미널 빌딩으로 발걸음을 옮긴 다음, 1층 도착 로비까지 이동했다. 줄을 설 필요가 없는 VIP 전용 입국심사장을 통과하자, "지금 짐을 가져오겠으니, 잠시만 앉아서 기다려 주십시오." 하고 퍼스널 어시스턴트가 소파를 권했다.

수하물 찾는 곳 턴테이블에 짐이 올라가기 전에 그라운드 스태프가 여행 가방을 픽업해서 여기까지 가져다주는, 그야말로 극진한 서비스였다.

저번에 이코노미 클래스를 타고 왔을 때는 이런 식으로 마중을 나와주는 퍼스널 어시스턴트도 없었기 때문에 출입국에 관련한 일련의 절차를 전부 혼자 해결했던 것을 떠올리고는 그리움에 잠겼다.

물론 라운지도 없기 때문에 나리타 공항에서는 탑승 시간 직전까지 전망대에서 시간을 때웠다.

귀국하려는 막시밀리안을 잡아 고백한 곳도 여기였지……. 그렇게 기억의 상자를 다시 열고 피헤치며 깊은 삼회에 젖었다.

── 당신을 좋아해. 나만의 사람으로 만들고 싶어. 아버지한테 지지 않아. 내가 훨씬 좋아하는걸. 왜냐하면 이미 훨씬 전부터……, 태어났을 때부터 줄곧 좋아했으니까!

'지금 생각해보면 잘도 그런 대담한 말을 했단 말이지.'

하지만 그때는 이대로 막시밀리안을 돌려보내면 그가 이제 정말로 멀리 가버릴 것 같아서……, 필사적이었으니까.

일찍이 로셀리니가 삼형제의 시중을 들었던 막시밀리안 콘티는 장성하자 아버지의 오른팔이 되었고, 작년 4월에는 아버지와 형들의 명령으로 일본 유학을 가는 삼남의 감시역을 맡게 되었다.

그 당시, 어머니의 고향에서 동경하던 자취 생활을 꿈꾸던 루카는 기대가 어긋난 탓에 무척이나 실망에 빠졌다.

게다가 하필이면 그 고지식한 막시밀리안과 함께 살아야 하다니.

나쁜 예감은 적중했다. 막시밀리안은 사사건건 잔소리를 하면서 간섭하고는, 무슨 일이 있을 때마다 자립을 방해했다.

하지만 그와 지낸 한 달 동안 일어난 다양한 사건을 통해 자신은 그를 오해하고 있었다는 사실을 깨달았다. 지나친 간섭이라고 여겼던 그의 모든 언동이 자신을 지키기 위한 것이었다는 사실도.

그것을 계기로 그에게 줄곧 연정을 품고 있었던 자신의 마음 또한 깨달을 수 있었다.

전망대에서 한 일생일대의 고백이 이루어진 뒤, 정식으로 연인 사이가 된 것이 작년 5월.

그 이후로 로마에 돌아간 막시밀리안과 바다를 사이에 둔 장거리 연애를 이어 가고 있다.

작년 9월, 루카는 막시밀리안의 생일을 축하해주기 위해 태어나서 처음으로 홀로 여행을 감행했다.

시루 안의 콩나물처럼 좁은 시트에 몸을 욱여넣은 비행을 거쳐 피우미치노 공항에 도착한 뒤에도 입국심사장에서 30분 가까이 줄을 서서 순서를 기다리고, 직접 표를 구입해 레오나르도 익스프레스를 타는 등 첫 경험의 연속이라 긴장은 됐지만, 그건 그것대로 즐거웠다.

하면 된다는 약간의 자신감도 붙었다.

'뭐, 그래도 이번에는 어쩔 수 없지.'

저번에도 이코노미 클래스를 탔다는 사실을 안 막시밀리안에게 나중에 엄청나게 혼났으니……(생일을 축하해준 것 자체는 기뻐해주었지만).

큰형 레오나르도를 필두로 다들 이미 성인인 자신을 너무 과보호하는 경향이 있지만, 식구들에게 쓸데없는 걱정을 끼치지 않기 위해서는 어쩔 수 없었다.

만일의 상황을 감안하여 형들과 막시밀리안이 신중해지는 것도 모르는 건 아니다.

이탈리아에서는 로셀리니 그룹 창업자 일족의 피를 이어받은 자신이 영리 유괴의 타깃이 될 확률이 낮지 않기 때문이다. 이해가 상반되는 다른 '패밀리'가 루카를 노릴 위험성도 전혀 없지는 않다.

그래도 24시간 태세로 경호 스태프가 붙어 있던 무렵에 비하면 지금은 꽤나 자유를 누리고 있다.

세계에서 가장 안전한 나라 —— 일본 한정이긴 하지만 아자부에 있는 아파트에서 혼자 사는 데다 카페 아르바이트를 해도 된다는 허락을 받았고, 이런 식으로 혼자 비행기에 타는 것도 허가를 받았다(마지못해 허가해준 거지만).

이보다 더 자립하기 위해서는 자신이 더 크게 성장하고 사회성을 길러 어엿한 어른으로서 가족과 주위 사람들의 신뢰를 쟁취할 수밖에 없다.

가뜩이나 이렇다 할 장점도 없고 평범한 자신은 총명하고 아름다운 형들에게 크게 뒤처지고 있는 상황이었다.

'로셀리니가 삼남은 보잘것없다'는 험담을 듣지 않도록 남들보다 몇 배나 노력해서……

언젠가는 막시밀리안에게도 어엿한 남자로 인정받을 수 있도록.

똑똑하고 점잖고 뭐든지 잘하는 연인과는 안 그래도 띠동갑 이 상 나이 차이가 난다.

'지금은 전혀 어울리지 않지만, 언젠가 반드시……'

가장 큰 야망을 가슴속에서 중얼거리고 있으려니, 남성 그라운 드 스태프가 가죽 여행 가방을 들고 다가왔다.

[미스터 로셀리니, 짐은 이게 맞으십니까?]

소파에서 일어서서 여행 가방을 확인한 루카는 [네, 맞아요.] 하 고 대답했다. 그리고 그대로 여행 가방을 받아 들려 하자, 남성이 [입국 게이트까지 옮겨 드리겠습니다.] 하고 말해주었다. 몇 년 전 에 아버지에게서 물려받은 여행 가방에는 이동용 다리바퀴가 달려 있지 않기 때문에 솔직히 고마웠다.

퍼스널 어시스턴트와 그라운드 스태프 두 사람 사이에 껴서 VIP 전용 세관을 통과했다. 그 앞에는 고급 호텔 로비처럼 천장이 높은 정연한 공간이 펼쳐져 있었다. 이곳도 퍼스트 클래스 방문객 전용 이라 일반 손님은 이용이 불가능하다.

"어디 보자……"

마중 나온 이를 찾아 사람이 드문드문 있는 로비를 두리번두리 번 둘러보고 있으려니, 안쪽 박스형 소파에서 한 남자가 일어났다.

허리를 쭉 편 자세로 이쪽을 향해 똑바로 걸어오는 남자는 균형 잡힌 장신에 다크그레이 스리피스 슈트를 걸치고 있었다.

금욕적으로 보일 정도로 꽉 맨 연지색 넥타이와 한 가닥도 남김 없이 뒤로 쓸어 넘긴 애시브라운색 머리. 목에는 하얀 머플러가 감겨 있었다.

수려한 이마와 이지적으로 생긴 눈썹. 날카롭고 높은 콧날. 약간 흐린 겨울 하늘 같은 청회색 눈동자. 우아한 입술.

넋을 잃은 듯이 그 자리에 꼼짝 않고 멍하니 멈춰 서 있던 루카의 두 눈이 샤프한 외모를 가까이서 포착하고는 천천히 커졌다.

"막시밀리안?!"

허를 찔려 깜짝 놀란 목소리를 내자, 왼팔에 캐멀색 코트를 걸친 막시밀리안이 은색 테 안경 안쪽의 두 눈을 가늘게 떴다. 그러더니 루카의 전신을 재빨리 훑어보고 나신 안노한 표정으로 "장시간 이동하시느라 고생 많으셨습니다, 루카 님." 하고 말했다.

"비행기 안에서는 아늑한 시간 보내셨습니까?"

그 질문에 대답할 여유조차 없었던 루카는 얼떨떨한 얼굴로 "어, 어째서?" 하고 되물었다.

"이, 일해야 한다고 하지 않았어?"

── 공항까지 마중 나가는 건 힘들 것 같습니다.

어젯밤에 막시밀리안 본인으로부터 그런 연락을 받았기 때문에 당연히 그의 부하가 올 거라고 생각했던 것이다.

로셀리니 그룹의 CEO인 큰형 레오나르도의 오른팔로서 그룹 전체의 매니지먼트 업무를 맡고 있는 막시밀리안이 얼마나 바쁜지는 누구보다도 잘 알고 있는 데다, 비행기가 낮 시간에 도착하기 때문에 어쩔 수 없다며 체념하고 있었다.

"그럴 예정이었습니다만, 간신히 조정이 되었기에 이렇게 마중을 나왔습니다."

대답을 들자마자 자신의 얼굴이 확 밝아지는 것을 알 수 있었다.

밤까지는 막시밀리안을 만날 수 없으리라고 생각했기 때문에 그 야말로 기쁜 깜짝 선물이 아닐 수 없었다.

기쁜 마음이 복받치는 것과 동시에 바쁜 와중에 짬을 내어 일부러 마중 나와준 연인에 대한 감사의 마음으로 가슴속이 서서히 뜨거워졌다.

지금 당장 껴안고 싶은 충동을 남들 눈을 고려해서 꾹 참았다. 대신에 눈빛에 기쁨을 담아 그 단정한 얼굴을 지그시 응시했다.

루카의 시선을 포착한 막시밀리안 또한 렌즈 너머로 다정한 눈빛을 보냈다. 시선과 시선이 뒤얽혔다.

"……."

사랑하는 청회색 눈동자를 직접 보는 것은 작년 크리스마스 때 일본을 찾은 막시밀리안이 26일에 로마로 돌아간 이후 처음이니……, 약 2주 만이었다.

비교적 공백이 짧은 데다, 그동안 매일같이 통화도 했다.

그래도 역시 본인을 눈앞에서 직접 보니 자신이 얼마나 막시밀리안 결핍증에 걸렸는지 실감이 갔다. 크리스마스 때 충분히 채운 줄 알았는데, 아무래도 턱없이 부족했던 것 같다.

하지만 만성적인 막시밀리안 결핍증도 이제 곧 해소될 것이다.

올해 4월에는 막시밀리안이 도쿄 지사 'Rossellini Giappone(로셀리니 자포네)'의 책임자로서 또다시 일본으로 오기 때문이다.

'그러면……, 또다시 함께 살 수 있어.'

서서히 복받친 환희에 얼굴을 붉힌 루카에게서 시선을 쓱 돌린 막시밀리안이 뒤쪽에서 대기 중이던 그라운드 스태프에게 말을 걸었다.

[가방을 옮겨 주셔서 고맙습니다. 여기서부턴 제가 들겠습니다.]

그렇게 말하더니 가죽 여행 가방을 받아 들었다. 루카도 이곳까지 안내해준 퍼스널 어시스턴트에게 감사를 전한 다음, 막시밀리안과 나란히 서서 걷기 시작했다.

여행 가방을 한 손에 든 막시밀리안의 보폭에 맞춰 약간 잰걸음으로 걸어가면서 곁눈으로 연인을 슬쩍 살폈다. 앞을 똑바로 응시한 조각상 같은 옆얼굴을 몰래 엿본 루카는 한숨을 후우 내쉬었다.

오늘부터 11일까지 엿새 동안 줄곧 함께 있을 수 있다니 꿈만 같았다.

내일이 되면 연인을 만날 수 있다는 흥분과 기대 덕분에 어젯밤에는 잠을 설친 데다, 비행기 안에서도 줄곧 가만히 앉아 있질 못했다. 지금도 왠지 발이 공중에 두둥실 떠 있는 기분이다.

'이제 어린애도 아니니까 진정하자.'

자신을 그렇게 타이르며 의식적으로 표정을 다잡고 있는 사이에 자동문 앞에 이르렀다. 문 바로 앞 주차 공간에 세워져 있는 택시가 보였다.

"저 택시를 타고 제가 사는 아파트로 가시죠."

루카는 막시밀리안의 말에 고개를 갸웃거렸다.

"응? 회사에 다시 안 가봐도 돼?"

업무를 보던 도중에 짬을 내어 마중 나와준 줄로만 알았기 때문에 의아한 듯한 목소리가 나왔다. 막시밀리안이 고개를 천천히 가로저었다.

"네, 복귀하지 않아도 됩니다. 일은 전부 오전 중에 해치웠거든요."

"……윽."

"오늘부터 11일까지 쭉 휴가입니다."

"신난다!"

순간적으로 큰 목소리가 입 밖으로 튀어나왔다. 기쁨의 감정이 단숨에 고조된 나머지, 정신을 차려 보니 루카는 어느새 막시밀리안에게 달려 들어 안겨 있었다.

그 다부진 몸에 힘껏 매달려 오랜만에 만난 연인의 냄새를 가슴 한가득 들이마시고 있자, 머리 위에서 "루카 님……." 하고 이름을 부르는 목소리가 들려왔다.

약간 난처한 듯한 목소리를 듣자마자 퍼뜩 정신이 돌아왔다.

'바보야! 사람들 앞에서……!'

자신의 추태에 홍당무가 된 루카는 황급히 막시밀리안에게서 떨어졌다.

"미, 미안!"

"괜찮습니다."

혼날 줄 알았지만, 막시밀리안은 시선을 살짝 올려 살피는 루카를 향해 다정하게 미소 짓고 있었다. 다행히도 주위에 사람이 없는 것을 확인한 루카는 안도하며 가슴을 쓸어내렸다.

"타시죠."

루카는 막시밀리안의 재촉을 받으며 택시에 올라탔다. 트렁크에 짐을 실은 막시밀리안도 뒷좌석에 올라탔다.

"작년 9월에 오셨을 때는 정신이 없어서 아무 데도 못 가셨으니, 들르고 싶으신 곳이 있다면 말씀해주세요."

"딱히 없어."

루카가 딱 잘라 간결하게 대답하자, 막시밀리안이 의외라는 듯이 한쪽 눈썹을 치켜 올렸다.

"로마의 번화가는 오랜만에 찾으셨잖아요? 아직 시간도 이르니 지금이라면 어디든 열려 있습니다. 부디 사양 말고 말씀해 주십시오."

"사양하는 것 아니야."

"그러시군요. ……배는 안 고프세요? 아직 저녁을 먹기에는 이른 시간이지만, 듣자 하니 스페인 광장 근처에 새로 생긴 젤라테리아가 평판이 좋은 것 같습니다. 만약 괜찮으시면……."

"배 안 고파."

막시밀리안이 열심히 자신을 대접해주려고 하는 것도 알았고, 그 마음씀씀이가 무척 기쁘긴 했지만.

'거리를 어슬렁어슬렁 돌아다니는 시간이 아까워.'

기껏 하루 일찍 로마에 왔는데.

루카는 안타까운 기분으로 막시밀리안의 코트 소맷부리를 손가락으로 잡아 아래로 쭉쭉 당겼다. 그러고 나서 연인에게 몸을 바짝 기댄 다음, 귓가에 입을 갖다 댔다.

"빨리 단둘이 있고 싶어……."

비밀 이야기를 하듯이 작은 목소리로 소곤소곤 속삭이자, 밀착된 단단한 몸이 꿈틀 떨렸다.

"루카 님……?"

막시밀리안이 얼굴을 들여다보았다.

그리고 잠시 후, 뜨겁게 젖은 루카의 눈에서 루카가 지금 가장 바라는 것을 읽어 냈는지 입가에 작은 미소를 띠며 고개를 끄덕였다.

"알겠습니다. 곧바로 돌아가죠."

운전사에게 주소를 말한 막시밀리안의 손이 루카의 손을 슬며시 잡았다. 루카 역시 커다랗고 따뜻한 그 손을 꼭 잡았다.

* * *

고급 주택가 일각에 지어진 막시밀리안이 사는 아파트는 묵직한 돌로 만들어진 7층 건물이었다. 지은 지 족히 50년은 넘을 것 같지만, 그래도 이 일대 건축물치고는 틀림없이 비교적 새 건물일 것이다. 로마에는 지은 지 수백 년 된 건물이 지천에 널렸다.

아버지는 막시밀리안에게 단독주택을 구입하라고 권유한 듯하지만, 그 경우에는 유지하는 데에 사용인이 필요하기 때문에 일부러 혼자 살기 편한 아파트를 택했다고 한다. 작년 9월에 처음 방문했을 때 막시밀리안 본인이 그렇게 말했다.

"혼자가 마음이 편하니까요. 출장 다니느라 집을 비우는 일도 잦고 말이죠."

요리를 시작으로 집안일 전부 뭐든지 직접 완벽하게 구사하는 막시밀리안은 타인의 도움을 필요로 하지 않았다. 집사나 하우스 메이드에게 시중을 받는 생활도 성격에 맞지 않는다고 했다.

【팔라초 로셀리니】 아이들의 놀이 상대에서부터 인생을 시작한 출신의 영향인지, 자신이 다른 사람의 시중을 드는 것을 좋아하는 데다 그편이 진정되는가 보다.

그래도 현재는 많은 부하를 거느린 몸이기 때문에 사람을 능숙하게 부릴 테지만.

"들어오십시오."

건물 최상층 절반을 차지하는 막시밀리안의 주거로 안내받은 루카는 작년 9월 이후 4개월 만에 찾은 실내를 한 바퀴 휙 둘러보았다. 천장이 높고 넓은 공간은 여전히 정갈하게 정돈되어 있었다.

커튼과 소파 등의 패브릭류는 베이지에서 브라운 그러데이션으로 곱게 갖춰졌고, 벽에 걸린 회화와 사진도 시크한 색감으로 통일되어 있었다. 거실 벽 한 면을 가득 메운 서가가 이 집에서 가장 큰 장식이었는데, 다른 물건을 끼워 넣을 만한 빈칸은 없어 보였다.

기능성이 뛰어난 현대적인 가구와 앤티크 부품들이 알맞게 매치된 인테리어가 성인 남성의 방이라는 인상을 주었다.

아직 두 번밖에 와본 적이 없는데도 신기하게 아늑한 기분이 드는 것은 어렴풋이 막시밀리안의 체취가 감돌고 있기 때문일지도 모른다.

여행 가방을 다른 방에 놓으러 갔다가 거실로 돌아온 막시밀리안이 루카의 등 뒤에 섰다. 그러더니 "코트를 벗으십시오." 하고 재촉했다. 막시밀리안은 이미 코트와 재킷을 벗은 뒤, 웨이스트코트와 셔츠, 그리고 트라우저스 차림이 되어 있었다.

루카에게서 받아 든 더플코트와 머플러를 팔에 걸친 막시밀리안이 "하고 다녀주셔서 기쁩니다."라고 말하며 미소를 지었다.

삭스블루색 캐시미어 머플러는 작년 크리스마스에 받은 선물이다.

"매일 하고 다녀. 따뜻해서 참 좋더라구."

우연히 루카의 선물 또한 캐시미어 머플러였다. 루카가 선물한 머플러는 하얀색. 막시밀리안이 오늘 목에 감고 있는 모습을 보고 속으로 몰래 기뻐했다.

"……루카 님."

청회색 두 눈을 가늘게 뜬 막시밀리안이 천천히 몸을 굽혀 루카의 이마에 다정하게 입을 맞추었다. 입술이 작은 소리를 내며 떨어졌다.

'더…….'

이마가 아닌 곳에도 키스를 받고 싶어 "……막시밀리안." 하고 조르는 듯한 목소리를 냈다. 막시밀리안은 예쁜 미간을 쓱 찌푸렸다.

"지금 코트와 머플러를 걸어 놓고 오겠습니다……."

무슨 일이든 완벽하게 하지 않으면 직성이 풀리지 않는 성격인 것은 알지만, 키스 정도는 먼저 해줘도 되지 않나? 2주 만에 만났으니까.

꽉 막힌 연인의 모습에 안달이 난 루카는 그 굵은 목덜미에 두 팔을 둘러 휘감았다. 그런 다음, 살짝 발돋움을 하여 뽀뽀를 쪽 했다.

"……."

하지만 반응이 없었다.

'막시밀리안도 참, 쩨쩨하긴.'

고집이 발동한 루카는 매몰찬 연인을 어떻게든 꼬시고자 콕콕 쪼는 듯한 키스를 반복했다. 그래도 반응하지 않는 완고한 입술을 낼름 핥았다. 윗입술을 혀끝으로 할짝할짝 핥고, 아랫입술을 빨고, 미끄막스로 입술과 입술 사이를 가로도 쓱 훑었다.

밀착한 몸이 흠칫거리는가 싶더니, 느닷없이 커다란 손이 머리 뒤쪽을 꽉 잡았다. 그 상태에서 뒤통수로 강한 압력이 가해졌다.

난폭하게 끌려가선 물어뜯는 듯한 입맞춤이 가해지자, 목에서 끅끅 소리가 났다.

"……음, ……으, 음."

갑작스럽게 변모한 막시밀리안은 치열을 가르며 입안으로 거칠게 침입하더니 당혹스러워하는 루카의 혀를 휘감아 꼼짝 못하도록 붙들었다. 혀를 희롱하고 입안을 휘젓자, 미처 삼키지 못한 타액이 입가를 타고 흘러 떨어졌다.

"훗……, 응……, 흐응."

체온이 급격히 상승한 탓에 호흡이 곤란했다. 심장이 두망방이질 치고, 다리가 떨렸다. 눈꼬리가 열을 품으면서 눈이 서서히 젖어 오는 것을 알 수 있었다.

저항할 방법도 없이 연인의 격한 애정 표현에 농락당하는 사이에 자력으로 서 있기가 힘들어진 루카는 막시밀리안의 웨이스트코트를 꽉 붙들었다.

"크응……, 웃……, 으음……."

산소까지 부족한 탓에 머리가 멍해지기 시작하며 의식이 희미해진 무렵, 뒤통수를 꽉 누르던 손에서 겨우 힘이 풀렸다. 찌걱 소리를 내며 입맞춤이 멈추더니, 은실을 늘어뜨리며 입술이 떨어졌다.

"척   , 척……."

막시밀리안이 가슴을 헐떡이며 떨리는 손으로 매달리는 루카를 꽉 껴안았다. 그러더니 머리 꼭대기에 있는 가마에 입을 맞추고는, 뜨거운 숨을 불어넣었다.

"……루카 님."

"으……응……, 왜……?"

정열적인 키스의 여운에 반쯤 녹아내린 기분으로 되물었다.

"그런 행동은 어디서 배우셨습니까?"

"그런, 행동……?"

앵무새처럼 연인의 말을 멍하니 되풀이했다.

"방금 전의 그, 남자를 유혹하는 행동 말입니다."

"남자를 유혹해……?"

그런 짓은 한 적 없다……고 반론하기 위해 고개를 들어 올린 직후, 막시밀리안과 눈이 마주친 루카는 숨을 삼켰다.

평소에는 쿨한 청회색 두 눈이 '열'을 품은 채 강한 빛을 발하고 있었다.

"아……."

열을 띤 시선에 사로잡혀 넋을 잃은 듯이 꼼짝 않고 있자, 예쁘게 생긴 입술이 낮은 목소리를 자아냈다.

"벌을 드려야겠군요."

'드디어……!'

이미 암묵의 약속이라 할 만한 전개에 조건 반사처럼 달콤한 전율이 등줄기를 타고 오싹오싹 올라왔다.

"언제가 좋으십니까?"

허리에 울리는 듯한 달콤하고 허스키한 목소리.

"지금 당장? 아니면 식사 후?"

선택을 강요당한 루카는 연인의 요염한 미모를 응시하며 황홀한 한숨을 내쉬었다.

"지금 당장……."

* * *

"그렇죠……, 좋습니다……. 천천히 들여보내세요……."

밝기를 최소한으로 줄인 오렌지색 조명 속, 막시밀리안의 침대에서 그의 무릎 위에 걸터앉은 루카는 귓가에서 연인이 유도하는 대로 허리를 살살 가라앉혔다.

마침내 엉덩이 사이의 좁은 틈으로 사나운 수컷을 느끼고는 몸을 흠칫 떨었다.

'굉장해……. 이렇게 단단할 수가.'

막시밀리안의 씩씩한 흥분에 닿은 구멍이 벌름거렸고, 긴장으로 인해 위축되어 있던 욕망 또한 움찔 반응했다.

만지지도 않았는데…….

그런 자신이 부끄러웠다.

── 벌을 드려야겠군요.

20분 전, 마시밀리안의 달콤하고 히스기한 목소리를 든 사마사 발칙한 기대가 높아진 루카는 그대로 손을 잡혀 침실로 들어왔다. 그 후의 흐름으로 추측하건대 아무래도 오늘의 '벌'은 섹스의 자주성을 갖추게 한다는 콘셉트인 것 같았다.

평소 같으면 처음부터 끝까지 전부 막시밀리안이 해주고, 자신은 거의 그가 하는 대로 가만히……, 시종일관 수동적인 입장으로 있는 것이 보통이었다. 달콤한 키스와 능숙한 애무로 몸 구석구석까지 녹아들어 넋을 잃은 채로 정신없이 쾌감을 느끼고 있는 사이에 정신을 차려 보면 어느새 절정에 달해 있는 흐름이었다. 그야말로 전희에서부터 뒤처리까지 더할 나위 없이 극진하게.

하지만 오늘은 "준비는 스스로 하십시오."라는 말과 함께 우선 옷을 벗는 것부터 지도가 시작되었다.

늘 해주는 데에 완전히 익숙해졌기 때문에 그런 말을 들으니 당혹스럽기도 했지만, 확실히 막시밀리안에게 전부 떠넘기기만 하는 자세는 바람직하지 못하다. 어떤 일이든 스스로 할 수 있는 것이 당연히 좋다.

앞으로 연인에게 꾸준히 사랑받기 위해서도……

그렇게 생각한 루카는 팔짱을 낀 막시밀리안의 음미하는 듯한 시선을 받고 달아오르는 얼굴을 의식하면서 옷을 하나씩 벗었다. 아무도 없는 곳에서 옷을 벗는 것은 아무렇지도 않은데, 막시밀리안이 보고 있다고 생각하니 너무나도 창피해서 손이 떨렸다.

수치를 참으며 떨리는 손으로 간신히 옷을 벗은 루카는 마지막으로 남은 속옷까지 과감하게 벗어던졌다. 그러자 막시밀리안이 렌즈 안쪽의 눈을 가늘게 뜨면서 "참 잘하셨어요." 하고 격려의 말을 건네었다.

그에 안도할 새도 없이 다음 미션이 내려졌다.

"이번에는 저의 옷을 벗겨주십시오."

"막시밀리안의 옷을?"

다른 사람의 옷을 벗겨본 적은 살면서 한 번도 없었다.

침대 가장자리에 앉은 막시밀리안의 앞에 무릎을 대고 선 다음, 미덥지 않은 손놀림으로 넥타이를 풀고 웨이스트코트를 벗었다. 그리고 셔츠 단추를 풀자 그곳에 나타난 탄탄한 육체를 보며 침을 꿀꺽 삼켰다.

"……"

"왜 그러십니까?"

멋지게 갈라진 복근과 봉긋하게 솟아있는 아름다운 흉근을 넣을 잃고 쳐다보던 루카는 그 질문에 화들짝 놀라 정신을 차리고는, 황급히 벨트에 손을 가져갔다. 앞쪽을 풀어 트라우저스와 속옷을 내려 다리에서 빼내고……, 미션을 완료했을 때는 익숙지 않은 행위에 완전히 녹초가 되어 있었다.

러그 위에 철퍼덕 주저앉은 루카의 앞에서 막시밀리안이 나이트 테이블로 손을 뻗더니, 서랍 속에서 튜브 모양의 무언가를 꺼냈다.

“이걸 사용하십시오.”

“……응?”

루카는 건네받은 핑크색 래미네이트 튜브를 몇 초 동안 응시하고 나선 얼굴을 들었다.

“이게 뭐야?”

의아한 듯이 묻자, “젤입니다.”라는 대답이 돌아왔다.

“이 젤을 직접 뒤쪽에 바르십시오.”

“뒤쪽?”

“루카 님과 제가 이어지는 곳 말입니다.”

“……윽.”

그제야 겨우 막시밀리안의 의도를 이해하고는 얼굴을 확 붉혔다.

‘거기에 이걸 나보고 직접 바르라는 뜻이야?’

여자와 달리 자연적으로 젖지 않기 때문에 어쩔 수 없는 건 알지만…….

“모……못해.”

가냘픈 목소리로 거부하고 한동안 머무적머무적했지만, 막시밀리안은 말없이 쳐다보기만 할 뿐 전혀 도와줄 기미가 없었다.

"루카 님? 왜 그러십니까?"

도와주기는커녕 차가운 목소리로 재촉하는 바람에 할 수 없이 뚜껑을 열었다. 튜브에서 투명한 젤을 짜내어 손끝에 묻혔다. 그리고 다시 한 번 무릎을 대고 서선 그 손가락을 뒤쪽으로 가져간 다음, 조심스레 엉덩이 사이로 가져다 댔다.

미끌미끌한 감촉이 불쾌한 나머지 얼굴을 찌푸리자, 막시밀리안이 "더 많이 바르세요." 하고 재촉했다.

짜낸 젤을 손가락으로 떠서 뒤쪽 구멍에 펴 바르는 동작을 몇 번 반복했다. 이제 됐다고 생각했더니, 또다시 막시밀리안이 "안쪽에도 발라주세요."라고 주문을 추가했다.

"아, 안쪽에?"

동요한 탓에 날카로운 목소리가 새어 나왔다.

"안 그러면 윤활제의 의미가 없습니다."

"······으으."

쿨한 눈동자를 한차례 흘겨본 루카는 젤이 묻은 손가락을 체내에 과감히 푹 밀어 넣었다.

"윽······, 크윽······."

"더 흠뻑······, 안쪽까지 발라주세요······."

지도를 받은 루카는 눈을 질끈 감은 다음, 손가락을 푹푹 넣었다 빼기를 되풀이했다. 평소에 막시밀리안이 해줄 때와 달리 위화감밖에 느껴지지 않았다.

예전에 한 번 폰섹스를 했을 때도 '벌'의 일환으로 자신의 손가락을 넣은 적이 있지만, 그때 막시밀리안은 멀리 떨어진 로마에 있었다. 게다가 이런 식으로 눈앞에서 하는 것과는 창피함의 정도가 전혀 다르다.

"……윽."

어금니를 악물고 치욕을 견디며 손가락을 움직이고 있자, "이제 됐습니다." 하고 겨우 허가가 떨어졌다.

인도감에 몸이 죽 늘어진 루카의 머리로 막시밀리안의 손이 뻗어오더니, "참 잘하셨어요. 훌륭하셨습니다."라는 말과 함께 쓰다듬어 주었다.

다정한 눈빛과 손의 감촉에 가슴이 달콤하게 쑤셨다.

막시밀리안에게 칭찬을 받으면 어린 시절이 떠오르면서 달콤새콤한 기분이 든다. 막시밀리안이 칭찬해주는 것이 무엇보다 기뻤던 그 무렵——.

'……혹시 이건 당근과 채찍?'

그런 의문을 품은 사이에 막시밀리안이 안경을 벗어 나이트 테이블에 올려놓았다. 그러더니 침대 위에 올라와서 책상다리를 하고 앉아 루카를 불렀다.

"이쪽으로 오세요."

루카도 낮은 목소리가 하라는 대로 침대에 올라가선, 네발로 기어 막시밀리안에게 다가갔다. 다리까지 도달하자, 막시밀리안이 루카의 위팔을 잡더니 몸을 홱 뒤집었다.

"제 위에 다리를 걸치십시오."

지시대로 다리를 벌려 올라탔다.

"이, 이렇게?"

"그렇습니다. 그대로 침착하게 앉으세요."

유도에 따라 고분고분 앉으려던 루카는 도중에 퍼뜩 깨달았다.

"막시밀리안……, 이건 설마……, 내가 직접?"

"네. 직접 넣으십시오."

'역시!'

연달아 주어지는 가혹한 시련에 머리가 어질어질했다. 저도 모르게 큰 목소리가 나왔다.

"그걸 어떻게 해!"

손가락도 힘든데 막시밀리안을 자력으로 받아들이다니 도저히 무리였다.

"못해."

"하기도 전에 못한다고 포기하셔선 안 됩니다. 해보고 도저히 못 하시겠으면 그땐 제가 도와 드리겠습니다."

"하지만……."

"루카 님은 하면 하실 수 있는 분이십니다. 옛날부터 그러셨는 걸요."

어르고 달래는 목소리에 저항하며 한동안 떼를 써봤지만, 호랑이 교관으로 변한 연인은 양보를 해줄 것 같지 않았다. 루카는 할 수 없이 굳어진 표정으로 허리를 살살 가라앉혔다.

"그렇죠……, 좋습니다……. 천천히 들여보내세요……."

그러나 잠시 후, 엉덩이 사이의 좁은 틈으로 사나운 수컷을 느끼고는 몸을 흠칫 떨었다.

'굉장해……. 이렇게 단단할 수가.'

막시밀리안의 씩씩한 흥분에 닿은 구멍이 벌름거렸고, 긴장으로 인해 위축되어 있던 욕망 또한 움찔 반응했다.

만지지도 않았는데……. 그런 자신에게 수치를 느끼는 것과 동시에 주눅이 들었다.

역시 무리야. 도저히 들어갈 것 같지 않아.

"……안 되겠어."

그만 우는소리가 입을 타고 나왔다.

"루카 님."

"그야 막시밀리안은 너무 큰걸."

"……."

불가사의한 침묵이 감돈 직후, 엉덩이 사이의 흥분이 더더욱 팽창한 것을 감지했다.

"아니……, 왜 또 커졌어……!"

"……지금 이건 자업자득이십니다."

한숨 섞인 저음으로 그렇게 속삭인 막시밀리안이 마음을 다잡은 듯이 "확실히 갑자기 넣는 건 어렵겠네요." 하고 말했다.

"그럼 스스로 입구를 넓혀보십시오."

"넓혀?"

"손가락 두 개로……, 아래쪽 입을 벌리시면 됩니다."

조언을 받은 루카는 손을 뒤로 돌린 다음, 집게손가락과 가운뎃손가락으로 오므라진 곳을 벌려보았다.

"……벌렸어."

"그럼 그대로 허리를 아래쪽으로 내리십시오."

질컥, 물소리를 내면서 팽팽하게 부풀어 오른 욕망의 선단이 그곳을 찌르기 시작했다.

"아앗."

꼿꼿한 그것이 몸을 쩌적쩌적 가르는 충격으로 인해 뒤로 젖혀진 목에서 비명이 튀어나왔다. 눈물이 확 치밀어 올랐다.

'……힘들어.'

고통스러운 나머지 숨이 멎을 것 같았다. 막시밀리안은 반사적으로 허리를 위로 들어 올려 도망치려고 하는 몸을 잡더니 아래로 잡아당겼다.

"흐앗……, 큭……, 으응."

"잘하고 계세요……. 저를 아주 훌륭하게 삼키고 계십니다……."

관능을 억누르듯이 요염하게 속삭이는 목소리로 격려를 받으며 열심히 몸을 비틀었다. 무아지경으로 막시밀리안을 삼키는 도중에 몸을 지탱하던 무릎에서 힘이 빠지면서 자신의 체중을 실어 막시밀리안 위에 푹 주저앉은 루카는 막시밀리안에게 꿰뚫려 조용한 비명을 질렀다.

"웃……, 아웃……."

"……큭."

등 뒤에 있는 막시밀리안도 괴로운 것 같았다.

"앗……, 드……들어오고 있어."

"힘주지 마세요……. 되도록 힘을 빼고……, 저를 받아들여 주십
시오."

"응……, 응."

마지막에는 결국 막시밀리안의 도움을 빌려 가까스로 연인의 전
부를 받아들일 수 있었다.

"헉……, 헉."

"잘하셨어요."

막시밀리안이 땀에 젖은 목덜미에 달콤한 키스를 해주었다.

'배 속이……, 막시밀리안으로 가득 찼어…….'

고행이 끝난 해방감에 잠기며 커다란 몸에 기대었다. 뜨겁고 탄
탄한 몸에 감싸인 상태로 빈틈없이 몸속을 점거한 막시밀리안이
익숙해지기를 기다리고 있으려니, 그곳이 점차 찌릿찌릿 저려 왔
다.

"막시밀리안."

슬슬 움직여주기를 원하는 마음에 이름을 불렀다.

"……우, 움직여줘."

"안 됩니다."

"뭐?"

"오늘은 스스로 움직여서 절정에 달하도록 하세요. 루카 님의 자주성을 촉구하는 벌이라고 말씀드리지 않았습니까."

"아니, 아직도 벌이 이어지고 있는 거야?"

"당연하죠."

'뭐라고?!!'

끝난 줄 알았던 시련이 또다시 눈앞을 가로막고 서는 바람에 울음을 터뜨릴 뻔했다. 게다가 여태까지 중에서 가장 난도가 높았다.

"싫어……, 못해. 무리야."

"괜찮으시겠습니까? 스스로 움직이지 않으시면 계속 이대로 계셔야 하는데요?"

"막시밀리안, 이 심술쟁이……. 오랜만에 만났는데, 바보, 멍청이!"

화가 나서 분노를 분출했는데도 등 뒤에 있는 연인은 아랑곳하지 않았다.

"아까도 잘 하셨잖아요? 이번에도 분명히 잘하실 수 있어요."

가볍게 받아치는 연인을 보고 있으려니 어쩔 줄 몰랐다.

아무리 기다려도 막시밀리안이 움직일 기적은 없었다. 이대로 있다간 정말로 결말이 나지 않을 것 같다는 생각에 이른 루카는 할 수 없이 다리에 힘을 주고 허리를 느릿느릿 들어 올렸다. 몸속을 주르륵 비비는 감각에 미간을 찌푸렸다. 빠지기 바로 직전까지 허리를 들어 올린 다음, 이번에는 다시 쑥 앉았다.

"옹……, 흐읏……."

자신 나름대로 한껏 허리를 위아래로 움직이고 앞뒤로 흔들어보면서 어떻게든 자력으로 쾌감을 끌어올리고자 시도해봤지만 잘 되지 않았다.

단단하고 우뚝 솟은 물건으로 안을 문지르면 그 나름대로 기분 좋긴 하지만…….

'뭔가……, 달라.'

스스로 움직이는 데에 신경이 집중된 나머지 쾌감을 좇지 못하는 것이다.

어정쩡한 '열'이 몸 안쪽에서 타오르지 못하고 연기를 낼 뿐이었다. 끈적하게 깃든 그 '열'을 방출하고 싶은데도……, 터뜨리지 못해 괴로웠다.

이렇게 있다가는 도저히 절정에 달할 수 없을 것 같았다.

절박함을 느낀 루카는 막시밀리안의 팔을 꽉 잡았다. 그리고 울먹이는 목소리로 호소했다.

"막시밀리안……, 제발……, 부탁이야."

귓가에 한숨이 훅 닿았다.

"할 수 없군요. ……이번만 특별히 봐드리도록 하죠."

그렇게 말하자마자 밑에서부터 퍽 꿰뚫었다.

"히아, 앙."

시야가 흔들리면서 등뼈가 크게 휘었다.

일단 고삐가 풀리고 나니 막시밀리안이 격렬하게 움직였다. 지금까지 자신을 억제하던 이성을 모두 내팽개치고 사납게 몰아세웠다.

"앗……, 아, 응……, 으응."

연달아 강인한 허리 놀림으로 찔러 올리자, 안에서 자극이 생겨나면서 욕망이 벌떡 일어섰다. 푹, 푹, 무거운 피스톤 운동이 가해질 때마다 선단의 움푹 패인 홈에서 꿀이 왈칵 넘쳐 축을 타고 흘러떨어졌다. 젤과 쿠퍼액이 뒤섞여 결합 부분에서 찔꺽, 철퍽, 음란한 물소리를 냈다.

"기분 좋으십니까?"

"웅, 웃……, 기분 좋아……, 막시밀리안이 찔러줘서……, 기분 좋아."

"저도……, 좋습니다. 당신의 안은 굉장히 좁아서……, 참을 수 없을 만큼 기분 좋아요."

귓가에 닿은 한숨 섞인 저음에도 쾌감을 느낀 루카는 저도 모르게 몸속에 들어와 있는 막시밀리안을 꽉 조이고 말았다.

안을 확 조이면서 관능이 더더욱 크게 부풀어 오르고, 농후한 쾌감에 몸 전체가 서서히 지배되었다.

그래도……, 아직 부족하다.

아직……, 막시밀리안이 부족하다.

"부탁이야……, 더."

루카는 허리를 들썩이며 우유를 원하는 아기고양이처럼 달콤하게 흐느꼈다.

"더……, 움직여줘……."

"그렇게 조르는 건 언제 터득하셨습니까?"

쉰 목소리가 귓바퀴를 스치자마자 젖꼭지가 꽈악 꼬집히는 바람에 허리가 움찔 뛰어올랐다. 막시밀리안은 루카의 젖꼭지를 주물러대면서 부드러운 목덜미를 세게 빨았다.

"아앗."

세 곳을 한꺼번에 희롱당하자, 사정감이 단숨에 치솟았다. 막시밀리안은 두 다리가 약간 벌어지게 내 몸을 단단히 고정한 채 가장 기분 좋은 곳을 정확히 겨냥한 듯이 파앙! 찔러 올렸다.

"앗……, 아앗……!"

찌릿찌릿 전류가 스치면서 교성이 디져나왔다.

퍽, 퍽, 한 번씩 찌를 때마다 물소리도 커져 갔다. 막시밀리안의 무릎 위에서 루카의 작은 몸이 통통 튕겨졌다.

"막시밀리안……, 가……갈 것 같아!"

새된 소리를 지르며 절정을 향해 마지막 계단을 뛰어 올라갔다.

"하앗……, 아앙……, 웃."

절정에 달한 순간, 막시밀리안 또한 낮은 신음 소리를 내며 사정했다.

실룩실룩 떠는 루카를 꽉 누른 상태로 두세 번 허리를 박아 넣으면서 어마어마한 양의 정액을 안에 흘려 넣었다. 뜨거운 정액이 결합 부분에서 콸콸 흘러넘쳐 시트를 적셨다.

"헉……, 헉……."

가슴을 헐떡이며 숨을 고르고 있자, 뒤에서 막시밀리안이 꽉 껴안았다. 밀착한 몸에서 전해지는 연인의 심장 고동과 자신의 심장 고동이 싱크로하는 것을 의식한 루카는 복받치는 마음을 입에 담았다.

"막시밀리안……, 좋아해."

"루카 님……."

고개를 틀어 등 뒤에 있는 연인에게 키스를 해달라고 졸랐다. 쪽, 쪽, 후회 같은 키스를 나눈 뒤, 루카는 바로 앞에 있는 청회색 눈동자를 들여다보았다.

"있잖아……, 벌은 이제 끝이야?"

앙탈 부리는 목소리로 묻자, 눈이 점차 커진 막시밀리안이 이윽고 입가에 피식 미소를 지었다.

"정말이지……, 당신에겐 당해 내지 못하겠군요."

"막시밀리안?"

"사랑합니다."

녹아내릴 듯한 목소리로 달콤하게 속삭인 연인이 세 번째로 입을 맞추었다.

*   *   *

2주 동안의 공백을 서로의 열기로 보충한 하룻밤이 지난 다음 날 ── .

7일 아침 일찍 루카와 막시밀리안은 피우미치노 공항을 출발하여 국내선으로 환승하지 않고 한 번에 시칠리아로 향했다.

수평 비행이 되자, 막시밀리안은 곧바로 노트북을 펼쳐 키보드를 치기 시작했다. 옆자리에서 들려오는 고속 터치 타이핑 소리를 들으며 그러고 보니 어젯밤에도 한밤중에 어렴풋이 눈을 떴더니 침대에 막시밀리안이 없었던 것을 떠올렸다.

아마 자신이 잠들고 난 후에 침대를 빠져나가 서재에서 일을 했을 것이다. 오전 중에 일을 끝냈다고 했지만, 세계 시장을 상대하는 이상 시시각각 변화하는 정세에 대한 빠른 대응이 요구된다는 것은 상상하기 어렵지 않았다.

대학생인 자신과 달리 그룹의 중직을 맡고 있는 막시밀리안이 엿새 동안 완전한 휴가를 잡는 것은 그만큼 큰일인 것이다.

'그래도……, 같이 와줬어.'

가능한 한 자신과 함께 지내고자 노력해주는 연인의 마음을 깨닫고는 가슴에 따뜻한 온기가 퍼지는 것을 느끼면서 넓은 풀 플랫 시트에 몸을 맡겼다.

시칠리아까지 약 한 시간 정도 되는 하늘 여행.

태어나 자란【팔라초 로셀리니】에는 작년 2월 이후로 한 번도 돌아가지 않았으니 약 1년 만의 귀성이다.

이번에 루카가 새해 벽두부터 귀성하는 데는 이유가 있다.

원래는 겨울 방학에 들어가면 시칠리아로 돌아가【팔라초 로셀리니】에서 크리스마스 휴가를 보낼 예정이었다. 그러나 12월 둘째 주에 접어든 무렵, 외할아버지가 넘어져 다치고 말았다.

아내와 딸을 먼저 저세상에 보낸 외할아버지의 육친은 이제 두 손자밖에 없다. 그리고 또 한 명의 손자이자 루카의 이부형(異父兄)에 해당하는 하야세 아키라는 현재 큰형 레오나르도의 브레인으로서 시칠리아에 살고 있다.

갑작스러운 입원에 불안해할 —— 할아버지는 결코 그런 약한 소리를 하지 않지만 —— 외할아버지를 남기고 귀국하려 하자니 마음이 무거웠던 루카는 귀성을 단념하고 일본에 남기로 결심했다.

레오나르도에게 전화로 그 의향을 전하자, 굉장히 아쉽긴 하지만 그런 사정이 있다면 이해한다고 말해주었다.

연인과 함께하지 못하는 크리스마스를 각오했지만, 그야말로 아무 연락도 없이 막시밀리안이 깜짝 방문을 해준 덕분에 도쿄에서 함께 크리스마스를 보낼 수 있었다.

덕분에 막시밀리안을 외할아버지에게도 소개할 수 있었다.

외할아버지도 새해가 되기 전에 퇴원했다. 퇴원 후에는 자택 요양 중이긴 하지만 경과도 양호했기 때문에 이렇게 새해가 되고 나서 레오나르도와 한 약속을 지키기 위해 귀국한 것이다.

루카의 귀성 소식이 전해지자, 온 가족이 본가인【팔라초 로셀리니】로 1년 반 만에 집결하게 되었다.

밀라노에 사는 작은형 에두아르와는 연말에 도쿄에서 만났지만, 아버지와 만나는 건 꽤나 오랜만이다.

아버지는 패밀리 카포의 자리를 장남에게 물려주고 자신의 재능을 크게 발전시킨 사업 경영에서 용퇴한 후, 자유분방한 은퇴 생활을 구가하고 있다. 작년 말부터 남프랑스를 여행 중이며, 아들들보다 조금 늦은 9일 오후에 시칠리아로 들어올 예정인 듯했다.

에두아르는 오늘 오후에 도착할 예정이다.

레오나르도로부터 사전에 전화로 에두아르는 이번에 부하 직원인 나루미야를 데리고 귀향한다는 이야기를 들었다.

개인 일정에도 부하 직원을 대동하다니, 굳이 말하자면 인간관계에 쿨한 에두아르치고는 신기한 일이었다. 전화로 그 이야기를 전해주었을 때의 말투로 추측하건대 레오나르도도 동생의 행동을 의외라고 여기는 것 같았다.

'나루미야 씨를 엄청 마음에 들어 하는구나.'

하지만 그 또한 쉽사리 납득이 갈 만큼 연말에 그룹 산하에 있는 '카사호텔 도쿄'에서 소개받은 총지배인 나루미야는 총명하고 숨이 막힐 정도로 아름다운 미모의 소유자였다.

동양적인 아름다움이 물씬 풍기는 '오리엔탈 뷰티'라고 해야 할까? 맑고 투명한 피부는 마치 청초한 백합꽃처럼 아름다웠다.

게다가 그저 아름답기만 한 것이 아니었다.

그렇게나 젊은 나이에 일에 엄격한 에두아르의 신뢰를 얻어 총지배인 자리를 맡은 이상, 틀림없이 호텔리어로서 상당한 실력을 갖추었을 것이다.

아무튼 에두아르가 공적으로나 사적으로나 신뢰하고 마음을 허락하는 존재가 생긴 것은 동생 입장에서도 기뻤다. 그룹의 규모가 커지면서 COO라는 직책에 가해지는 책임도 무거워짐에 따라 마음을 터놓고 이야기를 나눌 수 있는 심복을 두기는 점점 더 어려워질 테니까.

'그 점을 생각하면 레오나르도 형에게도 아키라 씨라는 측근이 생겨서 정말 다행이야.'

무슨 일이 있을 때마다 "루카, 미안해. 나도 할아버지 손자인데, 너한테만 다 맡겨서."라고 말하지만, 그가 레오나르도의 곁에 있어 주기 때문에 자신도 안심하고 일본에 있을 수 있는 것이다.

로셸리니가의 당주이자 모두가 인정하는 카리스마를 갖췄지만, 사실은 섬세하고 외로움을 많이 타는 일면을 가진 레오나르도를 그가 곁에서 확실하게 지탱해주고 있기 때문에 —— .

'아키라 씨하고 만나는 것도 오랜만이구나.'

전설의 노름꾼의 피를 이어받고, 돌아가신 어머니와 똑 닮은 일본인 이부형.

그와도 이제 곧 만날 수 있다고 생각하니 마음이 조용히 들뜨기 시작했다.

루카 본인은 가족들에게 오늘 아침 일찍 로마에 도착해 피우미치노 공항에서 막시밀리안과 합류하여 비행기를 갈아탄 뒤 시칠리아로 향한다고 말해 놓았다.

실제로는 예정일 하루 전에 로마에 도착해서 막시밀리안과 그의 집에서 하룻밤을 보냈다는 사실은 두 사람만의 비밀이다.

'이 사실을 레오나르도 형이나 에두아르 형에게 들키면 난리가 날 거야…….'

이 일에 관해 가족 앞에서 그만 입을 잘못 놀려 실언하지 않도록 거듭 주의하자.

완전무결한 막시밀리안에게는 '그만 실수로' 따윈 어림도 없기 때문에 위험한 사람은 자신임을 다시 한 번 명심했다.

자신과 막시밀리안의 관계는 아버지와 형들에게 절대로 알려져선 안 된다.

두 사람이 연인 사이라는 사실을 알면 아마 세 사람 다 졸도하고 말 것이다.

우선 둘 다 남자이기도 한 데다, 아버지와 형들은 막시밀리안을 신뢰하기 때문에 해외 유학을 가는 아들 및 동생을 맡겼으니……, 그만큼 느끼는 '배신감'도 이마이마힐 테다.

화가 머리끝까지 치민 세 사람의 얼굴이 눈꺼풀 안쪽에 리얼하게 그려지자, 루카는 한숨을 작게 내쉬었다.

가능하다면 언젠가는 가족에게 진실을 털어놓고 싶지만.

자신이 얼마나 막시밀리안을 필요로 하고 있는지, 소중히 여기고 있는지를 언젠가 가족에게 전하고 싶다. 인정해달라는 말까진 하지 않을 테니…….

자신들의 관계를 지키기 위해서라고는 하지만, 아버지와 형들에게 계속 거짓말을 해야 할 생각을 하니 마음이 괴로웠다.

그러나 정식으로 연인 선언을 하기 전까지는 높은 관문을 몇 개나 넘어야 한다는 것도 알고 있었다.

그리고 최근 들어 어쩌면 가장 큰 난관은 아버지나 형들보다 막시밀리안 본인일지도 모른다는 생각이 들기 시작했다.

고아였던 자신을 거둬 성인이 될 때까지 돌봐주며 지원을 아끼지 않고, 사회인이 되자 중요한 자리에 자신을 임명해준 아버지를 향한 막시밀리안의 충성심은 흔들림 없이 확고했다. 그런 아버지의 신뢰를 배신했다는(막시밀리안은 그렇게 여기고 있다) 뿌리 깊은 죄책감은……, 그리 간단히 뒤집을 수 없을 것 같다.

한편 아버지 또한 막시밀리안의 깊은 충심을 알고 있기 때문에 로셸리니가를 위해 사생활을 희생한(부친은 그렇게 여기고 있다) 그의 앞날을 염려해 혼담을 제안했을 것이다.

작년 말에 레오나르도로부터 막시밀리안의 혼담 소식을 들었을 때 받은 충격은 아직까지 잊혀지지 않는다.

충격이 너무 큰 나머지, 크리스마스 때 기껏 일본에 와준 연인의 얼굴을 한동안 제대로 볼 수 없었다.

막시밀리안은 아버지의 의향을 거스르지 못하리라고 생각했기 때문이다.

── 그 건에 관해서는 돈 카를로께 확실하게 거절의 의사를 전했습니다. 저는 평생 로셸리니가에 충성을 다할 것이며, 가정을 꾸릴 생각은 없다고 말이죠.

── 제가 평생 함께하기로 맹세한 저의 주인은 당신뿐입니다. 알고 계시죠?

결국 막시밀리안의 입으로 혼담을 거절했다는 이야기를 듣고 나서야 당장의 불안은 사라졌지만.

'하지만 만약…….'

혹시 이번 시칠리아 체류 중에 막시밀리안과 얼굴을 마주한 아버지가 다 끝난 줄 알았던 혼담 이야기를 다시 꺼내면······?

막시밀리안은 확실하게 거절했다고 말했지만, 아무튼 아버지는 한가로운 시간을 주체하지 못하고 있다. 막시밀리안의 얼굴을 보자마자 또다시 중매인이 되고자 하는 열정을 피울 가능성이 다분한 사람이었다.

막시밀리안은 은인인 아버지와 직접 만난 자리에서도 변함없이 혼담 공세를 거부할 수 있을까?

"······."

우울한 기분에 지배된 루가는 옆 좌석을 힐끔 살펴보았다.

조각 같은 옆얼굴을 가만히 쳐다보고 있으려니, 그 시선을 알아챈 막시밀리안이 키보드를 치던 손을 멈추고는 이쪽을 돌아보았다.

"왜 그러세요? 어디 몸이라도 안 좋으십니까?"

미간을 찌푸린 막시밀리안이 걱정스러운 듯이 묻자, 루카는 황급히 고개를 가로저었다.

"아니······, 아무것도 아니야. 목이 좀 말라서."

"물을 가져다 달라고 할까요?"

"응."

막시밀리안이 객실 승무원을 불러 "물 좀 주시겠습니까?" 하고 부탁했다. 잠시 후, 객실 승무원이 가져다준 컵을 받아 차가운 미네랄 워터를 목에 흘려 넣으면서 루카는 연인에게 혼담이 들어온 사실을 알게 된 연말부터 틈만 나면 우울한 기분에 사로잡히는 자신을 반성했다.

일어날지 어떨지 모르는 일을 지레짐작으로 끙끙 고민하고 막시밀리안에게 걱정을 끼쳐봤자 아무 의미 없다. 그것이야말로 기우였다.

'그래.'

기껏 귀성했으니 쓸데없는 걱정 하지 말고 오랜만에 찾은 고향 시칠리아를 만끽하자.

*　　*　　*

비행기는 예정 시각대로 카타니아 폰타나로사 공항에 도착하였고, 그곳에서 헬리콥터로 갈아탔다.

헬리콥터에서 보이는 청록색 해안선과 기복이 많은 지형에 질릴 틈도 없이 푹 빠져 있던 루카는 이윽고 전방에 커다란 실루엣이 보이기 시작하자 몸을 앞으로 쭉 내밀었다.

"에트나산이다!"

"네……, 오늘은 날이 맑아서 또렷하게 보이네요."

막시밀리안도 루카의 어깨너머로 사이드 윈도를 들여다보며 중얼거렸다.

수많은 산정과 기슭이 완만하게 경사진 들판을 가진 시칠리아의 상징 에트나산은 유럽에서도 가장 표고가 높은 활화산이다. 분화를 빈번하게 반복하지만, 그때 지표로 나온 화산재가 세월을 거쳐 풍부한 미네랄을 함유한 경토로 변해 들판에 향긋한 오렌지와 레몬, 고소한 호두와 피스타치오를 맺게 해준다.

어릴 적부터 늘 봐서 익숙한 겨울 경치 —— 새하얀 눈으로 덮인 에트나산의 웅대한 모습을 보니 고향에 돌아온 감회가 한층 강해졌다. 작년 2월에 귀성했을 때는 형들에게 유학을 허락받을 수 있을지 없을지 운명의 갈림길에 놓여 정신적으로 막다른 곳에 몰려 있었던 탓에 감회에 젖을 여유조차 없었기 때문에 이번에는 더더욱 그렇게 느끼는 것일지도 모른다.

얼마 전까지 살던 피렌체는 르네상스 양식의 보고이기도 한 오래된 거리에 독특한 분위기가 있었고, 지금 사는 일본노 사세설이 뚜렷해서 좋아한다. 하지만 이렇게 시칠리아의 다이나믹한 자연을 눈앞에서 보고 있으려니 역시 태어나 자란 고향은 특별하다는 것을 실감했다.

약 15분 정도 하늘을 날던 헬리콥터는 【팔라초 로셀리니】 영지 내에 있는 장외 이착륙장 활주로에 내려앉았다.

그곳에서 또다시 마중 나온 리무진으로 갈아탄 다음, 광대한 포도밭을 10분 정도 달려 겨우 정문에 도착했다.

문지기가 철문을 열자, 리무진은 산호색 영주관을 향해 똑바로 쭉 뻗은 길을 달리기 시작했다.

"멍! 멍!"

숲을 뒤에 거느린 500년의 역사를 가진 건물이 가까워짐에 따라 개 짖는 소리가 점점 크게 들려왔다.

"파고다."

커다랗고 까만 덩어리가 분수 주위를 빙글빙글 뛰어다니는 모습이 보였다. 보아하니 레오나르도의 애견 파고가【팔라초 로셀리니】에 돌아온 자신들을 환영해주고 있는 것 같았다.

"멍! 멍멍!"

리무진은 흥분 상태로 짖어 대는 파고의 환대를 받으며 지금 시기에는 깎아 손질한 상록수가 눈에 띄는 앞뜰을 지나 분수를 반 바퀴 돈 다음, 현관 앞 주차 공간에 멈추었다.

현관 앞에는 이미 집사 단테를 필두로 저택의 주요 스태프 일동이 모두 모여 있었다.

운전석에서 내린 운전사가 차를 빙 돌아와선, 뒷좌석 문을 열었다. 먼저 루카가 내려섰고, 막시밀리안도 그 뒤를 이었다.

집사 정장을 입은 단테가 돌로 된 바깥 계단으로 내려와선 가볍게 인사했다.

"루카 님, 다녀오셨습니까?"

일부러 그 말을 골라 인사한 단테는 주름 깊은 얼굴에 자애가 가득한 미소를 지었다.

태어나 자란【팔라초 로셀리니】를 나온 지 벌써 몇 년이나 지났지만, 루카가 태어나기 전부터 이 저택에서 일해 온 단테에게 자신은 아직 여전히 '저택의 아이'일지도 모른다.

"응, 단테. 다녀왔어."

"멀리서 오시느라 고생 많으셨습니다."

단테는 장거리 여행에 지친 루카를 위로한 다음, 이어서 루카의 뒤에 서 있는 막시밀리안에게 미소를 지어 보였다.

"막시밀리안 님, 잘 오셨습니다."

"오래간만에 뵙겠습니다. 그동안 잘 지내셨죠?"

두 사람은 일찍이 예전 당주 돈 카를로를 섬기는 사용인이자 동료였지만, 현재 단테의 입장에서 막시밀리안은 주인과 거의 동격인 VIP의 위치인 것 같았다.

젊은 남성 스태프에게 여행 가방을 나르도록 지시를 내리고 나서 단테가 두 사람 쪽을 돌아보았다.

"레오나르도 님께 이키라 님께서는 응접실에서 기다리고 계십니다."

루카와 막시밀리안은 단테를 따라 바깥 계단을 올라갔다. 앞장선 단테가 로셀리니가의 문장이 새겨진 큰 현관문을 열어 관내로 안내했다.

색이 화려한 예수 그리스도의 모자이크로 꾸며진 현관 홀을 지나 천장이 높은 대응접실로 가는 동안, 루카는 살짝 정겨움을 느끼며 관내를 둘러보았다. 아치형 천장 일면에 그려진 프레스코화도, 그리스와 아랍의 영향을 진하게 받은 기둥과 장식도, 다양한 양식이 혼재하는 가구와 장식품도 약 1년 전의 기억과 조금도 다르지 않았다. 정확히 말하면 유년 시절부터 전혀 변함이 없었다.

돌바닥은 구석구석까지 반짝반짝 닦여 있었고, 커튼과 카펫 또한 색 바란 곳 하나 없이 본래의 색감을 선명하게 유지하고 있었다.

역사적 가치가 높은 데에 비례하여 취급이 까다로운 저택을 이만큼 청결하고 아름답게 유지하려면 틀림없이 어마어마한 노동과 비용이 들 것이다. ……그렇게 실감하게 된 것도 혼자 살기 시작하고 나서부터였다. 이곳에서 지내던 어린 시절에는 가족의 쾌적한 생활을 위해 뒤에서 얼마나 많은 사람들이 노고를 다해주고 있는지 생각도 못했다.

살기 편하고 깨끗한 것을 당연하다고 여겼다…….

'그걸 알게 된 것만으로도 조금은 진보한 걸까?'

그런 생각을 곰곰이 하고 있으려니, 앞을 가던 단테가 발걸음을 멈추었다. 전방에 투조로 만들어진 두쪽문이 있다는 것을 알아차리고는, 어느샌가 목적지인 응접실에 도착했음을 깨달았다.

"레오나르도 님, 루카 님과 막시밀리안 님께서 오셨습니다."

" —— 들어와."

"실례하겠습니다."

안에서 대답 소리가 들리자, 단테가 문을 밀어 열었다.

우선 눈에 들어온 것은 정교한 돋을새김이 새겨진 천장에 무겁게 매달린 거대한 이탈리안 글래스 샹들리에. 세로로 긴 방 정면에 대리석 난로가 있고, 그 난로를 끼워 넣은 듯이 그리스식 둥근 기둥이 서 있었다. 난로 위에는 로셀리니가 초대 당주의 초상화가 걸려 있었으며, 출입구에서 봤을 때 왼쪽으로는 그랜드 피아노가 놓여 있었다.

돌아가신 어머니가 좋아하던 스타인웨이 그랜드 피아노였다. 어린 시절, 피아노를 치는 어머니 주위를 형제 셋이서 에워싸고 연주를 듣던 기억이 떠올랐다.

지금은 아무도 치지 않는 그 그랜드 피아노 위에는 가족 사진이 담긴 액자가 빽빽하게 놓여 있었다.

"들어가십시오."

한쪽 문을 누른 단테가 재촉하자, 루카는 응접실에 발을 내딛었다. 색이 다른 돌로 짜맞춘 바둑판 무늬의 바닥을 힘껏 밟아 나아가자, 오른쪽에 놓인 소파에서 한 남성이 불쑥 일어섰다.

"루카, 오랜만이구나."

우선 장신의 남성이 두 팔을 벌리며 다가왔다.

짙은 갈색 재킷 안에 삭스블루색 셔츠를 입었고, 넥타이는 하지 않았으며, 목에 두른 감색 네커치프가 언뜻 보였다.

오랜만에 얼굴을 마주한 큰형은 여전히 넋을 잃을 만큼 와일드한 매력이 넘쳐흘렀다.

"레오나르도 형!"

레오나르도가 저도 모르게 뛰어간 루카를 와락 끌어안았다. 재회의 기쁨을 서로 포옹으로 표현하고 난 뒤, 팔에서 천천히 힘을 푼 레오나르도가 루카의 얼굴을 들여다보았다.

"얼마 만이지?"

"마지막에 만난 게 작년 2월이니까⋯⋯, 1년 정도 됐나?"

"그렇군⋯⋯. 그렇게 오랫동안 못 만났구나. 전화로 목소리는 듣긴 했지만."

까만 눈동자로 루카의 얼굴을 찬찬히 바라보던 레오나르도가 금세 감개무량한 목소리로 말했다.

"조금 어른스러워졌구나."

연말에 에두아르에게서 들었던 말과 같은 말을 들으니 간질간질한 기분이 들었다. 스스로는 모르겠지만, 두 친형이 입을 모아 그렇게 말하니 그럴지도 모른다.

"정말?"

"그래……. 성인이 되긴 했지만 아직 응석꾸러기 강아지인 줄 알았는데……, 표정이 제법 늠름해졌는걸. ……귀한 자식은 객지로 보내 고생을 시키라는 격언도 꼭 틀린 말은 아니군."

약간 아쉬운 듯한 말투로 중얼거린 레오나르도가 루카의 어깨에 손을 얹어 뒤를 돌아보게 했다.

"아키라도 아침부터 널 만날 생각에 기대 많이 하고 있었어."

가녀린 체구를 슬림한 싱글 브레스티드 슈트로 감싼 일본인 남성과 얼굴을 마주한 루카는 머리를 꾸벅였다.

"아키라 씨, 오랜만에 뵈어요."

"루카, 오랜만이야."

또랑또랑하고 시원한 목소리로 그렇게 말한 아키라가 오른손을 앞으로 내밀었다. 그 슬림한 스타일처럼 늘씬하고 예쁘게 생긴 하얀 손을 잡자, 상대도 마찬가지로 루카의 손을 잡았다.

"건강해 보여서 다행이야. 보아하니 일본에서 알찬 대학 생활을 보내고 있는 것 같구나."

"친구도 생기고, 즐겁게 공부하며 지내고 있어요."

"그렇구나……. 다행이다."

아키라가 모친과 똑 닮은 시원스러운 두 눈을 가늘게 뜨며 미소를 짓자, 루카의 가슴이 살짝 뜨거워졌다.

'정말 어머니와 닮았다.'

새삼스럽게 눈앞에 있는 사람이 같은 모친을 가진 형제라는 사실을 음미했다.

"맞다. 외할아버지 말인데요, 의사 선생님이 경과가 순조롭다고 하시더라구요. 허리뼈는 이제 거의 원래 상태로 돌아간 것 같아요. 앞으로 무리만 하지 않으면 괜찮다고 하셨어요."

아키라가 안도의 표정을 보였다.

"고마워. 루카가 하루도 빠짐없이 병문안을 가준 덕분에 외할아버지도 빨리 건강을 되찾으셨을 거야."

"아니에요. 근데 오랫동안 외할아버지를 모시고 계신 이시다 씨가 저랑 아키라 씨라는 두 손자의 존재가 외할아버지의 버팀목이 되어주고 있다는 말씀을 하시더라구요. 외할아버지는 제가 아키라 씨 이야기를 하면 무척 기쁜 얼굴로 이야기에 집중하세요. 다음에 일본에 오시면 저랑 꼭 외할아버지 만나러 같이 가요."

"그래. 꼭 같이 가자."

루카의 의견에 동의한 아키라의 말에 이어 레오나르도가 "그땐 나도 인사를 드리러 가지." 하고 말했다.

"응, 그래주면 기쁘지. 맞다, 작년 크리스마스 때 막시밀리안도 외할아버지랑 만났어."

레오나르도가 루카의 말을 듣고 나서야 그 존재를 떠올린 듯이 약간 떨어진 위치에서 대기 중이던 막시밀리안 쪽을 돌아보았다. 그러더니 형제의 재회를 말없이 지켜보던 충직한 측근에게 격려의 말을 건네었다.

"루카를 인솔하느라 고생 많았다. 일부러 시칠리아까지 오게 해서 미안하군. 너도 일이 많이 바쁠 텐데 말이야."

막시밀리안이 진지한 얼굴로 고개를 가로저었다.

"이런 기회라도 없으면 저도 좀처럼 시칠리아에 돌아올 시간이 없으니까요."

"그건 그렇군."

레오나르도가 고개를 끄덕이며 동의했다.

"지금은 다들 떨어져 살기 때문에 패밀리가 모두 모이는 것도 쉬운 일이 아니지."

레오나르도의 와일드한 미모에 시름이 잠겼다. 하지만 곧바로 마음을 다잡은 듯이 얼굴을 위로 들더니, 밝은 목소리를 냈다.

"좀처럼 없는 기회라며 단테를 필두로 사용인들도 잔뜩 힘이 들어가 있더군. 너희도 오랜만에 찾은 【팔라초 로셀리니】를 만끽하고 가도록 해."

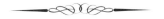

에두아르 로셀리니×나루미야 아야토

　나루미야 아야토에게 있어 인생의 근본이 뒤바뀐 격동의 해가 저물었다.
　변혁의 제1파는 우선 여름에 찾아왔다. 아야토가 근무하는 '카사호텔 도쿄'가 외국계 기업의 산하로 들어간 것이다.
　새 오너 기업은 유럽을 중심으로 세계 각국에서 레스토랑 경영, 의류·호텔 경영 등 폭넓은 사업을 전개하는 로셀리니 그룹. 본거지는 이탈리아 시칠리아, 사령탑에 해당하는 본사는 로마에 있다.
　낯선 이탈리아인에 의한 카사호텔 매수극은 창업 이후 원맨 경영으로 호텔을 이끌어 온 사장 밑에서 줄곧 일하던 종업원들에게 그야말로 청천벽력 같은 사건이었다.

물론 그것은 카사호텔에서 호텔리어 인생을 시작한 아야토도 마찬가지였다.

그러나 갑작스러운 교대극보다 아야토에게 더욱더 큰 충격을 준 것은 새로이 카사호텔의 경영권을 잡은 오너의 정체였다.

9월 초에 카사호텔을 시찰하러 밀라노에서 온 새로운 오너 —— 로셀리니 그룹을 이끄는 CEO 레오나르도 로셀리니의 친동생이자 COO이기도 한 그 —— 에두아르 로셀리니를 본 순간 몸을 꿰뚫은 전류는 지금도 선명하게 떠오른다.

찰랑거리는 플래티나 블론드, 이지적인 이마와 수려한 눈썹. 차가운 빛을 발하는 아이스블루색 눈동자, 마치 귀족 같은 품위를 뿜내는 콧날, 요염하면서도 기품이 넘치는 입가. —— 그의 세련된 미모는 예외 없이 보는 사람의 감탄을 자아냈지만, 아야토가 놀란 이유는 그 미모 때문이 아니었다.

아야토는 처음 만난 '그'를 알고 있었다.

10년 전 뉴욕의 밤, 그 당시 코넬 대학교 인턴십의 일환으로 아로마호텔에서 일하던 아야토는 유명 영화 프로듀서가 주관하는 파티 회장에서 손님으로 온 '그'와 만났다.

그리고 그날 밤, '그'의 정열적인 구애를 거스르지 못한 채 손님과 호텔리어라는 금기를 범하고 관계를 가졌다.

'그'는 그 당시 젊고 순수했던 아야토의 '첫 상대'이기도 했다.

첫눈에 반해 그야말로 굴러 떨어지듯이 사랑에 빠졌고……, 하룻밤의 실수를 저지른 다음 날 아침, 연락처도 듣지 못하고 일방적으로 버림받았다.

처음부터 신분이 다르다는 것은 알고 있었지만, 깊은 실연의 상처는 아야토의 마음에 오랜 세월에 걸쳐 어두운 그림자를 드리웠다.

그야말로 10년에 달하는 트라우마의 원흉이라고도 할 수 있는 '그'가.

10년 동안 일에 몰두하며 잊으려고 했지만 도저히 잊을 수 없었던 상대가.

새로운 보스가 되어 눈앞에 나타난 그 재회의 순간이야말로 지금에 와서 생각해보면 아마 인생 최대의 터닝 포인트였던 것이다.

그 후, 오해가 낳은 마음의 엇갈림으로 인해 적대시하며, 한때는 에두아르를 카사호텔을 파괴하는 적으로 간주한 적도 있었다.

하지만 우여곡절 끝에 서로의 사정이 복잡하게 뒤얽힌 10년 전의 진상이 밝혀지면서 오해가 풀려 마침내 진정한 마음을 알게 되었고, 아야토는 오랫동안 꾹 참아 왔던 '그'를 향한 깊은 애정을 소상히 밝힐 수 있었다.

── 우린 꽤 멀리 돌아왔군. 하지만 더 이상 놓아주지 않을 거야. 아야토……, 사랑해.

── 당신에게……, 두 번이나 잡히고 말았어요. 10년 전 그날 밤, 그리고 오늘 밤이요.

그것만으로도 충분히 꿈처럼 행복했지만, 에두아르는 아야토에게 더 큰 선물을 주었다.

―― 너를 카사호텔의 새로운 총지배인으로 임명하고 싶어.

생각지도 못한 대발탁에 놀란 아야토는 경력도 길지 않은 풋내기인 자신이 그런 큰 역할을 잘 수행해 낼 수 있을지 기쁜 마음보다 주눅이 앞섰다.

그러나 에두아르의 눈동자에는 조금의 흔들림도 없었다.

―― 너만큼 카사호텔을 사랑하고 이해하며 열정을 쏟는 호텔리어는 또 없으니까.

그런 든든한 말로 등을 떠밀어준 덕분에……, 아야토는 미지의 무대에 도전하기 위해 앞으로 한 걸음 내딛었다.

그것이 이번 가을에 있었던 일.

총지배인으로 취임한 이후로는 매일 그야말로 정신없이 바빴다.

최고 책임자로서 카사호텔 안에서 일어나는 수많은 문제와 과제에 맞서 결단을 내리는 나날.

자신보다 한 살 아래인 젊은 나이에 에두아르는 중책과 24시간 내내 맞서 싸워야만 하는 하드한 일상을 벌써 몇 년이나 보내왔다고 생각하니 그가 얼마나 대단한지 뼈저리게 깨닫게 되었다.

물론 스트레스만 받는 것은 아니다.

새로운 카사호텔을 만들겠다는 목표하에 스태프들과 힘을 합쳐 손님을 위해 보다 질 높은 서비스를 모색하는 것은 매우 보람된 일인 데다, 매일 알찬 생활을 보내고 있다.

자신에게 아직 실력이 부족한 것을 깨닫고 우울함에 빠질 때도 있지만…….

그럴 때도 밀라노에 있는 연인의 목소리를 들으면 대체로 금방 회복되었다. 핵심을 찌르는 정확한 조언과 격려의 말이 얼마나 버팀목이 되어주었는지 모른다.

취임 후, 가장 중요한 시금석이라 할 수 있는 크리스마스 시즌도 스태프들과 에두아르의 도움 덕분에 무사히 넘길 수 있었다.

그 에두아르가 크리스마스에 일본을 떠날 수 없는 아야토를 위해 밀라노에서 일본까지 찾아와주었다. 바쁜 그가 시간을 들여 친히 찾아와준 데에 미안할 따름이었지만, 동시에 무척 기뻤다.

그도 그럴 것이, 두 날 만의 상봉이었기 때문이다.

또한 그날 저녁 식사 자리에서 일본 유학 중인 에두아르의 동생 루카와 로셀리니 그룹 전체의 매니지먼트 업무를 담당하는 미스터 막시밀리안 콘티를 소개받는 예상치 못한 뜻밖의 행운을 얻었다.

에두아르의 가족과 만난 적은 처음이라 긴장됐지만, 역시 같은 핏줄인 만큼 루카는 아주 매력적인 청년이었다.

── 에두아르 형을 앞으로도 잘 부탁드릴게요.

솔직하고, 순진무구하고, 올곧은……

그 어떤 사람이든 그와 말을 나눠보면 그의 인품에 끌리지 않을 수가 없을 것이다.

일찍이 삼형제를 돌보던 막시밀리안에게서는 딱 보기에도 '수완가'라는 인상이 느껴졌다. 루카의 등 뒤로 살며시 다가서는 자세나 금욕적인 분위기에서 어딘가 자신과 상통하는 무언가를 느낀 것도 사실이다.

아야토는 두 사람과 이야기를 나누며 굉장히 뜻 깊은 시간을 보냈다. 그리고 그것은 에두아르도 마찬가지인 듯했다.

뉴이어 버전 디스플레이가 완성되기를 지켜본 뒤, 에두아르의 방에서 겨우 단둘이 되자 서로 준비한 선물을 교환했다. 그 후, 오랜만에 듬뿍 사랑을 나누었다.

몸도 마음도 충족된 상태로 에두아르의 품 속에서 눈뜬 새벽 무렵, 연인으로부터 조만간 고향 시칠리아에 돌아간다는 의사를 전해 들었다.

에두아르가 모친의 죽음을 계기로 생겨난 불화로 인해 고향에 복잡한 마음을 품고 있다는 사실은 알고 있었기 때문에 조금 뜻밖이긴 했지만, 태어나 자란 시칠리아에 돌아가서 육친과 만나겠다는 결심이 섰다니 참으로 기쁜 일이 아닐 수 없었다.

가족과는 만날 수 있을 때 되도록 많이 만나 두는 편이 좋다.

이미 육친을 떠나보낸 입장이기 때문에 더더욱 그렇게 여기는 걸지도 모르지만.

그의 변심을 속으로 몰래 기뻐하고 있으려니, 에두아르가 생각지도 못한 제안을 했다.

── 아야토, 마침 좋은 기회이니 함께 시칠리아에 가지 않을래? 널 가족들에게 소개하고 싶어.

로셀리니 삼형제와 막시밀리안을 키운 시칠리아 땅. 형제들이 태어나 자란【팔라초 로셀리니】를 방문해보고 싶은 마음은 있었다.

하지만 과연 가족 모임에 자신 같은 외부인이 끼어도 될까……?

아야토가 망설이며 주춤거리자, 에두아르는 연인을 열심히 설득했다.

―― 내가 사랑하는 사람을 가족들에게 보여주고 싶어.

그런 식으로 애원하니 도무지 거절할 수 없었다.

―― 알겠습니다. 함께할게요.

―― 아야토……, 잘 선택했어. 기뻐.

그런 경위를 거쳐 맞이한 새해.

1월 6일.

아침 미팅을 마친 아야토는 가사호텔에서 곧바로 나리타로 향해 12시 30분 출발 알리탈리아 항공 직항편을 타고 밀라노로 떠났다.

연말연시에도 휴일 없이 일한 아야토는 오늘부터 일주일 동안 총지배인으로 취임한 이후, 아니, 호텔리어가 된 이후로 첫 장기 휴가에 들어가게 되었다.

출발 직전, 부지배인 하시구치가 일에 대한 미련을 떨치지 못해 안절부절못하던 아야토에게 "걱정 안 해도 돼. 호텔 일은 싹 잊고 재충전하고 와."라고 말해주었다.

키타가와와 쿠보타 같은 젊은 스태프들도 "자리 비우시는 동안에는 저희에게 맡겨주세요. 나루미야 총지배인님이 안 계시는 동안에도 정신 똑바로 차리고 잘할게요."라는 말과 함께 가슴을 툭 치더니 "즐거운 휴가 보내세요!" 하고 밝은 목소리로 배웅해주었다.

이번 시칠리아 방문에 앞서 에두아르도 『일은 가져오지 마. 휴대전화와 노트북도 두고 와야 돼.』하고 못을 박았다.

『넌 좀 심하게 워커홀릭인 경향이 있어. 1년 내내 바지런히 일하기 위해서는 중간중간에 일을 놓고 완전히 휴식을 취하는 것도 필요하다고. 가동할 때와 그렇지 않을 때를 능숙하게 관리하는 능력 또한 리더가 가져야 할 중요한 스킬 중 하나야. 게다가 가끔씩 자기들끼리 스스로 대처할 기회를 주지 않으면 직원들은 크질 않아.』

나이는 한 살 아래지만 호텔리어 선배인 에두아르가 전화로 했던 이야기를 뇌리에서 되풀이하고 있는 사이에 기체가 천천히 하강하기 시작했다.

안전벨트 착용 사인이 켜지자, 비즈니스 클래스 담당 객실 승무원이 "본 비행기는 앞으로 10분 후에 말펜사 공항에 도착합니다." 하고 알려주었다.

열두 시간 동안의 비행 중에 영화를 세 편 보고, 책을 한 권 읽었다. 잠은 자지 않았지만 피곤하지 않았다.

총지배인에 취임한 이후로 취미인 영화 감상과 독서에 시간을 전혀 할애하지 못했지만, 오랜만에 픽션 세계에 몰두하니 큰 기분 전환이 되었다.

역시 에두아르의 조언에 따라 노트북을 가져오지 않길 잘한 것 같다. 가져왔다면 분명히 일을 했을 테니까.

'앞으로 10분……'

조금 있으면 에두아르와 만날 수 있다.

게다가 일주일 동안 함께 휴가를 보낼 수 있다.

아야토는 서서히 복받치는 환희를 가슴속으로 음미하며 손에 들고 있던 책을 조용히 덮었다.

*　*　*

현지 시간 다섯 시 반, 비행기는 예정 시각대로 말펜사 공항에 착륙했다.

기내에서 내리자, 슈트를 입은 그라운드 스태프가 [미스터 나루미야?] 하고 성이로 말을 걸었다. [네.] 하고 내답하자, [미스터 로셀리니께서 기다리십니다. 제가 안내해드리도록 하죠. 이쪽으로 오십시오.] 하고 아야토를 향해 손짓했다.

아마 이탈리아인인 그의 안내를 받으며 터미널 빌딩으로 향했다.

통로를 5분 정도 걸어 도착한 그곳은 VIP 전용 특별 라운지였다.

그라운드 스태프가 방문 앞에 서선, 오크나무로 된 두쪽문을 노크했다.

[미스터 나루미야를 모시고 왔습니다.]

[들어와.]

안에서 이탈리아어로 대답이 돌아오기를 기다리던 그라운드 스태프가 두쪽문을 열었다.

[들어가십시오.]

그라운드 스태프는 아야토를 방에 들여보낸 뒤, 안으로 들어오지 않고 문을 닫더니 그대로 자리를 떴다.

안내받은 그 방은 순간적으로 공항 안이라는 사실을 잊어버릴 만큼 화려한 공간이었다. 대리석 난로 외에도 바 카운터가 방 일각을 차지하고 있었으며, 중앙에는 전부 가죽으로 덮인 소파 세트가 놓여 있었다.

그 소파에서 장신의 남성이 일어났다.

빛나는 백금색 머리카락과 균형 잡힌 9등신. 아야토는 오늘도 클라시코 이탈리아 슈트를 완벽하게 차려입은 미장부를 만감이 교차하는 마음으로 응시했다.

"아야토!"

벨벳 질감이 감도는 테너톤 목소리가 자신의 이름을 불렀다.

"……에두아르."

큰 보폭으로 걸어오며 거리를 좁힌 에두아르가 한 발짝 앞에서 발걸음을 멈추더니 아이스블루색 눈동자로 지그시 내려다보았다.

얼핏 보면 쿨하지만 실은 열을 품은 파란 눈동자를 올려다보며 약 2주 만에 만난 연인과 서로를 바라보았다. 시선이 얽히자, 에두아르가 두 눈을 서서히 가늘게 떴다.

시칠리아에 오기에 앞서 로마 피우미치노 공항이 아니라 말펜사 공항에서 환승한 이유는 밀라노에 사는 에두아르와 합류하기 위해서였다.

여기서부터 시칠리아 타오르미나로 함께 비행기를 타고 갈 예정이었다.

그 타오르미나에서 1박을 하고, 다음 날 차를 타고【팔라초 로셀리니】로 향할 계획을 에두아르로부터 들은 것은 일주일 전. 목적지까지는 에두아르가 직접 차를 몰고 갈 생각인 듯했다.

【팔라초 로셀리니】에는 7일 오후부터 10일 오전 중가지 체류하고, 10일 오후, 11일, 12일은 에두아르와 둘이서 시라쿠사와 라구사, 아그리젠토 등 관광 명소를 차로 돌아볼 예정이다.

13일에는 팔레르모 공항을 출발해 귀국길에 오르지만, 그동안 에두아르는 시칠리아 초심자인 아야토를 위해 투어 가이드 역할을 맡아줄 생각인 것 같았다.

'왠지 꿈만 같아.'

그의 본거지인 밀라노에서 지금 이렇게 에두아르를 만나고 있다니.

보통 에두아르와의 밀회는 일하는 중에 짬을 내어 카사호텔 안 아니면 아야토의 집에서 주로 이루어졌기 때문에 이런 식으로 이국에서 연인과 만나는 상황이 매우 신선하게 느껴졌다.

아야토는 두방망이질 치는 고동을 의식하면서 입을 열었다.

"……죄송합니다. 많이 기다리셨습니까?"

"아니……."

에두아르가 그 질문을 듣고서야 정신을 차린 듯이 천천히 눈을 깜빡이더니 "15분 정도." 하고 대답했다.

"너야말로 비행기는 어땠어?"

"덕분에 아주 쾌적한 시간을 보냈습니다."

"그렇군. 네가 비즈니스 클래스가 좋다고 끝까지 우겨서 걱정 많이 했는데, 다행이네."

아야토는 며칠 전에 나눈 대화를 떠올렸는지 약간 못마땅한 듯한 에두아르의 얼굴을 보며 "객실 승무원 분들도 굉장히 친절하게 대해주셨어요." 하고 미소를 지었다.

실은 이번에 에두아르가 밀라노까지 오는 비행기 티켓을 퍼스트 클래스로 준비하겠다고 제안했지만, 아야토는 "마음만으로도 충분합니다." 하고 거절했다.

실제로 비즈니스 클래스도 좌석이 충분이 넓었던 데다, 베테랑 객실 승무원이 아야토를 전담하여 서비스해 주었기 때문에(아마 에두아르가 항공 회사에 연락을 해 놓았던 것 같지만) 무척 쾌적했다.

그 비즈니스 클래스도 사실은 스스로 예약하고 싶었지만, "내가 와달라고 했으니, 적어도 티켓은 내가 준비하게 해줘. 안 그러면 마음이 편치 않으니까." 하고 에두아르가 거듭 부탁하는 바람에 결국 꺾이고 말았다.

"……뭐, 그래."

어깨를 움츠린 에두아르가 아야토의 허리에 팔을 둘렀다. 그리고 그대로 끌어당기듯이 한 손으로 아야토를 꽉 껴안았다.

"윽……, 에두아르……."

아야토는 연인의 향기에 감싸여 숨을 죽였다. 에두아르가 아야토의 귓가에 입술을 가져다 대고 속삭였다.

"2주 만에 만난 너를 맛보고 싶지만……, 조금이라도 몸이 닿았다간 멈출 수 없을 것 같아."

연인이 숨을 후우 내쉬더니 팔에서 힘을 풀었다.

"아쉽지만 자가용 제트기가 기다리고 있으니, 서두르자."

＊　　　＊　　　＊

한 시간 후, 두 사람을 태운 자가용 제트기는 타오르미나 장외 이착륙장에 내려섰다.

태어나서 처음으로 탄 자가용 제트기 안에서 줄곧 긴장 상태였던 아야토는 승강용 사다리를 내려간 순간, 콧구멍을 간질이는 달콤한 향을 맡으며 시칠리아의 풍토를 강하게 느꼈다.

'여기가 시칠리아⋯⋯.'

인기척이 없는 활주로에 멈춰 서서 감귤향과 그윽한 꽃향기를 머금은 밤바람을 가슴 한가득 들이마셨다.

이미 주위는 어둠에 덮여 있었지만, 아침이 되어 해가 뜨면 감청색 이오니아해와 영봉 에트나산을 틀림없이 이 눈으로 볼 수 있을 것이다.

그 이오니아해를 무대로 소꿉친구이자 절친, 그리고 라이벌이기도 한 두 천재 다이버의 우정과 경쟁을 그린 영화 '그랑 블루'.

잠수 사고로 아버지를 잃고 고독한 어린 시절을 보낸 주인공 자크 마욜에게 자신의 처지를 겹쳐 본 것이 이 영화에 빠지게 된 계기였을까? 지금은 정확하게 생각나지 않지만, 아야토는 이 영화를 무척이나 좋아했다.

자세히 아는 편은 아니지만, 빛이 닿지 않는 심해의 어둠을 이 영화만큼 아름답게 그린 작품은 본 적이 없다. 어둠에 트라우마를 가진 자신조차 넋을 잃을 만큼 웅대한 바다…….

시칠리아는 '그랑 블루'의 촬영지인 것과 동시에 소중한 연인의 고향이기도 하다. 아야토가 이중의 의미로 강한 애착을 가진 토지였다.

영화 속에서도 장 르노가 맡은 엔조라는 캐릭터가 시칠리아를 '세상에서 가장 아름다운 섬'이라고 평가한다.

언젠가 한번 가보고 싶었던 꿈의 섬에 드디어 발을 들여놓았다.

'정말로……, 왔어.'

향긋한 향기에 감싸여 감회에 젖어 있으려니, 앞에서 활주로를 걷기 시작한 에두아르가 돌아보며 "아야토?" 하고 이름을 불렀다.

"아……, 죄송합니다."

다급히 걸음을 내딛어 연인의 옆에 나란히 섰다.

"이제 어디로 가실 예정입니까?"

오늘 밤에는 타오르미나에서 1박을 할 예정이라는 이야기밖에 듣지 못했다. 일주일 휴가를 잡기 위해 출발 직전까지 평소의 3배 이상 되는 업무량을 소화했기 때문에 미안하게 여기면서도 이번 여행 일정은 자신을 초대해준 에두아르에게 전부 맡겨버렸다.

"차로 호텔에 갈 거야."

"호텔……."

직업 관계상 숙박 시설에는 남다른 흥미가 있다. 또한 에두아르가 택한 숙소라면 틀림없이 멋진 호텔일 것이다. 기대감에 부푼 아야토는 "어느 호텔인가요?" 하고 물었다.

하지만 에두아르에게서 돌아온 것은 "비밀."이라는 매정한 대답.

저도 모르게 옆에 있는 얼굴을 살펴보자, 그 낌새를 알아챈 연인이 살짝 윙크를 해 보였다.

"가서 직접 봐."

장외 이착륙장 주차장에 세워진 까만 마세라티 그란투리스모에 올라탄 두 사람은 밤의 간선도로를 달리기 시작했다.

조수석에 앉아 새빨간 가죽 시트에 몸을 맡긴 아야토는 운전석에 앉은 에두아르를 시야 한구석으로 힐끗 쳐다보았다.

핸들을 잡은 모습은 처음 보지만, 주차장을 벗어나 간선도로를 탄 불과 몇 분 동안만으로도 그가 운전에 매우 능숙한 사람이라는 사실을 알 수 있었다.

평소에는 운전사가 운전하는 리무진을 타고 이동하기 때문에 직접 핸들을 잡은 에두아르를 보니 왠지 무척 신선했다······.

앞으로 일주일 동안 연인의 새로운 얼굴을 얼마나 알게 될지 상상하니 절로 들뜨는 마음을 도무지 억누를 수가 없었다. 스스로도 이 나이 먹고 참 어린아이 같긴 하지만······.

"낮에 드라이브를 하면 아름다운 해안선을 볼 수 있었을 텐데 아쉽군."

아야토의 시선을 느꼈는지, 에두아르가 정면을 바라본 채 입을 열었다.

"그래. 내일【팔라초 로셀리니】가는 길에 '그리스 극장'에 들르자."

"그리스 극장, 이요?"

"기원 전 3세기에 반원 형태로 지어진 극장의 유적이 남아 있거든. 로마에 침공당한 후에는 검투사들의 치열한 싸움이 벌어지던 원형 투기장으로도 활용되었다고 하지."

그리스인은 극장을 '듣기 위해' 만들었고, 로마인은 '보기 위해' 만들었다고 언젠가 문헌에서 읽었던 내용을 떠올렸다.

"고대 그리스인이 극장에 가장 적합한 위치로 선정한 만큼 유적에서 바라보는 이오니아해, 그리고 에트나산은 그저 멋지다는 한마디로밖에 표현이 안 돼. 너에게도 그 절경을 꼭 보여주고 싶어."

"네, 기대할게요."

앞으로의 계획을 이야기하는 에두아르의 옆얼굴도 그렇게 생각해서 그런지 편안해 보였다.

두 어깨에 걸머진 무거운 짐을 잠시 내려놓은 해방감 때문일까? 아니면 정겨운 고향의 공기가 그렇게 만든 걸까?

과거에 불화가 있긴 했지만, 이곳은 에두아르가 태어나 자란 땅이다.

이번 귀성이 그에게도 좋은 추억이 되면 좋을 텐데.

그런 생각을 하는 사이에 어느덧 차는 꾸불꾸불하고 좁은 산길을 올라가기 시작했다. 보아하니 에트나산의 완만하게 경사진 들판과 이웃해 있는 타우로산을 올라가고 있는 듯했다.

한동안 언덕길을 꾸불꾸불 올라가자, 타우로산 중턱에 착 들러붙은 듯한 작은 마을에 도착했다.

"타오르미나야."

"여기가, 타오르미나."

돌로 만들어진 성새 도시 타오르미나에는 중세의 정취가 아직도 짙게 남아 있었다.

중세의 웅장하고 아름다운 건물이 대거 남아 있는 돌바닥으로 된 시가지를 질주한 마세라티는 분수가 있는 마을 중심 광장 —— 4월 9일 광장에서 두어 블록 내려간 한적한 곳에 일단 차를 세웠다.

"여긴……?"

벽돌로 만들어진 중후한 건물이 무수하게 반짝이는 일루미네이션의 빛을 받아 어둠 속에 희미하게 떠오른 광경을 본 아야토는 그 환상적인 아름다움에 숨을 작게 삼켰다.

"이 크리스마스 일루미네이션도 오늘이 마지막이야. '에피파니아'가 끝나면……, 다시 말해 오늘 밤 열두 시에는 철거되거든. 끝나기 직전이긴 하지만, 그래도 크리스마스 시즌에 맞게 와서 다행이야."

아야토는 에두아르의 설명을 들으며 건물 일각을 뚫고 나온 종루를 올려다보았다.

'……교회?'

종교 시설인가?

그런 생각을 하고 있으려니, 하얀 외벽을 아치형으로 뚫은 철문이 안쪽에서 열렸다.

열린 문을 지나 돌이 깔린 통로를 일직선으로 나아간 마세라티가 하얀 벽 앞에 위치한 주차 공간에 멈춰 섰다.

그러자 라이트업된 아치형 현관에서 제복 차림의 두 남자가 나타났다. 서둘러 뛰어온 두 남자 중 한 사람이 차 문을 열어주었고, 다른 한 사람은 차 뒤쪽으로 돌아가선 트렁크를 열어 짐을 꺼내 옮기기 시작했다.

그들의 빠릿빠릿한 움직임을 보아하니 교회가 아니라 호텔일지도 모른다는 생각이 문득 들었다. 잘 훈련된 민첩한 동작에서 보건대 4~5성급 호텔임을 쉽게 추측할 수 있었다.

그만 직업병이 발동하여 그들을 관찰하고 있으려니, 먼저 마세라티에서 내린 에두아르가 차 열쇠를 제복 차림의 남자 중 한 명에게 건네고는, 아야토 쪽을 돌아보며 "가자." 하고 재촉했다.

앞장서서 걷기 시작한 에두아르를 따라 현관에서 관내로 들어갔다.

'……응?'

퍼블릭 스페이스에 발을 들여놓자마자 데자뷔를 느꼈다.

태어나서 처음으로 찾은 곳인데도 어째선지 알고 있는 장소 같다는 기분이 들면서…….

하얀 벽으로 된 복도에 쭉 놓인 흑단으로 된 가구와 장식품도 어딘가 낯익었다.

어디선가 흐르는 바이올린, 첼로, 비올라 사중주가 자아내는 선율 —— .

'난 여길……, 알고 있어.'

그 신기한 감각에 강하게 사로잡혀 있는 동안, 어느새 오른쪽에 파티오가 보였다.

"앗!"

회랑에 빙 둘러쳐진 유리 너머로 안뜰을 발견하자, 깜짝 놀란 목소리가 새어 나왔다.

돌로 된 벽을 덮은 초록색 초목. 그 짙은 초록색 사이에서 색감을 더해주는 부겐빌레아 꽃과 블러드 오렌지 열매. 남국 정서를 자아내는 대추야자나무와 데라코타 화분. 네모난 성원 숭심에 마련된 돌로 만들어진 둥근 우물.

크리스마스 사양으로 라이트업된 아름다운 파티오에 홀린 듯이 멍하니 서 있자, 귓가에서 깊이 있는 테너톤 목소리가 속삭였다.

"산 도미니코 팔래스 호텔이야."

"산 도미니코 팔래스……."

앵무새처럼 말을 되풀이하며 시선을 들자 에두아르와 눈이 마주쳤다. 자신의 머릿속에 남아 있는 가물가물한 기억과 그 이름이 일치한 순간, 아야토의 눈이 서서히 커졌다.

"혹시……, '그랑 블루'에 나오는?"

"그래."

에두아르가 긍정했다.

영화의 전반부 촬영지인 수도원 호텔.

15세기에 지어진 수도원을 개축했으며, 117실의 방을 보유한 5성급

호텔이다.

이탈리아를 포함한 유럽에서는 역사적 건축물을 보수·복원하여 현대적 설비를 갖춘 시설로 재생시키는 레스타우로 수법이 널리 도입되고 있으며, 이곳도 그중 하나이다.

"네가 그 영화의 팬이라고 했잖아."

"기억해 주셨군요."

잡담을 하던 중에 한두 마디 언급하기만 했을 뿐인데.

"너에 관해서라면 내 기억력은 엄청난 위력을 발휘하거든."

약간 득의양양한 얼굴을 가만히 응시했다.

"그래서 일부러 타오르미나를……."

국제공항이 있는 카타니아가 아니라 자가용 제트기를 이용하면서까지 타오르미나를 숙박지로 택한 이유를 지금 깨달았다.

"너와 카사호텔 이외의 호텔에서 묵는다면 특별한 호텔에서 묵고 싶었어."

"……에두아르."

로셀리니 그룹의 호텔 부문과 의류 부문을 총괄하는 에두아르는 자신과 비교도 되지 않을 만큼 어마어마하게 바쁜 사람이다.

아마 분 단위로 짜여진 스케줄 사이사이에 짬을 내어 이번 여행을 보다 충실하게 보내기 위한 계획을 짜주었을 것이다.

그 정성 어린 배려에 가슴이 뜨거워진 아야토는 약간 홍조를 띤 얼굴로 감사 인사를 했다.

"감사합니다……. 마음 써주셔서……, 정말 기뻐요."

감사의 마음을 전하는 목소리가 희미하게 떨렸다.

표정과 목소리에서 말에 담긴 진심이 전해졌는지, 에두아르가 그 아름다운 얼굴에 녹아들 것만 같은 미소를 지었다. 그러더니 아야토의 뺨을 부드러운 손길로 살며시 어루만졌다.

"마음에 들어 해준 것 같아서 다행이야."

*   *   *

체크인을 마친 뒤, 남성 안내 스태프의 유도에 따라 오늘 밤 묵을 방으로 향했다.

아야토는 에두아르의 옆을 걸으면서 둥근 천장을 품은 복도 사방팔방으로 시선을 바삐 움직였다.

폭이 넓은 복도는 롱갤러리처럼 역사적 가치가 높은 회화와 조각상 등으로 꾸며져 있었으며, 아야토의 위치에서 왼쪽에 줄지어 있는 객실 문 위쪽 벽에는 저마다 원형 프레스코화가 그려져 있었다.

정성이 담긴 필치가 아름다운 프레스코화는 하나하나 모티브가 달랐다. 보아하니 예수 그리스도의 탄생에서부터 시작되는 성서에 기록된 에피소드가 그려진 듯했다.

이곳이 일찍이 수도원이었다면 이 방도 원래는 수도사들이 생활하던 곳이었을 것이다. 어딘가 조용하고 평온한 분위기가 감도는 것은 그 때문일지도 모른다.

인접한 산 도미니코 성당은 제2차 세계대전 때 공중 폭격을 당해 현재는 바로크 양식의 종루만 남아 있을 뿐이라는 이야기를 아까 전에 프런트에서 들었다.

'그러고 보니 이 복도도 영화에 나왔어.'

그야말로 영화 등장인물이라도 된 기분에 젖어 있으려니, 앞장서서 걸어가던 안내 스태프가 발걸음을 멈추었다. 그리고 복도 맨끝의 돋을새김이 세공된 두쪽문 앞에 서선, 잠금장치를 풀고 문을 열었다.

[들어가십시오.]

안내 스태프가 영어로 재촉하자 우선 에두아르가 안으로 들어갔고, 아야토도 그의 뒤를 따랐다. 실내에 발을 내딛은 순간, 농후한 꽃향기에 감싸였다. 주실에 놓인 라운드 테이블 위에 두 팔로 다 끌어안을 수도 없을 만큼 꽃이 풍성하게 꽂혀 있었다.

라운드 테이블 위에는 그 밖에도 웰컴 프루츠가 담긴 커다란 그릇과 피처럼 새빨간 오렌지주스가 들어 있는 바카라 주전자, 텀블러 글래스가 놓여 있었다.

[짐은 워크인 클로짓에 옮겨 놨습니다. 짐 푸실 때 사람이 필요하신 경우에는 불러주십시오.]

[저희가 할 테니 신경 쓰실 필요 없어요.]

[알겠습니다. 그럼 괜찮으시다면 지금부터 각 방을 안내해 드리겠습니다.]

[부탁드립니다.]

방은 살롱을 겸한 주실과 응접실, 침실 두 개와 서재, 합쳐서 총 다섯 개의 방으로 구성된 스위트룸으로, 주실에는 테이블과 의자가 놓인 발코니가 달려 있었다.

넓은 방 배치, 화려한 장식, 호화로운 가구와 미술품. 모든 것이 이 호텔에서 최상급 객실이 이 방임을 증명하고 있었다.

'……굉장하다. 예술품이나 마찬가지인 앤티크 가구가 아낌없이 배치되어 있어.'

게다가 중세의 정취를 확실하게 남기면서도 기능을 중시한 설비는 손님들이 사용하기 편한 사양으로 구성되어 있었다. 레스타우로 수법의 성공 예시일 것이다.

스태프의 안내에 따라 아야토가 완전히 호텔리어의 얼굴로 각 방을 탐색하는 동안, 에두아르는 주실 소파에 우아하게 다리를 꼬고 앉아 기다렸다.

한차례 설명을 듣고 주실로 돌아오자, 안내 스태프가 에두아르에게 지시를 구했다.

[오늘 디너 시간은 예약하신 여덟 시에서 변경 없으십니까?]

[아아……, 지금 몇 시지?]

재킷 소맷부리를 손가락으로 살짝 밀어 올린 에두아르가 뚜르비옹 문자판을 읽었다.

[……일곱 시 반이군. 여덟 시에 여기 리스토란테를 예약했거든……. 지중해 요리를 먹을까 하고. 30분 안에 준비할 수 있겠어?]

에두아르가 고개를 돌려 묻자, 소파 뒤에 자세를 잡고 서 있던 아야토는 [네.] 하고 대답했다. 1박이기 때문에 짐을 풀 필요도 없는데다, 화장을 고칠 시간도 필요하지 않았다.

시선을 또다시 안내 스태프에게 돌린 에두아르가 [예정대로 여덟 시에 부탁하네.]라고 말했다.

[알겠습니다. 무슨 일이 있으시면 콘솔 테이블 위에 있는 전화를 사용해 주십시오. 0번이 프런트 직통 번호입니다.]

가볍게 고개를 끄덕여 인사한 그가 퇴실한 뒤, 에두아르가 소파에서 일어났다. 그리고 소파 뒤로 돌아가선 아야토 앞에 서더니 얼굴을 들여다보았다.

"방은 마음에 들었어?"

"네, 아주 근사해요."

아야토는 고개를 꾸벅 끄덕였다.

"이런 멋진 방에 손님으로 숙박하는 건 태어나서 처음입니다. ……왠지 꿈만 같아요."

"다행이다."

에두아르가 안도한 표정으로 중얼거렸다.

"실은……, 초장부터 실패하면 어쩌나, 오늘 하루 내내 계속 조마조마했거든."

아야토는 생각지도 못한 고백을 듣고 숨을 삼켰다.

'계속 조마조마했다고? 나보다 훨씬 침착하고 쿨한 에두아르가?'

"첫날부터 널 실망시키면 어쩌나 마음에 걸려서 어젯밤에도 잠을 설쳤지 뭐야."

"실망하다니, 그럴 리가요!"

너무나도 깜짝 놀란 나머지, 약간 큰 목소리가 나왔다.

"물론 예약해주신 호텔도 객실도 근사해서 무척 기쁘긴 하지만……, 저는."

"아야토?"

"정말로 당신과 이렇게 함께 있을 수 있는 것만으로 충분해요. 다른 건……, 아무것도 필요 없을 정도예요."

아이스블루색 눈동자를 응시하며 절절히 호소하자, 에두아르가 두 눈을 천천히 가늘게 떴다.

"넌 정말……, 귀여운 말을 하는구나."

갈라진 목소리로 속삭이며 아야토의 턱을 조심스레 잡았다. 어디 하나 나무랄 데 없는 아름다운 얼굴이 천천히 다가오더니, 살며시 입술을 가져다 댔다. 윗입술을 빨고 아랫입술에 콕콕 도장을 찍고 떨어졌다.

세 번째가 되어서야 깊게 입을 맞추었다.

아야토도 입술을 벌려 뜨거운 혀를 받아들였다.

"읏……, 으음……."

약간 성급하게 들어온 에두아르의 혀가 입안을 농밀하게 애무했다. 질척질척, 젖은 소리가 고막에 울리면서 눈시울이 서서히 뜨거워졌다. 뒤얽힌 혀가 자근자근 깨물리자 등줄기가 찌릿찌릿 저려 왔다.

2주 만에 나누는 입맞춤을 정신없이 받아들이는 동안 어느새 아야토는 에두아르의 등에 팔을 감고 그 몸에 매달려 있었다.

에두아르 로셀리니×나루미야 아야토 121

"······으, 응······, 흐읏."

다리가 떨리기 시작하고 숨이 가빠진 무렵, 에두아르가 아쉬운 듯이 입술을 떼어 냈다.

그러더니 아야토를 꽉 껴안고는 애달픈 목소리로 "잠시만······, 기다려봐." 하고 귓가에 속삭인 뒤, 아야토를 안고 있던 팔을 풀었다.

에두아르는 키스의 여운에 정신을 차리지 못하는 아야토를 둔 채 벽 쪽에 있는 콘솔 테이블로 걸어가더니 수화기를 들었다.

[로셀리니다. 디너 예약 시간을 변경하고 싶은데. ······어디 보자, 여덟 시 반······.]

생각에 잠긴 표정으로 아야토 쪽을 돌아본 에두아르가 통화 상대를 향해 방금 한 말을 정정했다.

[아니······, 역시 아홉 시로 부탁하지.]

수화기를 내려놓고 돌아본 연인의 욕정을 띤 파란 눈동자와 시선이 마주치자, 아야토는 목을 작게 꿀꺽였다.

"······아홉 시면 배고프지 않을까요?"

그 질문에는 대답하지 않고 말없이 되돌아온 에두아르가 위팔을 잡았다.

"공복을 채우기 전에 먼저 너를 2주치 보충해야겠어······."

"에두아······."

에두아르가 끌고 가듯이 아야토의 팔을 쭉 잡아당겼다.

"이제 더는 못 참겠어."

＊　　　＊　　　＊

　두 개 있는 침실 중 더 넓은 메인 침실에 납치하듯이 아야토를 데려간 에두아르는 재빨리 옷을 전부 벗긴 다음, 캐노피 침대에 쓰러뜨렸다.

　아야토의 등이 순백의 리넨에 잠기는 것과 동시에 위에서 몸을 덮어 온 에두아르의 손에 의해 두 다리가 크게 벌어졌다.

　"윽……."

　키스만으로 욕망을 힘껏 세운 채 선난에서 꿀을 흘리고 있는 자신의 창피한 모습을 연인이 열이 깃든 눈빛으로 내려다보자, 온몸이 불에 휩싸인 듯이 확 뜨거워졌다. 망측한 자신을 희롱하는 시선에 수치심을 느끼면서 허벅지 안쪽 피부가 실룩실룩 떨렸다.

　손끝으로 귀두를 쓱 문질리는 것과 동시에 허리가 흠칫 떨렸다.

　"……젖어 있군."

　연인은 일부러 그렇게 말하면서 수치심을 더더욱 자극했다.

　"아까 키스하면서 느낀 거야?"

　"……."

　증거가 확보된 상황에서 아니라고 부정하지 못한 채 입술을 깨물었다.

　한심해서 더는 견딜 수가 없었다.

　아무리 2주 만이라고는 해도 아직 만지지도 않았는데 이렇게 발정하고 있는 자신이.

자신 혼자만……, 흥분하고……, 욕정하고 있다.

그런 자신은 에두아르의 눈에 어떤 식으로 비치고 있을까?

뜨거운 시선에서 눈을 돌린 아야토는 천천히 고개를 숙였다.

"부탁이에요……. 보지 마세……, 히익!"

떨리는 목소리로 애원한 직후, 느닷없이 뜨거운 점막에 감싸여 목에서 짧은 비명이 흘러나왔다. 고개를 든 아야토는 자신의 욕망이 연인의 입안에 반 정도 담겨 있는 것을 깨달았다.

"에두아르……!"

에두아르는 당혹스러워하는 아야토를 아랑곳 않고 전혀 망설임 없이 단숨에 욕망을 전부 목구멍 안쪽까지 머금었다. 그러더니 뿌리 끝까지 전부 입에 물고 나선 축을 손으로 고정한 다음, 입 전체를 사용하여 애무하기 시작했다.

"앗……, 아앗."

민감한 뒤쪽을 혀로 핥아 올리자, 비명 같은 교성이 목에서 왈칵 쏟아졌다. 동그랗게 고리를 만든 손가락으로 뿌리 끝을 짜내듯이 조이면서 문지르자, 등골에 오싹오싹한 쾌감이 스쳤다.

"응……, 흐웃……, 으웅."

에두아르의 애무는 잔혹하리만치 능수능란했다.

혀와 점막을 사용하여 농밀한 펠라티오를 하는 한편, 커다란 손으로 고환을 굴리듯이 주물러 대면서 상승효과로 쾌감을 높여 갔다.

선단에서 넘쳐흐른 꿀을 뾰족하게 내민 혀끝으로 핥아 낸 뒤 요도구를 비집어 열듯이 빙글빙글 자극하자, 아야토의 허리가 움찔움찔 떨렸다. 입안을 들어갔다 나왔다 할 때마다 들리는 츄릅, 츄릅, 생생하고 적나라한 소리에도 부추김당하는 바람에 검은자가 촉촉하게 젖었다.

"으, 으응⋯⋯."

달콤한 시련에 몸부림치던 아야토는 연인의 아름다운 머리카락으로 손을 뻗었다.

하나 남은 지푸라기라도 잡는 양 플래티나 블론드에 손가락을 휘감고는, 괴로운 듯이 휘저어 댔다.

뭔가에 매달려 있지 않으면 쾌감이 파도에 삼켜져 당장이라도 떠내려갈 것만 같았다.

'⋯⋯안 돼.'

사정해선 안 돼. 에두아르의 입안에 쏟아 내선⋯⋯, 안 돼.

시시각각 절실해지는 사정감과 안간힘을 다해 싸우고 있으려니, 고환에서 손을 뗀 에두아르가 욕망의 안쪽에 있는 오므라진 그곳에 손가락을 넣기 시작했다.

"⋯⋯윽."

뒤쪽까지 흘러 떨어진 미끌미끌한 꿀의 힘을 빌려 긴 손가락이 주름을 밀어젖히면서 들어왔다.

"아앗⋯⋯."

아야토는 충격으로 인해 하얀 목을 뒤로 젖혔다. 손가락으로 좁은 살을 억지로 벌리면서 뿌리 끝까지 밀어 넣자마자 넣었다 빼기를 반복하기 시작했다.

푹, 푹, 소리를 내며 몸속을 휘저어 대자, 아야토는 어금니를 악물었다. 목소리를 억누르며 강렬한 위화감을 견디었다.

"윽……, 응……, 큭."

그러나 마침내 스위트 스폿을 찾아낸 에두아르의 손끝이 그곳을 집중적으로 몰아치기 시작하자, 대번에 교성이 멈추질 않았다.

"앗……, 응……, 응."

전립선이 손가락 바닥에 문질릴 때마다 환희에 찬 신음 소리를 흘리며 에두아르의 손가락을 꽉 문 채로 참을 수 없을 만큼 욱신거리는 허리를 들썩들썩 흔들었다. 등이 시트에서 떠올랐고, 팽팽하게 긴장한 허벅지 안쪽 피부가 파르르 경련했다.

발가락을 구부리며 손으로 시트를 꽉 움켜잡았다.

'……좋아.'

기분 좋다. 정말……, 좋다.

"기분……, 좋아……?"

에두아르가 쉰 목소리로 묻자, 아야토는 고개를 꾸벅꾸벅 끄덕였다. 이미 자신이 어떤 추태를 벌이고 있는지도 신경 쓰이지 않았다.

"응……, 좋아요……, 좋아……."

눈을 질끈 감고 그저 쾌락을 좇아 연인이 주는 쾌감에 몸을 맡기고 있던 아야토는 느닷없이 손가락이 뽑히자 몸을 흠칫 떨었다.

눈을 어렴풋이 뜬 바로 그 순간, 아이스블루색 눈동자와 눈이 마주쳤다.

"앗……."

넋을 잃고 관능에 빠진 모습을 에두아르가 보고 있었다는 것을 깨닫자 관자놀이가 서서히 달아올랐다. 온몸을 붉게 물들인 아야토를 뜨거운 눈빛으로 내려다보고 있던 에두아르가 천천히 입술을 벌렸다.

"슬슬……, 네 안에 들어가도 될까?"

여유가 없다는 것이 엿보이는 쉰 목소리로 그렇게 묻자, 체온이 더더욱 상승했다.

목을 살짝 떨며 살며시 고개를 끄덕였다. 에두아르가 무릎을 꺾도록 유도하자, 아야토는 그를 쉽게 받아들일 수 있도록 허벅지 안쪽을 손으로 잡았다.

기저귀를 가는 갓난아기처럼 무방비하고 창피한 자세로 연인이 오기를 기다렸지만, 정작 연인은 전혀 들어올 기미가 없었다.

애타게 기다리던 아야토는 시선을 슬쩍 들었다. 눈이 마주친 순간, 에두아르가 낮은 목소리로 명령했다.

"스스로 벌려."

"……네?"

"날 받아들이는 곳을 스스로 벌려봐."

"스, 스로?"

"그래……. 손가락으로 벌리면 돼."

그제야 겨우 연인이 무엇을 요구하고 있는지 알았다. 아야토의 동공이 점차 커졌다.

에두아르가 들어오기 편하도록 그곳을 스스로 넓히라고?

생각하기만 해도 창피해서 현기증이 났지만, 보아하니 연인은 진심인 것 같았다.

명령을 따르지 않으면 계속 이대로 있을 셈……인가 보다.

연인의 표정을 통해 속내를 깨달은 아야토는 할 수 없이 오른손을 허벅지에서 떼어 냈다. 그런 다음, 궁지에 몰린 비장한 얼굴로 그 오른손을 다리 사이로 슬며시 뻗었다.

죽을 만큼 창피했지만, 그렇다고 이 상태에서 방치당하는 건 생각만 해도 힘들었다.

에두아르를 원해 몸 안쪽이 아플 정도로 욱신욱신 쑤셨다.

오로지 동통과도 비슷한 아픔에서 해방되고 싶은 마음 하나로 발기한 욕망보다 더 안쪽에 있는 곳을 향해 손을 뻗은 다음, 두 손가락으로 오므라진 곳을 넓혔다.

찌꺽, 뒤쪽 구멍이 음란한 소리를 내며 입을 벌렸다.

스스로는 본 적이 없는 비밀스러운 곳에 찌르는 듯한 연인의 시선을 느끼자 온몸이 바르르 떨렸다.

'보지 말아요.'

아야토는 눈으로 자신의 행동과 상반되는 바람을 호소했다.

"아주 예쁜 색이구나. 게다가 음란해. 날 유혹하듯이 꿈틀거리고 있군."

에두아르가 황홀한 목소리로 속삭이자, 세찬 수치심에 사로잡혀 손끝까지 타들었다. 자신이 얼마나 망측하고 성욕이 강한지 직접 듣고 나니 눈가에 눈물이 맺혔다.

"……싫어요."

"왜 싫어? 넌 머리부터 발끝까지 이토록 아름다운 데다, 참을 수 없을 만큼 매력적인데……."

"제발……, 부탁이에요……. 어서……."

들어와줘요 ── .

눈물 어린 목소리로 애원한 직후, 위에서 덮쳐 누른 에두아르가 아야토의 발목을 잡더니 자신의 어깨에 얹었다. 무릎이 어깨에 닿을 만큼 몸이 접히면서 허리가 공중에 떴다. 뒤쪽 구멍에 작열하는 쐐기기 꾹 닿자, 충격을 내비해 어금니를 악물었다.

"히익……, 아앗……!"

터질 듯한 귀두로 꾹 압박하자, 각오하고 있었음에도 불구하고 새된 비명이 터져 나왔다.

아야토는 늠름한 물건에 빡빡한 구멍이 꿰뚫리는 충격에 무의식적으로 에두아르의 목을 잡고 힘껏 매달렸다.

"하앗……, 하앗……."

얕은 호흡을 되풀이하고 있으려니, 에두아르가 "힘들어……?" 하고 속삭였다.

"미안해……. 사실은 더 천천히 풀어줬어야 했는데……."

아야토는 고개를 절레절레 저었다.

에두아르가 사과할 필요는 없다.

자신도 서둘러 그를 원했으니까.

1초라도 빨리 에두아르를 원했던 것이다.

"괜……찮, 아, 요……."

"잠깐만. 지금 풀어줄 테니까."

자신도 괴로웠는지, 에두아르가 앞으로 손을 뻗더니 아야토의 욕망을 잡았다. 원을 그리듯이 선단을 문지르고 축을 달래듯이 위아래로 훑어주자, 오그라들어 있던 성기가 서서히 힘을 되찾았다. 굳어 있던 몸도 약간 풀어진 기분이 들었다.

"흐……아……."

앞쪽에서 생겨난 쾌감으로 뒤쪽 구멍의 고통을 달래면서 에두아르가 차츰차츰 몸을 앞으로 전진시켰다. 진신히 진부 박아 넣었을 때에는 두 사람 다 온몸이 땀으로 흠뻑 젖어 있었다.

"헉……, 헉."

'뜨거……워.'

뭐든지 완벽하게 대처하는 에두아르답지 않은 악전고투 끝에 가까스로 다다랐다.

요 2주 동안 고대했던 이 순간.

'겨우…….'

연인과 깊은 곳에서 이어져 변함없이 하나가 된 것을 실감하며 눈물을 글썽이고 있으려니, 에두아르가 눈가에 맺힌 눈물을 입술로 빨아 내고는 상을 주듯이 입술에 키스를 했다.

"음……, 응."

그대로 깊이 입을 맞추고 혀를 휘감아 서로의 입안을 애무했다.

이윽고 입가에서 타액이 흘러 떨어졌고, 맥동을 깊이 문 곳이 열을 띠며 욱신욱신 쑤시기 시작했다.

쑤시는 그곳을 단단하고 늠름한 물건으로 문질러주기를 바라는 마음에 연인을 빈틈없이 머금은 점막이 넘실거리는 것을 스스로도 알 수 있었다.

"……굉장한걸."

에두아르가 한숨 섞인 목소리로 중얼거렸다.

"네 안이……, 날 굉장히 원하고 있어. 고통스러울 정도로 조여오는군."

탐욕스러운 자신이 싫었지만, 어쩔 도리가 없었다.

"에두아르……, 부탁이에요."

움직여줘요 ── .

그렇게 입밖에 내어 애원하기도 전에 에두아르가 움직이기 시작했다. 밖으로 쑥 뽑힌 줄 알았던 다음 순간, 또다시 주름을 밀고 푸우욱 들어왔다. 뒤로 젖혀진 목에서 "아앗." 하고 한숨이 새어 나왔다.

"아……, 아……, 아아."

처음에는 안을 살피듯이 천천히.

그러나 그다지 시간을 두지 않고 곧장 빠르고 격렬한 피스톤 운동이 시작되었다.

"……아응, 아……앙."

위에서 찔러 넣듯이 들어왔다가 나가기를 반복하자, 결합 부분에서 망측한 물소리가 쿨럭쿨럭 새어 나오면서 뇌수가 뜨겁게 저려

왔다. 지꺽지꺽, 빠른 속도로 찔린 곳에서 끈적하고 농후한 쾌감이
배어 나오자, 아야토는 가는 허리를 음란하게 꿈틀거렸다.

"앗……, 아웃……."

평소의 쿨한 태도는 내팽개친 채 격렬하게 몸을 흔드는 에두아
르에게서 떨어지지 않도록 그의 몸에 다리를 휘감아 땀으로 축축하
게 젖은 등에 매달렸다.

단단한 복근에 문질린 욕망에서 넘쳐흐른 꿀이 축을 타고 떨어
지면서 두 사람이 이어진 부분의 끈적한 물소리는 더더욱 커졌다.

"에두아르……, 에두아……, 아앗."

에두아르가 빠질 듯 말 듯한 선까지 빼낸 음경을 가장 깊은 곳까
지 단숨에 쿵 찔러 넣은 찰나. 살이 꽉 수축하고, 허리가 크게 바르
르 떨렸다. 에두아르의 탄탄한 배가 하얗고 탁한 액체로 더럽혀졌
다.

"으윽……!"

에두아르가 숨을 고를 틈도 주지 않은 채 절정에 달해 축 늘어진
아야토의 팔을 잡아 일으켜 세웠다.

아직 절정의 여운에 떨리는 몸을 무릎 위에 앉히자마자 아직 자
신은 절정에 달하지 못한 에두아르가 움직이기 시작했다.

"앗……, 응."

커다란 손이 둥근 엉덩이를 꽉 움켜쥐더니, 막 절정을 맞이해 민
감한 살에 사납게 흥분한 그것을 밀어 넣었다.

"응, 앗, 아앙."

푸욱, 푸욱, 느릿한 리듬의 움직임이 시작됐다. 잘 느끼는 포인트를 정확하게 찔린 아야토는 한 번 터지고만 자신의 욕망이 또다시 힘을 되찾아가는 것을 느꼈다.

"히익……, 앗……, 닿았……, 아앗."

힘찬 피스톤 운동으로 인해 금세 궁지에 몰린 아야토가 달콤한 목소리로 흐느꼈다.

몸이 너무 앞서 달리는 바람에 머리가 쫓아가지 못했다.

이상해질 것 같다……. 이상해지고 말 것이다.

혼란스러운 상태로 에두아르의 목에 팔을 감고는, 튼튼한 등에 손톱을 세웠다.

"에두아르……, 에두아르……, 안, 돼요……, 더, 는……!"

그것을 신호로 받아들였는지, 움직임이 한층 가열해졌다. 사나운 욕망으로 몸속을 사정없이 휘저어 대고 몸을 흔들어 대자, "아앗, 아앗." 하고 연달아 교성이 터져 나왔다.

안쪽 허벅지를 실룩실룩 경련시키고, 등을 크게 뒤로 젖혔다.

"아……아……, 또, 갈…… 것……, 갈 것 같……아, 요……."

머리가 새하얗게 물든 직후였다. 밀착된 근육이 단단하게 굳어지면서 몸 가장 깊은 곳에 있던 에두아르가 터지는 것이 느껴졌다.

아야토 또한 욕정을 세차게 뿜어 대는 연인을 따라 두 번째로 찾아온 절정에 몸을 던졌다.

"으읏……, 윽……."

첫 번째보다 깊은 절정의 여운에 몸을 떨고 있으려니, 아직 이어진 채로 있던 에두아르가 아야토를 힘껏 껴안았다. 그리고 목덜미에 얼굴을 묻은 다음, 어리광을 부리듯이 코끝을 비벼 댔다.

"아야토……."

포개진 가슴에서 전해져 오는 약간 빠른 연인의 고동에 무한한 행복을 느꼈다.

"에두아르……."

"아야토……, 사랑해."

아야토는 귓가에 감도는 달콤한 속삭임에 미소를 지으며 마찬가지로 "저도 사랑해요……." 하고 속삭였다.

* * *

디너를 끼고 또다시 정사를 나눈 두 사람은 끊이지 않는 정동(情動)이 이끄는 대로 몇 번이나 섹스를 했다. 그리고 그다음 날 아침.

7일 아침 일찍 산 도미니코 팔래스 호텔에서 나온 에두아르와 아야토는 경사진 지면에 포개어지듯이 세워진 벽돌 건물과 미로처럼 뒤얽힌 돌이 깔린 골목길을 만끽하면서 예정대로 그리스 극장을 경유한 뒤 —— 극장 관객석에서 바라본 전경은 정말로 근사했다 —— 오후 한 시 넘어【팔라초 로셀리니】에 도착했다.

'이곳이……,【팔라초 로셀리니】.'

현관 앞 주차 공간에 멈춘 마세라티에서 내려선 아야토는 숲을 거느린 영주관 스타일의 산호색 건물을 두 눈으로 확인하며 감회를 곱씹었다.

광대한 포도밭을 소유한 영지에 들어와 저택이 가까워짐에 따라 두근거림이 조금씩 커지긴 했지만, 직접 눈앞에서 그 저택을 보니 각별한 감동이 복받쳤다.

이곳이 에두아르가 태어나 자란 집.

1500년대에 지어졌다고 하는 풍격이 감도는 저택의 분위기에 넋을 잃고 있자, 멍! 멍! 개 짖는 소리가 점점 가까이 다가왔다. 이윽고 현관문이 열리더니, 까맣고 커다란 덩어리와 몸집이 작은 사람 그림자가 뛰어나왔다. 그 뒤쪽에 장신의 실루엣도 보였다.

"에두아르 형!"

밝고 활기찬 목소리가 울려 퍼지자, 에두아르가 곧바로 반응했다.

"루카!"

가벼운 발걸음으로 바깥 계단을 내려온 루카가 두 팔을 벌린 에두아르에게 안겼다. 포옹을 하며 재회를 기뻐하는 형제의 발밑에서 커다랗고 까만 개가 꼬리를 획획 흔들면서 멍멍! 하고 뛰어다니며 짖어 댔다.

명랑한 그 모습을 조금 떨어진 위치에서 지켜보는 안경 쓴 남자가 막시밀리안임을 깨달은 아야토는 그에게 목례를 보냈다. 상대도 아야토의 눈짓을 알아채고는, 마찬가지로 말없이 목례했다.

이 샤프한 미모의 남성은 항상 루카의 곁을 조용히 지키고 있었다.

그렇다, 마치 수호자처럼 —— .

실컷 재회의 기쁨을 나눈 뒤 형에게서 떨어진 루카가 뒤쪽에 있던 아야토를 발견하고는, 어렴풋이 상기된 얼굴로 꾸벅 인사했다.

"나루미야 씨, 안녕하세요?"

"루카 님, 안녕하세요? 잘 지내시는 것 같아 다행입니다."

"나루미야 씨도 여전히 아름다우시네요……."

루카가 어딘가 황홀한 눈빛으로 쳐다보자, 아야토도 희미하게 얼굴을 붉혔다.

"당치도 않은 말씀이십니다. 루카 님이야말로……."

크림처럼 매끈한 피부와 장밋빛 뺨, 촉촉히 젖은 크고 동그란 갈색 눈동자를 눈부시게 바라보고 있으려니, 활짝 열린 현관문에서 엄숙한 분위기가 감도는 남녀 몇 명이 나타났다. 모두 클래식한 디자인의 검은 옷을 입고 있었다.

[에두아르 님, 다녀오셨습니까?]

현관 앞에 쭉 늘어선 그들이 한 목소리로 마중 인사를 했다.

그 안에서 집사 정장을 입은 초로의 남성이 앞으로 나와 계단을 내려왔다. 그러더니 에두아르와 루카, 막시밀리안, 그리고 아야토의 앞에 서서 허리를 깊이 굽혔다.

"마중이 늦어져서 죄송합니다."

놀랍게도 초로의 집사는 매우 유창한 일본어를 구사했다.

"손님 맞이 준비로 바쁠 텐데 일부러 마중 나오느라 수고했어."

에두아르도 당연한 듯이 일본어로 대답했다. 이탈리아어를 못하는(에두아르는 그렇게 알고 있다. 가을부터 배우기 시작해 일상 회화라면 어려움이 없는 수준에 도달했지만, 조금 더 늘면 깜짝 놀라게 해주고 싶어서 아직 에두아르에게는 털어놓지 않았기 때문이다.) 아야토를 위해 두 사람 다 배려해주고 있는 것일 테다.

"사용인 일동, 에두아르 님께서 돌아오시기를 기다리고 있었습니다."

너그럽게 고개를 끄덕인 에두아르가 뒤를 돌아보며 "아야토." 하고 불렀다. 에두아르는 몇 발짝 앞으로 나아가서 옆에 선 아야토의 어깨에 손을 얹더니 집사에게 소개했다.

"나루미야라고 해. 도쿄에 있는 '카사호텔 도쿄' 총지배인이자 나의 소중한 브레인이기도 하지. 아야토, 집사인 단테야. 【팔라초 로셀리니】에 대해서라면 누구보다도 잘 알고 있어. 우리 형제들이 태어나기 전부터 이곳에서 지내 왔으니까."

"나루미야 님, 단테라고 합니다."

유창한 일본어로 그렇게 소개한 집사가 성실해 보이는 회갈색 눈동자로 아야토를 똑바로 응시했다.

"처음 뵙겠습니다, 나루미야입니다."

아야토도 일본어로 인사했다.

"며칠 동안 신세 지겠습니다. 잘 부탁드립니다."

"머무시는 동안 필요하신 것이 있다면 뭐든지 이 단테에게 말씀해 주십시오."

평소라면 자신이 할 대사를 단테가 입에 담자 평소와 반대 입장에 위화감을 느꼈지만, 지금은 손님으로서 온 것을 떠올리고는 "감사합니다." 하고 머리를 숙였다.

"그리고 아야토, 이 녀석은 레오의 애견 파고라고 해. 보기에는 덩치가 커서 무서울 것 같지만 온화한 성격인 데다, 오히려 사람을 지나치게 잘 따를 정도야."

파고가 자기 이야기를 하는 줄 아는 건지, 귀를 쫑긋 세우고 꼬리를 흔들었다.

"안녕? 반가워, 파고."

아야토가 몸을 굽혀 인사하자, 파고가 "끄응." 하고 콧소리를 내더니 헥헥 혀를 내밀며 아야토의 무릎에 새까만 몸을 갖다 댔다. 동물에 익숙하지 않은 아야토는 약간 낭옥스러웠시만, 루카로부터 "나루미야 씨한테 애교 부리고 있는 거예요."라는 설명을 듣고는 주뼛주뼛 손을 뻗어 윤기가 흐르는 털을 살며시 만져보았다.

"……따뜻하네요."

"멍!"

"아키라도 그렇고……, 보아하니 파고는 오리엔탈 뷰티에 약한 것 같군."

어깨를 움츠린 에두아르가 키득키득 웃는 루카에게 물었다.

"너희는 여기 언제 도착했어?"

"오늘 오전에. 막시밀리안이랑 로마에서 만나서 같이 왔어."

루카가 동의를 구하듯이 오른쪽 옆에 서 있던 막시밀리안을 올려다보았다. 막시밀리안이 안경알 안쪽의 청회색 두 눈을 가늘게 뜨며 "네."라는 대답과 함께 고개를 끄덕였다.

"그렇구나. 막시밀리안, 루카를 돌보느라 수고 많았어."

에두아르가 건넨 격려의 말에 막시밀리안이 반응하기도 전에 루카가 투덜거렸다.

"돌보다니⋯⋯. 형. 나, 이제 어린애 아니야."

"하지만 실제로 막시밀리안이 널 여기까지 인솔했잖아?"

"인솔이라니⋯⋯."

"내 말이 틀려?"

"맞는 말이긴 하지만⋯⋯, 에두아르 형까지⋯⋯."

"레오도 그렇게 말했어?"

"⋯⋯응."

에두아르가 납득이 가지 않는 표정으로 입을 삐죽거리는 동생을 보며 웃었다. 그리고 머리 위에 손을 툭 얹은 다음, 부드러워 보이는 까만 머리를 쓱쓱 쓰다듬었다. 그러고 나서 아야토를 돌아보며 "그럼." 하고 화제를 돌렸다.

"여기 주인에게 널 소개할게."

*　　　*　　　*

"레오, '카사호텔 도쿄'의 총지배인을 맡고 있는 나루미야라고 해. 아야토, 형인 레오나르도야."

루카 일행과 헤어진 뒤, 응접실로 안내받아 로셀리니가 5대째 당주와 마주한 아야토는 속으로 눈을 크게 떴다.

붉게 타오르는 난로를 등지고 선 위풍당당한 장신의 남성이 바로 에두아르의 형이자 로셀리니 그룹의 CEO, 또한 로셀리니 패밀리의 보스이기도 한 레오나르도 로셀리니.

'……엄청난 오라야.'

백색광의 이미지가 있는 에두아르와는 다른 타입이지만, 이 사람에게도 날 때부터 사람들 위에 서는 운명을 타고난 자 특유의 카리스마가 있었다.

빛과 어둠, 흑과 백처럼 방향성은 다르지만, 둘 다 우위를 가리기 힘들 만큼 아름다웠다.

칠흑 같은 털을 가진 육식동물처럼 아름다운 미모에 주눅이 드는 것을 느끼면서도 그의 우측에 서 있는 에두아르의 부름을 받은 아야토는 조용히 앞으로 나아갔다. 그리고 당주의 몇 발짝 앞에서 멈춰 서선, 깊이 머리를 숙여 인사했다. 그런 다음, 천천히 얼굴을 들어 강한 빛을 발하는 두 눈과 시선을 맞추었다.

"CEO를 뵙게 되어 영광입니다."

망설인 끝에 일본어로 인사말을 꺼내었다. 에두아르에게서 삼형제 모두 일본어를 잘한다고 들었기 때문이다. 무리해서 어설픈 이탈리아어를 쓰다가 무슨 실례라도 저질렀다간 큰일이다.

"저택에 초대해주셔서 진심으로 감사드립니다. 가족분들께서 단란한 시간을 보내시는 자리에 저 같은 외부인이 끼어들어 송구스러울 따름입니다. 상식적으로 생각하면 거절해야만 했지만, 소문으로 들은 멋진 저택을 꼭 한번 이 눈으로 직접 보고 싶은 마음을 거스르지 못하고 염치없게도 이렇게 찾아 뵙게 되었습니다."

"카사호텔의 새로운 총지배인에 대한 평판은 나한테도 보고가 들어오고 있지. 책임자가 교체된 후로 카사호텔의 실적도 올라가고, 스태프들 사기도 높은 것 같더군. 본사에서도 자네의 수완을 높이 평가하고 있네."

아야토는 과분한 칭찬에 몸 둘 바를 몰라 하며 진지한 얼굴로 고개를 숙였다.

"과분한 말씀이십니다. 아직 실력이 많이 부족한 탓에 COO를 번거롭게 해드릴 뿐인걸요."

"그렇게 어려워하지 않아도 돼. 이 저택에 있는 동안에는 고용관계를 잊고 손님으로서 편히 있다 가도록 해."

편안함을 부추기는 스스럼없는 말투 덕분에 아주 살짝 긴장이 풀렸다.

"레오도 그렇게 말했으니, 휴가 동안 일은 잊는 거야."

에두아르도 거듭 그렇게 타이르자, 아야토는 "네." 하고 고개를 끄덕였다.

"체류 기간 동안 영지내, 관내에 있는 시설은 전부 자유롭게 사용하도록 해. 무슨 요청 사항이 있으면 단테에게 말하고. 웬만한 요청은 어떻게든 해결해줄 테니."

추가로 설명한 레오나르도가 자신의 좌측에 서 있던 늘씬한 남성을 소개해주었다.

"하야세 아키라라고 해. 루카의 이부형이자, 내 보좌역으로 일하고 있지."

하야세 아키라 —— 그에 대해서는 에두아르로부터 들어서 알고 있었다.

　루카의 친어머니인 미카의 첫 자식이자, 재작년부터 이 【팔라초 로셀리니】에서 지내고 있다. 현재는 로셀리니 그룹에서 근무 중이며, CEO의 절대적인 신뢰를 받고 있는 듯하다.

　에두아르가 '레오는 한시도 아키라를 곁에서 놓지 않는다'는 말을 했던 적이 있다.

　'이분이…….'

　확실히 총명해 보이는 사람이었다. 온몸에서 감도는 늠름하고 투명감 있는 분위기…….

　아야토는 시원시원한 두 눈과 윤기가 흐르는 검은 머리가 인상적인 남자에게 살짝 고개를 숙여 인사했다.

　"처음 뵙겠습니다, 나루미야라고 합니다."

　"반갑습니다, 하야세라고 합니다."

　높지도 낮지도 않은 귀에 착 감기는 목소리로 자기소개를 한 그가 오른손을 내밀었다.

　"꼭 한번 뵙고 싶었어요. 같은 로셀리니 그룹에 소속된 입장인 데다 일본인이시라 일방적으로 친근감을 느끼고 있었거든요."

　"그렇게 말씀해주시니 영광입니다, 하야세 님."

　"아키라라고 부르세요. 나이대도 비슷하잖아요."

　아무리 그래도 로셀리니 그룹 선배이자 CEO의 최측근에 해당하는 인물의 이름을 편히 부를 수는 없었다.

"……그럼 아키라 님이라 불러도 될까요?"

아키라가 아야토의 제안에 쓴웃음을 지으며 "나루미야 씨가 편하시다면요." 하고 양보해주었다.

"나중에 도쿄에 대해 들려주세요. 2년 가까이 귀국을 안 해서 요새 어떤지 전혀 모르거든요."

"저라도 괜찮으시다면. 저야 물론 좋습니다."

이로써 인사는 대강 끝났다. 그렇게 생각한 아야토가 안도하려던 바로 그 찰나, 레오나르도가 에두아르에게 말을 거는 목소리가 들려왔다.

"아버지는 지금 남프랑스를 돌고 계시느라 거기서 바로 오신다고 하더군. 9일 오후에 도착하신다는 연락이 있었어."

"9일이라. 우리는 10일 오후 일찍 떠날 예정이니 뵐 수 있겠네."

"아버지가 도착하시면 루카의 생일 파티 이후로 오랜만에 가족 전원이 모이게 되는군. 9일 저녁에는 만찬회를 열 예정이니, 스케줄 비워 놔."

"알았어."

그 대화를 듣던 중, 완전히 깜박 잊고 있던 중요 인물을 떠올렸다.

그렇다. 아직 전원이 아니다. 돈 카를로가 남아 있었다.

로셀리니 그룹을 지금의 위치까지 끌어올린 주역이자, 삼형제의 부친.

전설의 기업가 ── 그 사람과의 대면을 내일모레 앞두고 있다는 사실을 의식한 순간, 또다시 긴장이 되살아난 것을 느꼈다.

만약 돈 카를로의 앞에서 무슨 결정적인 실수를 하는 바람에 노여움을 사고 만다면⋯⋯.

아니, 그 전에 당장 레오나르도를 화나게 만들 가능성도 전혀 없다고는 단언할 수 없었다.

한번 생각하기 시작하니 걱정거리는 끊이지 않았지만⋯⋯.

'지금부터 겁먹어봤자 별 수 없잖아?'

모처럼 바다를 건너 지구 반대편에 있는 【팔라초 로셀리니】를 방문했다.

연인의 가족과 지낼 수 있는 귀중한 기회, 한정된 시간을 기우로 망치는 건 너무나도 가까운 짓이었다.

일어나지도 않은 앞일에 대한 걱정은 접어 두고, 한동안 에두아르 형제를 키운 땅과 저택의 환대에 몸을 맡기자.

제1장

　루카와 막시밀리안이 오전 중에, 에두아르와 나루미야가 오후에 시간 차이를 두고 도착한 덕분에 평소에는 조용한【팔라초 로셀리니】관내가 느닷없이 떠들썩해졌다.

　바삐 돌아다니는 스태프들의 얼굴은 한결같이 어렴풋이 고양된 상태였다. 단테 밑에서 철저하게 교육받은 그들이 대놓고 흥에 겨워하는 일은 물론 없지만, 아키라는 그 일거수일투족에서 환희가 우러나오고 있는 것을 느꼈다.

　역시 그냥 손님이 아니라 '로셀리니가의 아들들이 돌아왔다'는 이유가 클 것이다. 특히 단테를 필두로 오래 전부터 저택에서 일해 온 베테랑 스태프는 그들을 어린 시절부터 알고 있다.

당주 돈 카를로와 일본인 가정교사가 맺어져 루카가 태어나면서 아이들의 웃음소리가 끊이지 않았던【팔라초 로셀리니】가 가장 행복했던 시절을 알고 있다.

그 후, 약 12년 전에 미카가 병으로 세상을 떠난 것을 계기로 행복한 시간이 끝나면서 가족들이 한 사람, 두 사람 빗살이 빠지듯이 잇달아 집을 떠나고 새로이 당주가 된 레오나르도만이 광대한 저택에 남겨진【팔라초 로셀리니】의 암흑 시대도 알고 있다.

아마 그 시절에도 그들은 틀림없이 예전과 마찬가지로 고독한 주인을 조금이라도 위로하기 위해, 그리고 저택을 아름답게 유지하기 위해 묵묵히 일했을 것이다.

그렇기 때문에 오늘이라는 날을 맞이한 기쁨은 뭐라 형용할 수 없을 만큼 클 것이다.

아키라는 평소와는 다른 저택의 분위기를 절절히 느끼면서 대계단을 통해 2층으로 올라갔다.

2층 복도 대리석 바닥에는 계단에서 이어지는 비색 카펫이 깔려 있었다. 그 카펫을 힘차게 밟으며 레오의 방 앞까지 가서 두쪽문을 가볍게 노크했다.

"레오, 나야."

"들어와."

대답을 기다렸다가 문을 열었다. 열린 문 너머로 가장 먼저 눈에 들어온 것은 발코니로 통하는 커다란 프랑스식 창이었다. 이 발코니에서는 로셀리니가 소유의 광대한 영지를 광범위하게 둘러볼 수 있다. 또한 맑은 날에는 에트나산이 또렷하게 보인다. 광대한 과수원과 금색 언덕도. 아마 이 저택의 모든 방 중에서도 이곳에서 내려다보는 조망이 가장 좋을 것이다. 바꿔 말하면, 이곳이 당주의 방이라는 사실을 나타내고 있었다.

프랑스식 창에는 드레이프 진 모스그린색 벨로아 커튼이 드리워져 있었고, 마찬가지로 진한 녹색 벽에는 당초무늬가 금실로 그려져 있었다. 그 자체가 미술품처럼 아름다운 벽에는 수많은 종교화와 초상화가 걸려 있었다.

아라베스크 문양의 카펫이 진면에 깔린 구실 일삭을 자지하는 서재 공간에서 레오가 무언가를 적고 있었다. 보아하니 편지를 쓰고 있는 것 같았다.

레오는 물론 컴퓨터를 다룰 줄 알지만, 이메일에 의존하지 않고 직필로 편지를 쓰는 경우가 많다.

이메일은 편리하지만 마음이 전해지지 않는다는 말을 자주 한다.

자신은 그만 효율을 우선시하여 문명의 이기에 의존하기 때문에 그 자세를 항상 본받고 싶었다. 바쁘다는 것을 핑계로 글 쓰기를 귀찮게 여기는 자신을 반성할 따름이다…….

그런 생각을 하고 있는 동안에 편지 쓰기를 마친 레오가 편지지를 접어 봉투에 넣은 다음, 로셀리니가의 문장이 새겨진 반지로 봉랍했다. 그런 다음, 봉함한 편지를 책상 구석에 있는 문서궤에 놓고 얼굴을 들었다.

무슨 일이냐고 표정으로 묻자, 아키라는 책상 앞까지 다가갔다.

"저녁 식사를 몇 시부터 시작할지 단테와 이야기를 나누고 왔어. 일곱 시에 식당에 모여 식전주를 마시면서 차차 식사를 시작하는 건 어떨까?"

"그래, 그렇게 하자. 그 녀석들은 좀 어때?"

"네 사람 다 방에 있어. 아마 짐도 슬슬 다 풀지 않았을까?"

"그렇군."

아키라의 대답을 들은 레오가 오른쪽에 찬 손목시계를 확인했다.

"……이제 두 시간 남았군."

골똘히 생각에 잠긴 표정으로 중얼거린 레오가 또다시 시선을 아키라에게 향했다.

"내일은 셋이서 엘자 고모 댁을 찾을 생각이야."

"응."

엘자 고모란 레오 형제의 부친인 돈 카를로의 누나에 해당하는 사람이다. 3년 전에 남편을 먼저 보내고, 지금은 【팔라초 로셀리니】에서 차로 한 시간 정도 떨어진 곳에 혼자 살고 있다. 집에 기거하면서 일하는 사용인은 있지만, 부부 사이에는 아이가 없었기 때문에 같이 사는 가족은 없다.

가장 가까이 사는 친족 레오는 시간이 있을 때마다 고모 집에 얼굴을 내밀었지만, 에두아르와 루카는 3년 전 고모부 장례식 때 이후로 만난 적이 없다. 이 기회에 동생들을 데리고 고모가 사는 집을 방문하고 싶었던 레오는 에두아르와 루카에게도 사전에 그 의향을 전하고 두 사람의 양해를 얻었다고 한다.

"내일모레 오후에는 아버지가 도착해서."

"……그러게."

드디어 내일모레, 최종 보스가 등장한다.

그를 맞이하는 레오도 그렇고, 【팔라초 로셀리니】 스태프들도 그렇고, 이번 모임 최대의 고비일 것이다.

물론 아키라에게도…….

"그러니까 되도록 지금 에두아르에게 이야기해 두고 싶어."

"에두아르에게 이야기한다고?"

한순간 무슨 이야기인지 몰라 되물었다. 레오가 한쪽 눈썹을 치켜 올렸다.

"우리 사이에 대해서 말이야. 너와 앞으로도 평생 함께할 각오를 에두아르에게 전할 생각이라고 얘기했었잖아?"

"윽……."

아키라는 허를 찔린 기분으로 어깨를 떨었다.

레오로부터 그 의사를 들은 이후로 줄곧 마음 한구석에 숙제로 남겨 놓고 있었지만, 막상 때가 되니 손님 맞이 준비로 분주한 나머지 깜빡 잊고 말았다.

그 탓에 순간적으로 곤혹스러움이 앞서 상기된 목소리가 나왔다.

"지, 지금, 당장 말이야?"

"가능한 한 빠른 편이 좋겠지. 그 녀석도 아마 할 말이 있을 테니까. 유예 시간이 있어야 에두아르도 숙고할 수 있을 테고, 상황에 따라서는 이번 체류 기간 중에 이야기를 몇 번 정도는 나눌 수 있을 테니 말이야."

"……."

논리 정연한 레오의 의견에 반대할 이유조차 떠오르지 않은 아키라는 "알았어……." 하고 중얼거렸다.

결국 언젠가는 이야기해야 하는 사항이었다.

그렇다면 레오의 말대로 가능한 한 빠른 편이 좋을 것이다.

아키라는 동요하는 자신을 타일렀다.

'정신 똑바로 차려.'

레오야말로 자신과는 비교가 되지 않을 만큼 이 건에 대한 근심이 클 것이다.

가문을 이어받은 장남의 입장에서 친동생에게 '남자 애인과 살아갈 생각이라 후계자는 남길 수 없다'고 고백할 예정이기 때문에.

"그럼……, 내가 지금 에두아르의 방으로 가서 짬이 나는 것 같으면 여기로 데려올게."

그 중압감을 전부 대신 짊어질 수는 없지만 적어도 그 정도는 하고 싶은 마음에 나서자, 레오가 약간 굳은 표정으로 고개를 끄덕였다.

"부탁할게."

　　　　＊　　　　＊　　　　＊

　'드디어 고백하는구나.'

　레오의 방을 나와 비색 카펫이 깔린 복도를 되돌아가면서 시시각각 시끄러워지는 심장 소리를 의식했다.

　작년 말부터 마음 한구석에 둥지를 튼 불안의 원인.

　마침내 그 원인을 제거할 때가 온 것이다.

　'진정하자. 내가 평정을 잃어봤자 아무런 의미도 없다고.'

　인간만사 새옹지마이다. 딱히 운명론자는 아니시만, 지금까지 살아온 인생을 돌이켜보고 그러한 결론에 이르렀다.

　아버지에게 절연당한 모친이 시칠리아로 건너온 후, 로셀리니가 아이들의 가정교사가 되어 이윽고 고용주 돈 카를로와 사랑에 빠져 재혼한 것도.

　레오가 야쿠자의 인질이 된 자신을 납치해 시칠리아로 데려온 것도.

　레오와 자신이 둘 다 남자라는 장벽을 넘어 맺어진 것도.

　기이하게도 약 12년의 세월을 거쳐 현재 자신이 예전에 어머니가 살던 저택에서 생활하고 있는 것도……

　지금 와서 생각해보면 전부 이유가 있기에 이렇게 된 것 같다.

　물론 그저 순순히 휩쓸릴 생각은 없다.

　레오와의 미래를 위해서라면 거친 운명에 맞설 각오이다.

　가열한 숙명에도 끝까지 저항하고 싸울 것이다.

'그래. 싸울 거야.'

새삼스레 결의를 다진 아키라는 에두아르의 방을 향해 걸어나갔다.

【팔라초 로셀리니】는 안뜰이 있는 영주관 스타일 건물로, 지상 3층·지하 1층 구조였다.

1층에는 현관 홀과 대응접실, 살롱, 식당, 주방, 서고, 제단이 놓인 자가용 예배당 등이 있으며, 2층은 객실을 포함한 거주 공간, 3층은 스태프들이 생활하는 방으로 구성되어 있다.

2층에만 스무 개가 넘는 방이 있지만, 그중에서도 특히 넓은 방을 예전에는 돈 카를로와 세 아들들이 사용했던 것 같다.

돈 카를로, 에두아르, 루카가 시칠리아를 떠난 후에도 그들의 방은 언제 누가 돌아와도 곧바로 사용할 수 있도록 매일 셔터와 창문을 열어 환기를 시켰지만, 요 며칠 전부터는 단테의 지시하에 한껏 공들여 청소한 듯했다.

이번에 에두아르와 루카는 원래 자신들이 쓰던 방을 사용하고, 나루미야와 막시밀리안에게는 객실 중에서도 특히 넓은 두 방을 배정해주었다.

막시밀리안은 예전에 저택에 살면서 일했던 무렵에는 3층에 있는 방에서 지냈던 것 같지만, 지금 그 방은 다른 스태프가 사용하고 있기 때문에 이번에는 2층 객실에 묵게 되었다. 또한 돈 카를로의 방은 현재 레오가 쓰고 있기 때문에 전 당주를 위해서는 가장 넓은 객실이 준비되었다.

도착한 손님들의 짐을 각자의 방에 옮기거나 반대로 불필요한 물건을 꺼내 놓느라 한동안 사람의 출입으로 어수선했던 복도도 지금은 소란스러움이 일단락되어 적막이 감돌았다.

잠시 후, 아키라는 발걸음을 멈추었다.

'이 방이야.'

에두아르의 방문 앞에 서서 심호흡을 크게 한 번 한 다음, 기합을 넣고 오른팔을 들어 올렸다.

똑똑똑, 문을 노크했다.

"네, 누구시죠?"

고작 그 대답 하나만으로도 화려함이 느껴지는 목소리의 주인공은 에두아르였다.

"하야세 아키라야."

"……아키라?"

의아한 듯이 중얼거리는 목소리가 들리더니, 얼마 안 있어 바닥을 밟는 구두 소리가 다가왔다. 문손잡이가 철커덕 돌아가더니 안쪽에서 문이 열렸다.

당연히 에두아르가 서 있을 것이라고 생각했던 아키라는 시야에 비친 나루미야의 하얀 얼굴을 보고는 당황했다.

"어라? ……나루미야 씨?"

"들어오십시오."

고개를 살짝 숙여 인사한 나루미야가 옆으로 몸을 스윽 비키더니 아키라를 안으로 들였다. 아키라는 방 안으로 발을 들여놓으면서 문 옆에 조용히 서 있는 나루미야에게 물었다.

"나루미야 씨 짐은 벌써 푸셨어요?"

"네. 다 끝나서 COO를 도와드리러 왔습니다."

"……그렇군요."

잘 생각해보니 상사와의 여행은 좀처럼 마음이 편안할 틈이 없는 이벤트 아닐까?

게다가 에두아르는 로셀리니 그룹의 핵심을 담당하는 2인자 위치에 있다.

그의 노여움을 사면 사원으로서 '끝'이다. 우선 출세는 꿈도 꾸지 못할 것이며, 조만간 그룹에도 있을 수 없게 될 것이다.

현재 에두아르가 나루미야를 무척 마음에 들어 하고 있다는 사실은 옆에서 보기에도 알겠지만.

'상사에게 예쁨받는 것도 참 힘들구나……'

아키라는 딱 보기에도 우직해서 스트레스를 쌓아 둘 것 같은 나루미야에게 내심 동정하면서 서재 공간을 돌아보았다. 책상에 앉아 펜을 놀리는 에두아르의 모습이 방금 전에 본 레오의 모습과 겹쳐졌다. 아무래도 에두아르도 손으로 글을 쓰는 것을 선호하나 보다.

이 형제는 언뜻 정반대로 보이지만, 실은 의외로 닮았을지도 모른다.

"에두아르, 지금 바빠?"

시선을 이쪽으로 향한 에두아르는 아키라의 얼굴을 보고 무언가를 알아챈 것 같았다. 만년필을 놓더니, 하이백 체어를 뒤로 뺐다.

"나한테 무슨 볼일 있어?"

자리에서 일어난 에두아르가 묻자, 아키라는 고개를 좌우로 흔들었다.

"내가 아니라 레오가."

"레오가?"

"응, 너한테 할 얘기가 있다고 하더라. 지금 레오 방으로 가줄 수 있어?"

"지금?"

미간을 살짝 찌푸린 에두아르가 나루미야를 힐끗 살핀 다음, 곧바로 아키라에게 시선을 돌렸다.

"꽤나 정신없군."

"미안. 저녁 먹기 전에는 끝날 거야……."

저도 모르게 애원하는 말투로 덧붙이자, 나루미야가 조심스러운 목소리로 "에두아르." 하고 말을 걸었다.

"저는 괜찮습니다. 모처럼 왔으니, 이야기를 나누시는 동안 저택 안을 둘러보고 있도록 하겠습니다."

나루미야가 거들어준 덕분에 에두아르도 결단을 내린 듯했다. "알았어, 가자."라는 대답이 돌아왔다.

"아야토, 내가 돌아올 때까지 관내를 자유롭게 산책하도록 해."

"그렇게 하겠으니, 저는 신경 쓰지 마세요. 천천히 다녀오십시오."

아키라는 나루미야의 배웅을 받으며 에두아르와 함께 그의 방을 나왔다.

족히 한 뼘 이상 차이 나는 장신과 나란히 복도를 걷기 시작하자, 심장이 또다시 시끄럽게 뛰었다. 무심코 실없는 소리를 하지 않도록 입을 꾹 다문 채 앞을 똑바로 응시했다.

아키라의 긴장이 전해졌는지, 아니면 슬쩍 떠봤자 입을 열지 않으리라고 판단했는지, 에두아르 또한 아무 말도 하지 않았다.

이렇다 할 대화도 없이 복도를 걷던 두 사람은 얼마 안 있어 레오의 방 앞에 도착했다.

"레오, 에두아르를 데려왔어."

문을 향해 그렇게 말하고 나선, 문손잡이로 손을 뻗었다. 문을 열자마자 먼저 아키라가 실내에 들어간 다음, 몸을 돌려 등 뒤에 있던 에두아르를 안으로 들였다.

두 사람의 도착을 기다리고 있었다는 듯이 주실 난로 앞에 놓인 팔걸이의자에서 레오가 일어났다.

"여기까지 불러서 미안하다."

"아니, 뭘."

에두아르가 형의 말에 살짝 목을 움츠렸다. 그는 수상쩍은 듯한 표정을 짓고 있었다. 웬일로 저자세로 나온 레오에게 위화감을 느꼈을지도 모른다.

"앉아."

에두아르는 레오가 손으로 가리킨 소파에 앉았다. 아키라와 레오는 두 개가 나란히 놓인 팔걸이의자에 앉았다. 탁자를 사이에 두고 소파에 앉은 에두아르와 두 사람이 마주 보는 형태가 되었다.

"……."

밥상은 차려졌지만, 한동안 아무도 입을 열지 않아 침묵만이 길게 깔렸다.

역시 레오도 화제가 화제인 만큼 어떻게 말을 꺼내야 할지 망설이고 있을 것이다.

곁눈으로 레오의 굳은 표정을 포착한 순간, 아키라도 얼굴이 굳어지는 것을 느꼈다.

경우에 따라서는 이 자리에서 형제가 연을 끊는 전개가 벌어질지도 모른다……,

불길한 상상을 했더니 위가 꽉 조이는 듯한 압박감이 느껴졌고, 온몸의 모공에서 식은땀이 축축하게 배어 나왔다.

"그래서……, 할 얘기가 뭐야?"

기다림에 지친 듯한 에두아르가 대화를 유도했다. 그의 재촉을 받고 각오를 다진 레오가 마침내 입을 뗐다.

"예전부터 언젠가 너에게 얘기해야 된다고 생각은 했는데, 서로 바쁘다 보니 좀처럼 시간이 맞질 않더군. 그렇다고 전화로 이야기할 용건도 아니라서 말이지. 그러던 중, 1년 반 만에 식구들이【팔라초 로셀리니】에 모이는 이번이야말로 다시 없을 기회라는 생각이 들더구나."

"……."

신중한 말투에서 아무래도 중대한 용건임을 헤아린 듯한 에두아르가 자세를 바로 했다. 레오는 그런 에두아르를 똑바로 쳐다보며 천천히 말을 꺼냈다.

"난⋯⋯, 아키라를 사랑해."

"⋯⋯뭐?"

에두아르가 영문을 모르겠다는 듯한 표정으로 되물었다.

당연한 반응일 것이다.

30년 동안 노멀로 살아온 형이 느닷없이 동성을 사랑한다고 고백했으니까.

엄청난 폭탄 발언이 아닐 수 없었다.

손에 땀을 쥐며 에두아르의 반응을 지켜보는 아키라의 옆에서 레오가 진지한 표정으로 말을 이었다.

"앞으로도 계속 아키라와 함께 인생을 살아갈 생각이야. 이미 조상님들 앞에서 평생을 함께하겠다고 맹세했다."

"⋯⋯."

에두아르는 아이스블루색 두 눈을 크게 뜬 채로 굳어 있었다.

한동안 망연자실한 표정으로 레오의 얼굴을 쳐다봤지만, 형의 진지한 표정에서 이것은 농담도, 내기도 아니라는 것을 깨달은 듯했다.

목젖이 위아래로 움직이면서 목에 무언가가 걸린 듯한 쉰 목소리로 물었다.

"언제⋯⋯부터?"

"아키라가 시칠리아에 온 지 얼마 되지 않은 무렵⋯⋯, 1년 반 전쯤부터. 단테나 저택에서 일하는 사용인들도 다 알고 있어."

그 대답을 들은 에두아르가 이번에는 아키라에게 시선을 돌렸다.

"정말이야?"

굳은 목소리로 진위를 추궁당하자 심장이 덜컥했다.

"정말로, 레오와?"

아키라는 진위를 판별하려는 에두아르의 날카로운 눈빛을 똑바로 응시하며 고개를 꾸벅 끄덕였다. 그런 다음, 목소리를 내어 "정말이야." 하고 다시 한 번 긍정했다.

"나도 레오를 사랑해. 레오는 유일무이한……, 둘도 없이 소중한 나의 파트너야."

에두아르가 아키라의 선언을 듣자마자 살짝 멈칫했다. 무의식적으로 나온 행동인지 플래티나 블론드 머리카락을 천천히 쓸어 올리며 천장을 올려다보았다.

마음을 진정시키려는 건지 한동안 아치형 천장을 노려보았지만, 얼마 안 있어 오랫동안 참았던 숨을 후우 토해 내더니 레오에게 시선을 돌렸다.

"다시 말해……, 장차 결혼할 생각은 없단 뜻이야?"

눈치가 빠른 동생이 확인하자, 레오가 "그래." 하고 긍정했다.

"나에게 평생의 반려자라 부를 수 있는 사람은 아키라뿐이야."

에두아르가 미간을 찌푸렸다.

"이 집은 어떻게 할 생각인데?"

레오가 그런 반응을 예상하고 있었다는 표정을 지으며 "내가 살아 있는 동안에는 책임지고 나와 아키라 둘이서 관리할 생각이지만." 하고 예전부터 둘이서 이야기를 나눠 도출해 낸 비전을 입에 담았다.

"후계자 자리는 가능하면 너나 루카의 자식에게 물려주고 싶다."

"그건 곤란해!"

즉답이었다. 너무나도 빠른 거절이었던 데다 말투까지 거칠었기에 레오가 눈을 휘둥그렇게 떴다.

"에두?"

정신을 퍼뜩 차린 에두아르가 숨을 삼키며 "아니……." 하고 말을 머뭇거렸다.

"적어도……, 날 기대하진 마."

뭐든지 시원시원하게 말하는 평소와 달리 석연치 않은 에두아르의 말투에 레오가 의외라는 듯한 표정을 지었다.

"왜?"

아키라도 같은 의문을 품은 채 눈앞에 있는 아름다운 얼굴을 응시했다.

에두아르만큼 기량을 갖춘 청년이라면 조만간 틀림없이 멋진 반려자를 얻을 것이라는 확신이 있었기 때문이다. 오히려 최근 들어 정력적으로 일하는 모습에서 충실한 사생활을 보내고 있다는 것을 짐작할 수 있었기에 이미 마음에 두고 있는 여성이 있는 줄 알았다.

두 사람이 추궁의 눈빛을 보내자, 에두아르가 고통스러운 듯이 미간을 찌푸렸다. 그러더니 괴로운 표정으로 입을 열었다.

"⋯⋯⋯⋯나도⋯⋯."

"⋯⋯나도?"

"⋯⋯."

하얀 얼굴에는 갈등의 빛이 훤히 보였지만, 결국 에두아르가 더이상 말을 잇는 일은 없었다.

'역시⋯⋯.'

험악한 표정으로 입을 꾹 다물어버린 에두아르를 앞에 두고 생각했다.

아직 태어나지도 않은 아이에게 로셀리니가의 미래를 맡기고 싶다는 제안은 너무 이기적이었을지도 모른다. 갑작스럽게 그런 말을 들은 에두아르가 당혹스러워하는 것도 당연하다.

반성한 아키라는 자세를 바로 하고 머리를 깊이 숙였다.

"미안해. 내 탓이야⋯⋯."

자책을 느끼며 사과한 다음, 얼굴을 들었다.

"아키라."

레오가 옆에서 "네 탓이 아니야." 하고 감쌌지만, 아키라는 에두아르에게서 시선을 돌리지 않고 말을 이었다.

"우리가 끝까지 고집을 굽히지 않는 탓에 형제인 너에게도 폐가 갈지 몰라. 우리의 관계가 세상 사람들의 축복을 받을 수 없다는 것도 잘 알고 있고. 그래도 난 레오를 소중히 생각하는 마음을 결코 부끄러워하지 않을 거야."

"……."

"레오와 만나기 전까지 난 삶에 소극적이었어. 야쿠자의 아들이라는 딱지에서 평생 벗어날 수 없는 인생을 체념하고, 사람들과의 깊은 관계를 피하며 살아왔거든. 내가 누군가를 강하게 원한 적도 없었고. 물욕도 야심도 없었을 뿐더러, 모든 욕망이 희박했지. 그런 내가 레오와 만나 처음으로 내 안에도 그런 감정이 있다는 걸 알게 됐어. 누군가를 미친 듯이 원하는 감정이. 맞서 싸워서라도 사랑하는 사람을 잃고 싶지 않은 강한 감정이……."

목소리가 꼴사납게 떨렸다. 레오가 작게 "아키라……." 하고 속삭이더니, 무릎 위에 놓았던 손에 자신의 손을 포개었다. 그리고 격려하듯이 꽉 잡아주었다.

"앞으로의 미래에도 수많은 역경이 있을 거라는 건 알아. 하지만 아무리 높은 벽이 가로막고 있다 해도 둘이서 힘을 합쳐 극복해 나가고 싶어."

확고한 의지가 엿보이는 목소리로 아키라가 결의를 표명하자, 그때까지 잠자코 귀를 기울이고 있던 에두아르가 한숨을 푹 쉬었다.

"알았어."

"에두아르?"

"이미 둘이서 그렇게 하기로 결심했잖아."

"응."

레오가 동생의 말에 고개를 끄덕였다.

"두 사람 다 자립한 성인인걸. 어떤 리스크와 곤란이 있을지 납득하고 그렇게 하기로 결심했다면 아무리 형제라고 해도 참견할 입장은 못 되지."

그 대답을 듣고 나니 잔뜩 긴장한 상태였던 몸에서 힘이 풀렸다.

'……다행이다.'

진심으로 축복하는 뉘앙스는 아니긴 해도 일단은 이쪽의 의향을 받아들이고, 속내는 가슴속에 묻어주었다. 형제가 이 자리에서 연을 끊는 최악의 사태는 면했다.

그것만으로도 충분히 하느님께 감사의 기도를 드리고 싶은 기분이었다.

"에두……, 정말 고맙다."

레오가 같은 마음인지 감사의 말을 입에 담자, 에두아르가 "됐어." 하고 진심으로 싫은 듯한 목소리를 냈다.

"감사받을 처지도 아닌걸."

일부러 내치는 듯한 냉랭한 말투로 그렇게 말하고 나선 곧바로 표정을 다잡았다.

"루카한테도 얘기할 거야?"

질문을 받은 레오도 표정을 다잡았다.

"언젠가는 얘기해야 하겠지만, 아직 시기상조인 것 같아서 말야. 성인이 되었다고는 해도 그 녀석은 아직 애니까. 지금 알아봤자 혼란스럽기만 하겠지."

"그러게. 루카에게는 아키라와 레오 둘 다 피를 나눈 형제니까. 그 두 사람이 연인 사이라면 특히나 마음이 복잡하겠지. 적어도 학교 다니는 동안에는 쓸데없는 스트레스를 주지 않는 편이 좋을 것 같아. ……아버지한테는 말씀드릴 거야?"

레오는 거듭된 질문에 인상을 찌푸렸다.

"아버지께는…….""

"얼마 전에 막시밀리안한테 선 보라고 했다가 거절당했다면서? 다음은 형 차례야."

"……나도 일아."

레오가 떨떠름한 얼굴로 중얼거렸다.

아키라도 근심을 띤 그 옆얼굴을 보며 마음을 다잡았다.

그렇다. 안도하기는 이르다.

이건 아직 시작, 제1관문에 불과했다.

제2장

에두아르와 아키라가 나란히 레오나르도의 방으로 향한 뒤, 그들의 등이 보이지 않을 때까지 복도에서 배웅한 아야토는 에두아르의 방으로 발길을 돌렸다.

방으로 돌아가선, 아직 끝나지 않은 짐 풀기에 착수했다.

침실에 딸린 워크인 클로짓에 의류를 전부 걸어 놓고 신발을 수납한 다음, 파우더룸과 나이트 테이블에 필요한 물건을 세팅하고 나서 가벼워진 가죽 여행 가방 위쪽 뚜껑을 닫았다.

당장 해야 할 일을 전부 끝내고 한숨 돌린 뒤, 방 안을 둘러보았다.

자신을 위해 준비된 객실도 근사하지만, 이 주실도 그보다 몇 배는 아름다운 방이었다.

에두아르의 눈동자 색을 딴 아이스블루색 벽지에는 은실로 풀과 나무를 모티브로 한 무늬가 빼곡하게 그려져 있었다. 장식에는 아랍의 영향이 짙게 나타나 있었지만, 기둥 조각은 그리스풍, 둥근 천장에는 예수 그리스도의 탄생을 그린 프레스코화. 다양한 문화가 혼재하는 방을 보기만 해도 이 저택이 헤쳐 온 침략과 점령의 역사가 머릿속에 그려지는 것 같았다.

자연스럽게 놓인 가구와 소품도 캡리올 레그가 예술적인 팔걸이의자와 흑단 콘솔, 대리석 좌탁, 은으로 된 향로, 금으로 된 촛대, 백자 등, 한눈에 봐도 미술적 가치가 높다는 것을 알 수 있는 물건뿐이었다.

이런 미술관 일각 같은 방에서 에두아르는 어렸을 적부터 당연한 듯이 지내 온 것이다.

게다가 집사를 필두로 많은 사용인들의 시중을 받는 생활.

단테가 우수한 집사라는 사실은 그의 부하인 스태프들의 행동거지를 통해 짐작할 수 있었다. 손님에게 전혀 부족함 없는 서비스가 가능한 것은 철저한 교육을 받았다는 증거였다.

애초에 서비스업계에 종사하고 있는 아야토조차 —— 일찍이 코넬 대학교 학생이었던 무렵에는 공작가 총관리인이었던 분의 특별 강의를 받은 적이 있지만 —— 현역으로 일하는 집사는 생전 처음 보았다. 본고장 영국에서도 지금은 집사의 수가 점점 줄어들기만 하고 있다고 한다.

그런 세계 정세를 감안해봤을 때, 아무리 본가라고 해도 이만한 저택과 사용인을 유지하고 있는 로셀리니가의 위력은 어마어마했다. 아야토는 연인의 특출한 태생을 이제야 새삼스레 실감했다.

에두아르가 사업가로서 자신보다 정력적으로 일하고 있기 때문에 그만 깜빡 잊기 십상이지만, 원래는 일할 필요 따위 전혀 없는 사람이다. 자산운용만으로 충분히 먹고살 수 있을 뿐더러, 평생 동안 다 쓰지도 못할 것이다.

진정한 셀러브리티인 연인.

아무것도 가진 것이 없는 자신과는 근본부터가 다르다.

성장 과정도, 국적도, 사는 세계도 전부 다르다.

어울리는 점이 하나도 없다.

'게다가 둘 다 남자……'

정신을 차려 보니 어느샌가 부정적 사고에 사로잡혀 있는 자신을 깨닫고는 고개를 설레설레 흔들었다.

"……안 돼. 또 이러네."

무슨 일이든 부정적 측면만 보지 말자고 결심한 참인데.

안 그래도 익숙지 않은 토지에서 에두아르의 가족과 며칠 동안 지내야 한다는 긴장감으로 인해 신경이 곤두서 있는 상태이기에 귀족 저택이 자아내는 근엄한 분위기에 압도되어 평정심을 잃고 만 것이다.

'괜찮아.'

그들의 입장에서 자신은 수많은 에두아르의 부하 직원 중 한 사람에 지나지 않는다.

아무도 자신의 언동 따위 유심히 보지 않고, 신경도 쓰지 않는다.

환하게 빛나는 에두아르의 그늘에서 평소처럼 자연스럽게 지내면 된다.

그렇게 자신을 타일러도 좀처럼 가시지 않는 우울한 기분을 해소하기 위해 아야토는 에두아르의 방에서 나갔다. 아까 전에 에두아르에게 말한 대로 관내를 산책이라도 하면서 기분 전환을 할 생각이었다.

실내와 마찬가지로 천장이 높은 복도를 천천히 걷기 시작했다.

눈앞의 광경은 마치 회화처럼 아름다웠다. 롱갤러리처럼 벽을 빼곡하게 장식한 회화와 조각, 반대편 벽에 등간격으로 쭉 나 있는 아치형 창문으로는 저녁노을이 어렴풋이 비쳐 들어와 대리석 바닥에 진 수목의 그림자를 붉게 물들였다.

그중 한 창문으로 다가가자, 붉은색과 짙은 감색의 복잡한 그러데이션으로 물든 뻥 뚫린 파티오(안뜰)가 보였다.

겨울 잔디가 빈틈없이 깔린 파티오의 중심에는 수령이 몇백 년은 될 것 같은 커다란 올리브 나무가 뿌리를 뻗고 있었다. 파티오를 에워싼 회랑 네 귀퉁이에 꽃의 여신상이 서 있었고, 대리석 벤치도 보였다.

이 저택의 수호신처럼 당당한 올리브 거목을 바라보고 있는 사이에 언젠가 에두아르가 했던 말이 뇌리에 되살아났다.

—— 여긴……, 【팔라초 로셀리니】 같군.

카사호텔 안뜰을 함께 걸으면서 그가 그리운 듯이 중얼거린 말.

지금 그야말로 자신이 그때 그가 떠올리던【팔라초 로셀리니】에 있는 것이다.

새삼스레 감회가 복받쳤다.

"나루미야 님."

창가에 가만히 선 채 가슴이 서서히 뜨거워지는 것을 느끼고 있으려니, 누군가가 뒤에서 말을 걸었다. 돌아본 아야토는 약간 떨어진 위치에 서 있는 초로의 집사와 눈이 마주쳤다.

기장이 긴 검은 윗옷, 하얀 스탠드칼라 셔츠에 크로스오버 타이, 회색 베스트에 세로 줄무늬 바지, 검은 구두 ── 한 치의 흐트러짐도 없는 복장. 영화 '남아 있는 나날'의 안소니 홉킨스를 방불케 하는 풍모.

"아……, 안녕하세요?"

단테가 조용히 다가오더니 몇 발짝 앞에서 멈춰 섰다.

"에두아르 님 없이 혼자 계셨습니까?"

"지금 레오나르도 님의 방에 가 계세요."

"그러시군요. ……나루미야 님께선 방에 무슨 불편한 점이나 요청 사항 없으십니까?"

"괜찮습니다. 아주 아름다운 방이라 인테리어나 가구를 보고 있기만 해도 행복한 기분이 들던걸요."

단테가 아야토의 대답을 듣고는 미소를 지었다. 그 얼굴에서는 그가 진심으로 이 저택을 사랑하고 자랑스럽게 여기는 마음이 전해져 왔다.

"그건 그렇고, 이만큼 역사 있는 건물을 유지하느라 많이 힘드시겠어요."

이 저택과는 수준이 다르지만 카사호텔 본관처럼 마찬가지로 오랜 역사를 가진 건물을 유지하는 일이 얼마나 힘든지 몸소 알고 있는 아야토가 문자, 단테가 고개를 끄덕였다.

"네. 1년에 몇 번은 곰팡이가 피지 않도록 햇볕에 쬐고 환기를 시켜야 하는 데다, 항상 관내 어딘가를 수리하고 있습니다. 특히 회화 등을 복원하는 데는 특별한 기술이 필요하기 때문에 전임자를 고용하고 있죠."

"게다가 정원도 넓으니까요."

"헤드 가드너를 필두로 정원사와 채소밭을 관리하는 스태프가 열다섯 명 있습니다."

"열다섯 명……. 스태프는 전부 몇 분 정도 계신가요?"

"마구간과 창고, 문지기, 자가용 비행기 장외 이착륙장 및 헬리포트 관리를 하는 스태프 등, 옥외 담당만 30명 정도 됩니다. 지하 양조장 스태프도 합치면 총 70명은 될 것 같습니다."

아야토는 70명이라는 말을 듣고는 감탄의 한숨을 내쉬었다. 어지간한 호텔과 맞먹는 규모였다.

"엄청난 인원이네요. 그만한 스태프들을 통솔하고 지휘하시다니, 정말 대단하세요."

"나루미야 님께서도 총지배인으로서 많은 종업원을 통솔하고 계시지 않습니까?"

"저는 이름만 총지배인이지⋯⋯, 아직 많이 미숙합니다."

아야토는 자신의 몇 배나 되는 경력을 가진 선배를 앞에 두고 자신의 미숙함을 부끄러워했다. 단테가 그런 아야토를 회갈색 두 눈을 가늘게 뜨며 다정하게 바라보았다.

"아까 잠깐 말씀 나눴을 때, 에두아르 님께서 나루미야 님을 무척 칭찬하시던걸요."

"에두아르가?"

"총지배인 취임 이후, 낮이건 밤이건 카사호텔만을 생각하시고, 사생활을 희생하면서끼지 헌신헤주고 계신다고 하시더군요. 단, 호텔 영업이 연중무휴이기 때문에 최고 책임자는 공사를 구분하기 힘들죠. 그래서 '쉴 땐 쉬라'고 아무리 말해도 좀처럼 일을 잊지 못하는 것 같길래 이번에는 약간 막무가내로 휴가를 잡게 했다는 말씀을 하셨습니다."

"⋯⋯그랬군요."

에두아르가 시칠리아에 같이 가자고 했던 데에는 그런 이유도 있었구나.

확실히 그나마 가끔 쉬는 휴일에도 이러니저러니 카사호텔에 대해 생각하는 바람에 머리에서 완전히 일을 떨쳐 내기는 어려웠다.

그대로 있었다간 조만간 몸살이 났을지도 모른다.

에두아르는 아야토가 그렇게 되지 않도록 배려해준 것이다.

연인의 마음씀씀이에 감사의 마음을 느끼는 동안, 아야토의 얼굴을 응시하던 단테가 천천히 입을 열었다.

"이번에 에두아르 님께서 나루미야 님과 함께 오셔서 저는 무척 기뻤답니다."

"단테 씨?"

"에두아르 님께선 오랫동안 고향에 등을 돌리고 계셨습니다. 시칠리아 특유의 굴레를 성가시게 여기시고, 거의 고향에 돌아오지 않으셨죠. 아주 가끔 고향에 돌아오셨을 때도 볼일이 끝나면 곧바로 밀라노로 돌아가셨습니다……. 그런 에두아르 님께서 【팔라초 로셀리니】에 손님을 데리고 오셨습니다. 동행하신 아야토 님께 본인께서 태어나 자란 저택을 보여주고 싶다고 생각하신 그 마음이 저희는 얼마나 기쁜지 모른답니다."

단테가 감회를 곱씹는 듯한 말투로 그렇게 말하자, 아야토는 눈을 어렴풋이 휘둥그레 떴다.

"단테 씨……."

"에두아르 님께서는 어렸을 때부터 무척 총명하고 영리한 분이셨습니다. 그만큼 조숙하시기도 했죠. 레오나르도 님도 그렇지만 어린 나이에 어머님을 잃고, 아버님은 바쁘셨기 때문에 일찍 어른이 되실 수밖에 없었을 겁니다."

아야토는 형제들을 태어났을 때부터 알고 있는 단테의 견해를 진지한 표정으로 귀담아들었다.

"또한 같은 환경이라 할지라도 레오나르도 님의 어머님께서는 시칠리아 귀족이셨기 때문에 가슴속에 시칠리아와의 강한 유대……, 그리고 순수한 시칠리아노라는 자부를 갖고 계십니다. 고향을 소중히 여기는 마음이 레오나르도 님의 초석이 되고 있죠. 하지만 에두아르 님께선 어머님이 프랑스분이시기 때문에 외가 쪽 친척은 모두 프랑스에 살고 계십니다. 그러니 어쩌면 아무리 시간이 흘러도 시칠리아에 정들지 못하셨을지도 모릅니다."

"……."

패밀리 의식이 강한 시칠리아라는 토지 안에서 총명한 소년은 자기 혼자 이방인이라는 사실에 날마다 고독을 느꼈던 걸까?

그런 와중에 친어머니에게 닥친 비극의 진상을 알게 되고…….

"에두아르 님께서는 형제들 중에서도 님에게 의지하거나 어리광을 부리는 게 가장 서툰 분이십니다……. 에두아르 님께서 마음을 허락하신 상대는 제가 아는 한 그리 많지 않습니다."

거기서 말을 끊은 단테가 엄숙한 표정으로 아야토를 응시했다.

"나루미야 님, 주제넘는 말인 줄은 알지만, 부탁 하나만 드리겠습니다. 부디 앞으로도 오래오래 에두아르 님의 곁에 있어 주십시오."

작년 말에 루카에게서도 같은 취지의 부탁을 받았던 것을 떠올렸다.

다들 에두아르를 이렇게나 아끼고 사랑한다.

에두아르를 이렇게나 염려하고 있다.

그 마음을 본인에게 잘 전할 수 있다면 좋으련만.

아야토는 어쩌면 친아버지보다 더 유심히 로셀리니가 아들들의 성장을 곁에서 지켜봐 왔을지도 모르는 집사에게 분명하게 말했다.

"지금은 아직 에두아르의 도움이 될 기회가 적지만, 앞으로는 저 나름대로 성장해서 최선을 다해 그의 힘이 되고 싶어요. 곁에 있기를 허락해주시는 한, 성심성의껏 모실 생각입니다."

단테가 기쁜 듯이 입가에 미소를 지었다.

"감사합니다."

초로의 집사는 감사의 말을 입에 담으며 머리를 깊이 숙였다.

＊　　＊　　＊

단테와 헤어진 후, 관내를 한차례 산책하며 예술적으로 꾸며진 내부를 만끽한 아야토는 자신에게 할당된 객실로 돌아갔다.

객실은 저택 중앙에 난 대계단을 경계로 나뉜 건물 오른쪽에 위치하며, 왼쪽에 위치한 에두아르의 방과는 약간 거리가 있다.

아까 단테로부터 일곱 시부터 식당에서 디너가 있을 예정이라는 이야기를 들었기에 정장으로 갈아입어야 할지 망설이고 있으려니, 주실 문을 노크하는 소리가 났다.

"네."

"……나야."

"에두아르……. 잠시만 기다리세요, 지금 열게요."

문간으로 다가가선 문을 열었다.

"……윽."

복도에 서 있는 에두아르의 모습에 약간 허를 찔렀다.

시야에 비친 얼굴이 굳어 있었기 때문이다.

"에두아르?"

실내로 들어온 에두아르가 아야토의 옆을 말없이 지나치더니, 소파 세트로 향했다. 스쳐 지나갈 때 얼굴을 언뜻 살펴보았지만, 역시 안색이 좋지 않은 듯했다.

'왜 저러지?'

레오나르도와 다투기라도 한 걸까?

두 사람은 원래 사이가 좋다고는 할 수 없는 관계인 것 같았다.

'무슨 일이 있었나?'

불안에 사로잡히면서도 문을 닫았다.

팔걸이의자에 털썩 앉은 에두아르의 옆까지 다가가서 대각선 앞에 선 아야토는 말없이 연인의 미간에 진 세로 주름을 쳐다보았다.

가능하면 당장이라도 무슨 일이 있었는지 알고 싶었지만, 에두아르 본인은 이야기하고 싶지 않을지도 모른다. 당사자의 의향을 거스르며 미주알고주알 캐묻기도 꺼려졌다.

"……."

초조함을 억누르며 상대가 무슨 말을 해주기를 기다리고 있으려니, 얼마 안 있어 에두아르가 얼굴을 들었다. 눈과 눈이 마주친 순간, "앉아." 하고 맞은편 소파를 가리켰다.

아야토는 그가 가리킨 곳에 앉았다.

오므린 무릎 위에 손을 놓고는, 정면에 앉은 에두아르가 입을 열기를 진지한 얼굴로 기다렸다.

그 후에도 한동안 침묵이 이어졌고, 그동안에 험악한 표정으로 허공을 노려보던 에두아르가 다시 한 번 아야토의 얼굴을 보았다.

"레오가 날 부른 이유는……."

"네."

"아키라와의 관계에 대해 이야기하기 위해서였어."

레오나르도와 아키라에 대해?

옆에서 보기에도 서로를 신뢰하는 분위기를 통해 사이가 무척 좋은 것을 알 수 있었던 두 사람에게 무슨 문제가 있는 걸까?

"두 사람……, 서로 사랑하는 사이인가 봐."

"네……?"

곧장 말뜻을 이해하지 못한 아야토의 입에서 작은 목소리가 새어 나왔다.

"죄송해요, 지금……."

무슨 말을 한 거냐고 되묻기 전에 에두아르가 낮은 목소리로 중얼거렸다.

"믿어지지 않지? 나도 귀를 의심했어. 그 두 사람이 연인 사이라니."

"레오나르도 님과 아키라 님이……, 연인 사이?"

아야토는 앵무새처럼 말을 되뇌여봐도 여전히 실감이 나지 않아 미간을 살짝 찌푸렸다.

"그런 사이가 된 지 벌써 1년 반이나 됐다고 하더군. 레오가 동성애자가 아니라는 건 누구보다 내가 잘 알아. 형이 예전에 사귀던 연인들도 알고 있으니까."

"그렇……군요……."

가까스로 맞장구를 치긴 했지만, 아직 실감은 쉬 느끼지 못했다.

"그 레오가 설마……. 갑작스러운 이야기라 믿어지지 않았지만, 아무래도 두 사람 다 진심인가 봐. 아무리 험한 길이라 할지라도 둘이서 극복하겠다는 흔들림 없는 의지가 느껴지더군. 일부러 나한테 이야기할 정도이니, 어중간한 각오는 아니겠지."

"……."

자신도 동성애자는 아니지만, 에두아르와 연인 사이이나.

사람을 사랑하는 마음에 성별도, 신분 차이도, 인종도 상관없다는 것은 몸에 사무칠 정도로 잘 알고 있다.

아마 다른 누구도 아닌 그 사람이기 때문에 특별한 것이다.

'레오나르도 님과 아키라 님이.'

이제야 겨우 실감이 든 아야토의 뇌리에 두 사람의 얼굴이 떠올랐다.

마피아의 피를 이어받은 레오나르도와 전설의 노름꾼의 직계 손자인 아키라.

아름답고 기품이 넘치는 데다 지적이며 매력적인 두 남성.

그 두 사람이 성별의 벽을 뛰어넘어 서로에게 끌린 것도 이해가 갔다.

"앞으로의 인생을 아키라와 함께 살고 싶다, 이미 조상님들 앞에서 평생을 함께하겠다고 맹세했다더군."

"요컨대……, 레오나르도 님은 아키라 님을 위해 평생 독신으로 지내겠다는 말씀입니까?"

"레오는 로셀리니가의 당주라는 사실에 굉장한 자부심을 갖고 있지만, 그 이상으로 아키라가 소중하겠지."

어딘가 공감을 담은 에두아르의 목소리에 고개를 끄덕이다가 퍼뜩 숨을 삼켰다. 레오나르도가 이번 기회에 에두아르에게 진실을 고백한 이유를 짐작했기 때문이다.

아야토는 관자놀이가 경련하는 것을 의식하면서 조심스럽게 화제를 꺼냈다.

"저……, 레오나르도 님이 후계자를 낳지 않으시면……."

"그래, 나 아니면 루카의 자식에게 후계자 자리를 물려주고 싶다고 하더군."

"윽……."

에두아르가 쉽게 긍정하자, 아야토의 얼굴이 새파랗게 질렸다.

'에두아르의 자식이 후계자.'

점점 눈앞이 캄캄해지는 것을 느끼고 있으려니, 에두아르가 말을 이었다.

"물론 거절했지만."

'거절했다고……?'

일단 받아들인 뒤 숙고하지도 않고 그 자리에서 거절했다고?

"거절하셔서……, 괜찮으셨습니까?"

안도하기보단 순간적으로 뜻밖이라는 생각이 앞서는 바람에 그만 그런 말이 입을 타고 나왔다.

그러나.

"당연하지. 네가 있는데."

에두아르가 언짢은 표정으로 그렇게 딱 잘라 말하자, 어깨에서 힘이 훅 빠졌다.

형의 고백을 들어도 에두아르의 마음이 변함없다는 것은 기뻤다.

'무척 기쁘……지만.'

만일 이 일이 돈 카를로의 귀에 들어가면 우선 틀림없이 후세사 문제의 화살은 차남인 에두아르에게 향할 것이다. 루카는 아직 가정을 꾸리기에는 어린 나이이고…….

"저희의 관계에 대해서는 레오나르도 님께 말씀하셨나요?"

에두아르가 고개를 가로저었다.

"그런 고백을 들은 참이라 우리도 그렇다는 말은 차마 못하겠더군."

그도 당연하다.

언젠가 털어놓아야 할 때가 온다 하더라도 사정이 사정인 만큼 시기를 가늠할 필요가 있을 것이다.

"레오는 당분간 루카에게는 이야기하지 않을 생각인 것 같아. 나도 그러는 편이 좋을 것 같다고 했고. 그 녀석은 아직 어린 데다, 레오와 아키라는 둘 다 피를 나눈 형제니까. 그 두 사람이 연인 사이라는 사실은 받아들이기 많이 힘들 거야."

"……."

솔직히 말하자면 아야토는 루카를 그다지 '어리다'고 생각하지 않았다.

아직 그리 많이 이야기를 나눠보진 않았지만, 그 얼마 안 되는 대화에서도 자신의 생각이 확실하고 심지 굳은 청년임을 느낄 수 있었다. 외모나 말투는 그야 귀엽지만, 그 몸에는 확실히 로셀리니 일족의 피가 흐르고 있다는 인상을 받았다.

그래도 루카의 보호자를 자처하는 에두아르와 레오나르도가 가급적 동생에게 상처를 주고 싶지 않아 하는 마음도 충분히 이해할 수 있었다.

"돈 카를로께는 말씀드릴 생각이신가요?"

"고민 중인 것 같아. 하지만 언젠가는 진실을 알려야 하겠지. 레오도 이제 곧 서른 살이야. 로셀리니가의 당주로서 언제까지고 독신으로 있는 건 허락되지 않겠지. 그러니 아버지가 결혼하라고 재촉하시면 그땐 혼담을 거절하는 이유를 얘기하지 않고 넘어갈 수 없을 거야."

"……."

이야기한 결과, 어떻게 될까?

세 아들 중 두 사람이 결혼하지 않는다고 하면……, 돈 카를로나 패밀리 멤버들이 납득하리라고는 도저히 생각되지 않았다.

경우에 따라서는 로셀리니가의 혈통이 끊어질지도 모르는 비상사태이다.

'엄청난 일이 벌어졌군.'

생각지도 못한 사태에 직면하여 마음이 착잡했다.

먹구름처럼 불안이 드리우면서 가슴을 무겁게 짓누르는 것을 알 수 있었다.

"아야토?"

위구심이 얼굴에 드러났는지, 에두아르가 이름을 불렀다. 시선을 들어 에두아르가 팔걸이의자에서 일어나는 모습을 포착했다. 에두아르는 소파로 성큼성큼 다가오자마자 아야토의 위팔을 잡았다.

그러더니 아야토를 쭉 끌어 올려 품에 끌어안았다.

"에두아……."

힘껏 안긴 나머지 숨을 삼키고 있으려니, 에두아르가 낮은 목소리로 귓가에 속삭였다.

"그런 얼굴 하지 마. 넌 아무 걱정 안 해도 돼."

"……."

"여차하면 난 이 집을 나갈 거야."

어깨가 흠칫 떨렸다. 고개를 번쩍 든 아야토는 저도 모르게 큰 소리로 말했다.

"에두아르! 그건……!"

"집안보다 네가 더 소중해."

아이스블루색 눈동자가 가만히 응시하자 할 말을 잃었다.

그 마음은 기쁘다. 눈물이 날 만큼 기쁘다.

'하지만.'

기껏 에두아르의 마음이 오랫동안 등을 돌리고 있던 '패밀리'에게 향하기 시작한 참이었는데…….

── 그런 에두아르 님께서 【팔라초 로셀리니】에 손님을 데리고 오셨습니다. 동행하신 아야토 님께 본인께서 태어나 자란 저택을 보여주고 싶다고 생각하신 그 마음이 저희는 얼마나 기쁜지 모른답니다.

단테의 말이 뇌리에 되살아났다.

에두아르의 마음이 고향에 다가서려 하자마자 마치 그 타이밍을 가늠하고 있었다는 듯이 닥친 아이러니한 전개.

이 또한 신의 뜻일까?

아야토는 연인의 넓은 가슴에 얼굴을 묻으면서 아랫입술을 살며시 깨물었다.

제3장

오후에 에두아르와 나루미야가 무사히【팔라초 로셀리니】에 도착했다.

두 사람은 레오나르도에게 인사를 마치고 나서 각자 방(에두아르는 본인이 사용하던 방, 나루미야는 객실)에 들어간 것 같았다.

이로써 아버지 이외의 가족이 모두 모였다.

실제로는 네 사람이 늘었을 뿐이지만, 손님을 맞이한 스태프들의 기분이 한껏 들떠 있기 때문인지 관내에 어느 때보다 환한 분위기가 감돌았고, 스태프들의 얼굴도 밝은 듯한 기분이 들었다.

"역시……, 가족이 모이니까 좋구나."

루카는 오랜만에 돌아온 자신의 방 안을 어슬렁어슬렁 돌아다니면서 노래하듯이 혼잣말을 했다.

고등학교 입학과 동시에 【팔라초 로셀리니】를 나온 후로는 가끔 귀성했을 때만 사용했지만, 주실도 침실도 마지막으로 머물렀을 때 그대로였다. 물론 청소는 철저하게 되어 있었기 때문에 더할 나위 없이 좋은 향기가 났다.

틀림없이 언제 돌아와도 사용할 수 있도록 매일 환기를 시키고, 바지런하게 청소를 해주었을 것이다.

집을 비운 동안에도 방을 청결하게 관리해주는 하우스메이드에게 감사하면서 주실 서재 공간에 놓인 책꽂이를 아무 생각 없이 보고 있던 루카는 책등이 보이도록 나란히 꽂힌 책 중에서 정겨운 제목을 발견했다.

"아……, 이건."

어렸을 때 아주 좋아했던 그림책 시리즈였다.

자기 전에 곧잘 어머니에게 읽어달라고 조르곤 했다.

향수에 사로잡힌 루카는 그림책을 집어 들어 페이지를 넘겼다. 지금 봐도 충분히 재미있는 내용이라 그만 소파에 앉아 푹 빠져 읽다 보니……, 어느새 시리즈 전체를 독파했다.

"으아……, 벌써 시간이 이렇게 됐네!"

어느샌가 한 시간이나 지나 있었다. 깜짝 놀란 루카는 황급히 책을 도로 꽂아 놓고 침실로 이동했다.

에두아르, 나루미야와 헤어진 뒤, 짐을 풀기 위해 자신의 방으로 돌아온 지 시간이 꽤 지났지만 거의 진척이 없었다.

아까 읽은 그림책도 그렇지만, 어린 시절에 그렇게나 좋아했던 목마와 아버지가 선물로 준 어린이 사이즈 바이올린, 여기를 나가기 전까지 침대에서 함께 자던 테디베어 등, 여기저기에 정겨운 물건이 놓여 있는 탓에 하나씩 발견할 때마다 추억에 잠겨 손이 멈추고 말았다.

"해가 저버렸네."

아무튼 우선 여행 가방에서 꺼낸 옷을 옷장에 넣자.

그렇게 결심한 루카는 발밑에 굴러다니던 오페라 펌프스 한 짝을 주워 들었다. 다른 한 짝을 찾이 어슬렁거리고 있으려니, 똑똑똑, 주실 문을 노크하는 소리가 들려왔다.

"네."

"루카 님, 저입니다."

"막시밀리안!"

손에 들고 있던 오페라 펌프스를 침대에 내던지고는, 서둘러 주실로 이동했다. 그리고 문간으로 달려가선 문을 열었다.

문을 열자마자 나타난 막시밀리안의 샤프한 미모를 환희의 표정을 지으며 가만히 올려다보았다.

'막시밀리안……'

고작 몇 시간 떨어져 있었을 뿐이지만, 그래도 그 몇 시간 동안 자신이 얼마나 막시밀리안에 굶주려 있었는지를 절절히 깨달았다.

"벌써 짐 다 풀었어?"

"한참 전에 끝나서 아래층으로 내려가 오늘 이후의 스케줄에 대해 단테와 이야기를 나누고 온 참입니다."

실내로 들어온 막시밀리안이 안경 브릿지를 가운뎃손가락으로 쓱 밀어 올렸다.

"루카 님은 어떠신지요?"

"응……, 지금 정리하는 중이야."

"도와드릴까요?"

"괜찮아."

아까 짐 풀기를 도와주겠다고 자처한 하우스메이드의 제안도 거절했다.

"이 정도는 나 혼자 할 수 있어."

예전의 자신과는 다르다는 것을 어필하며 가슴을 폈지만, 막시밀리안은 별로 납득이 가지 않는 듯한 얼굴로 침실에 힐끗 시선을 던졌다.

"여행 가방은 저쪽에 있나요?"

그렇게 말하자마자 반쯤 열린 침실 문을 향해 걸어 나갔다.

"아……, 잠깐, 지금, 아직……."

당황하며 말렸지만, 막시밀리안은 루카의 제지를 뿌리치고 침실 문을 활짝 열었다. 그 자리에 느닷없이 멈춰 서는 바람에 그의 뒤를 쫓아가던 루카는 그 넓은 등에 코를 부딪쳤다.

"으헉."

"한바탕 크게 어질러 놓으셨군요……."

여행 가방을 뒤집어 안에 들어 있던 내용물을 한번에 몽땅 쏟아 낸 것처럼 옷이니 신발이니 액세서리니 책이니 등등 온갖 물건이 침대 위와 바닥에 이리저리 흩어져 있는 참상을 보며 막시밀리안이 어처구니없는 듯한 목소리를 냈다.

"그, 그러니까 아직 정리하던 중이라고 했잖아! 일단 전부 꺼내 놓고 나서 치우던 참이었다고."

뒤에서 횡설수설 변명하던 루카는 돌아본 막시밀리안의 싸늘한 눈빛에 위축되어 멋쩍은 듯이 고개를 움츠렸다.

"지금부터 본격적으로……."

"도와 드리겠습니다."

"저, 정말로 괜찮다니까!"

"일곱 시부터 식당에서 만찬이 시작될 예정입니다. 이제 두 시간 밖에 남지 않았습니다. 그 전까지 이곳에 있는 모든 물건을 적절한 곳에 정리한 뒤, 샤워를 하고 옷을 갈아입으셔야 합니다. 그때까지 혼자서 하실 수 있겠습니까?"

그런 식으로 추궁을 당하니 뭐라 대답해야 할지 말문이 막혔다. 솔직히 자신은 없었다.

"루카 님?"

"으, 으……."

"어떻게 하실 겁니까?"

"……도와줘."

마지못해 굴복한 루카가 부탁하자, 막시밀리안이 처음부터 그렇게 말하지 그랬냐는 말이라도 하고 싶은 듯이 어딘가 만족스러운 얼굴로 고개를 끄덕였다.

막시밀리안이라는 강력한 조력자를 얻고 나니 짐 정리는 놀라운 진전을 보였다.

슈트는 브러싱한 상태로 옷장에 걸리고, 구두도 다시 반짝반짝 닦은 후에 신발장에 놓이고, 액세서리 종류는 사용 빈도에 따라 장식장과 서랍에 나란히 진열되었다.

"굉장하다! 눈 깜짝할 사이에 정리됐어. 마법 같아!"

흥분한 루카에게 막시밀리안은 변함없이 쿨한 표정으로 "자, 이제 샤워하세요. 한 시간 남았습니다." 하고 말했다.

루카가 샤워를 하는 동안 옷을 갈아입고 왔는지, 목욕 가운을 걸치고 욕실에서 나오자 다크 슈트 차림의 막시밀리안이 보였다.

광택이 도는 검은 피크드 라펠 슈트에, 실버 그레이 웨이스트코트. 넥타이는 은색과 검은색과 흰색이 섞인 레지멘탈 타이. 가슴 주머니에는 흰색 포켓치프가 꽂혀 있었다.

'우와.'

평소에는 차콜그레이 아니면 브라운 계열의 스리피스 같은 차분한 컬러와 스타일의 슈트를 많이 입기 때문에 이렇게 포멀한 차림은 신선해서 가슴이 두근거릴 정도였다.

금욕적인 막시밀리안도 좋지만, 이건 그것대로 굉장히.

'멋있어.'

평소보다 몇 배나 섹시하게 보이는 얼굴에 멍하니 넋을 잃고 있자, 막시밀리안이 미간을 찌푸리며 "빨리 머리를 말리지 않으면 감기 걸리십니다." 하고 말했다.

"드라이어를 쓰죠. 제가 말려 드리겠습니다."

"응."

막시밀리안이 파우더룸 거울 앞에 앉은 루카의 등 뒤에 서선, 드라이어를 사용하여 머리를 말려주었다. 커다란 손이 부드럽게 머리를 말려주자, 너무나도 기분 좋은 나머지 의식이 점점 몽롱해졌다. 목덜미를 쓰다듬어줘서 기분 좋아하는 아기 고양이처럼 황홀해하며 눈을 가늘게 뜨고 있으려니, 거울에 비친 막시밀리안이 피식 웃었다.

그 요염한 표정에도 가슴이 뛰었다.

어쩌지? 엄청 두근거려.

'키스하고 싶다.'

그런 생각이 들었을 때는 이미 무의식중에 몸이 움직였다.

상반신을 틀어 막시밀리안의 얼굴을 올려다보며 청회색 눈동자를 가만히 응시했다.

"루카 님?"

창피해서 입에 담을 수 없는 바람을 시선으로 호소했다.

'키스해줘.'

"……."

열을 띤 루카의 눈빛을 말없이 받아 내던 막시밀리안의 두 눈이 서서히 가늘어졌다. 딸깍, 드라이어 전원을 끈 손과는 다른 손이 턱에 살며시 닿았다. 그대로 그 손이 턱을 들어 올리고 막시밀리안의 얼굴이 다가오는 기척이 느껴지자, 루카는 천천히 눈을 감았다.

쿵쿵, 시끄러울 정도로 크게 뛰는 심장을 의식하면서 뜨거운 입술의 감촉을 기다렸다.

항상 자신을 취하게 하는 달콤한 입맞춤…….

하지만 아무리 기다려도 원하던 감촉은 찾아오지 않았다.

'……응?'

이상하게 여긴 루카는 눈을 가늘게 떴다. 그러자 막시밀리안의 얼굴이 쓱 떨어졌다. 턱을 잡았던 손도 떨어져 나갔다.

"막시밀리안?"

느닷없이 내팽개쳐진 것 같은 불안한 기분이 들어 작은 목소리로 이름을 불렀다. 그러나 막시밀리안이 이유를 알고 싶어 하는 루카의 시선에서 도망치듯이 눈을 홱 돌렸다.

"시간이 없습니다. 서두르십시오."

"막시밀리안……."

어째서?

말을 이으려 했던 루카의 목소리는 또다시 전원이 켜진 드라이어 소리에 감쪽같이 지워지고 말았다.

*   *   *

막시밀리안, 아까 전에 어쩐지 상태가 이상했어.

단순히 시간이 없어서 서둘렀던 것만은 아닌 듯하단 말이지.

그야 키스만 하면 1분도 안 걸리는걸…….

애를 태우며 그런 생각을 되풀이하고 있던 루카는 귓바퀴에 닿은 낮은 목소리에 어깨를 흠칫 떨었다.

"루카, 왜 그래? 왜 그렇게 못 먹어?"

"아……."

안티파스토 미스토가 담긴 접시를 앞에 두고 멍하니 있던 것을 깨달은 루카는 목소리가 들린 방향으로 얼굴을 돌렸다. 난로를 등지고 하얀 테이블 클로스가 깔린 세로로 긴 테이블 정면 자리에 앉은 레오나르도와 눈이 마주쳤다.

"입에 안 맞아?"

"아, 아니, 맛있어."

허둥지둥 나이프와 포크를 움직여 엔다이브[8] 판체타[9] 말이를 커팅했다. 그리고 한입 크기로 자른 엔다이브를 입으로 가져가선, 제대로 씹지도 않고 꿀꺽 삼켰다.

"윽……."

황급히 삼킨 탓인지 목에 걸려 사레가 들렸다. 서둘러 스푸만테 글라스를 잡고 쭉 들이켰다. 목을 태우는 알코올의 자극 때문에 콜록콜록 기침이 났다.

---

8 엔다이브: 흰색 잎이 촘촘히 붙어 있는 곧고 뾰족한 모양의 단단한 겨울 채소로, 치커리 뿌리를 어두운 곳에서 촉성 재배하여 수확한다.
9 판체타: 소금과 향료로 처리한 이탈리아식 베이컨으로, 돼지 옆구리살을 동그랗게 말아서 만든다. 얇게 슬라이스하거나 잘게 썰어 튀기거나 구워서 사용한다.

"루카 님, 괜찮으십니까?"

옆 자리에 앉아 있던 막시밀리안이 걱정스러운 듯한 목소리로 묻자, "괘, 괜찮아." 하고 대답했다.

"물 드세요."

막시밀리안이 건네준 물잔을 들이켜 물을 목에 흘려 넣자 겨우 진정이 되었다.

그제야 식당에 있는 전원이 자신을 걱정스러운 듯이 쳐다보고 있는 것을 깨닫고는 관자놀이가 확 뜨거워졌다.

'창피해…….'

레오나르도나 막시밀리안은 그렇다 쳐도 아키라에게 흉한 꼴을 보인 것이 부끄러운 나머지, 창피함을 얼버무리기 위해 "그, 그리고 보니." 하고 입을 열었다.

"에두아르 형과 나루미야 씨를 기다리지 않고 우리끼리 먼저 먹어도 되는 거야?"

막시밀리안과 루카가 함께 식당으로 내려오자 이미 레오나르도와 아키라는 먼저 와서 자리에 앉아 있었지만, 루카와 막시밀리안의 맞은편 자리는 테이블 세팅이 되어 있음에도 불구하고 사람이 없었다.

그 두 사람은 늦게 오려나? 그렇게 생각했지만, 급사가 요리를 나르고 저녁 식사가 시작되어도 두 사람이 식당에 나타나는 일은 없었다.

"두 사람 다 저녁은 필요 없다고 하더구나."

철썩같이 여섯 명이서 식사를 하는 줄 알았기에 레오나르도의 대답에 완전히 허를 찔렸다. 루카의 입에서 "뭐? 정말?" 하고 놀란 목소리가 튀어나왔다.

"오는 길에 뭐 먹고 와서 배부르냐?"

"그런 이유는 아닌 것 같지만……."

레오나르도답지 않은 모호한 말투에 고개를 갸웃거렸다. 이어지는 말을 기다렸지만, 장남은 그렇게만 말하고는 입을 다물어버렸다.

'뭐지? 설마 에두아르 형과 씨우기라도 했나?'

새삼 레오나르도의 얼굴을 보니 어쩐지 표정이 석연치 않았다.

두 형은 사이가 별로 좋은 편이 아니었다.

둘 다 아름답고, 강하고, 루카의 자랑스러운 형들이지만, 양웅은 병립할 수 없다고 하듯이 다양한 국면에서 의견 충돌이 잦은 것 같았다.

그렇기 때문에 반드시 사이가 틀어질 가능성이 없다고는 단언할 수 없었다.

'기껏 다들 모였는데.'

아쉬운 마음으로 급사가 가져다준 프리모피아토 '포르치니 버섯 페투치네'를 먹기 시작했다.

오랜만에 한껏 솜씨를 발휘했을 요리장의 요리는 무엇 하나 빠짐없이 전부 맛있었지만, 저녁 식사 자체는 좀처럼 흥이 오르지 않았다.

막시밀리안은 원래 말이 많은 타입이 아니지만 평소에는 대화의 주도권을 잡는 레오나르도도 오늘 밤엔 전체적으로 말수가 적었고, 루카의 대각선 앞에 앉은 아키라도 시종일관 표정이 어두웠다.

두 사람 다 식욕이 없는지, 나오는 음식마다 전부 반 정도 남겼다.

미묘하게 무거운 분위기 속에서 돌체까지 풀코스가 끝났고, 식사를 마친 후 살롱으로 이동했다.

살롱으로 이동하고 난 뒤에는 각자 저마다 의자에 앉아 편안히 쉬었다.

식후주로 레오나르도가 조만간 매수할 예정이라고 하는 양조장에서 마르살라를 대접받았다.

마르살라는 이탈리아를 대표하는 디저트 와인이다.

레오나르도의 설명에 따르면 크게 네 종류로 나뉘며, 과자용인 피네, 식전주 또는 디저트 와인에 적합한 슈페리오레, 식후주인 슈페리오레 리제르바, 그리고 명상용, 다시 말해 식후에 천천히 맛보는 베르지네. 저마다 원료로 사용하는 포도 품종이 다르지만, 백포도로 만든 베이스 와인에 포도로 만든 알코올 아니면 브랜디, 그리고 농축 모스토를 첨가하여 만드는 제조법은 동일하다고 한다.

식후주로 나온 최상급 베르지네는 우아한 색감과 15년간의 숙성을 거쳐 배어 나온 과일의 맛이 일품이었다. 술이 별로 세지 않은 루카는 아주 소량을 맛보았을 뿐이지만.

그럼에도 식사 중에 마신 스푸만테의 여운까지 더해 점차 얼굴이 확 달아올랐다.

"일반적으로 요리주로 인지도가 높은 마르살라를 식후주로 널리 알려 나가는 전략이 필요하겠군."

"우선 로셀리니가 경영하는 호텔과 레스토랑 리스트에 올리는 작업부터 시작할까요? 이용객에게 서비스로 공급하는 것도 지명도 향상을 위한 마케팅이 되리라 생각합니다."

"여행사와 제휴해서 시음 투어를 짜보는 것도 좋을 것 같아. 그 양조장 건물은 여시 퍽 기치가 있으니까."

자신 외의 세 사람이 의견을 내며 시칠리아 특산품인 마르살라를 어떤 방법으로 세계에 전파할지 이야기를 나누는 동안, 루카는 잠자코 그들의 목소리에 귀를 기울였다.

대학 전공은 경제인 데다, 아르바이트를 하면서 조금씩 사회 경험은 쌓고 있다고 생각했지만, 세 사람의 이야기에 자신이 끼어들 수 있게 되기까지는 아직 수행과 공부가 필요하다는 것을 느꼈다.

하지만 언젠가는……, 그리 멀지 않은 미래에 자신도 그룹 사업 경영의 일익을 담당해야 할 것이다.

'빨리 어엿한 사회인이 되어 아버지에게 막시밀리안을 양보받기 위해서도.'

그를 위해서도 공부가 되는 세 사람의 토론을 하나도 빼먹지 않고 듣기 위해 귀를 기울이고 있으려니, 의논이 일단락된 참에 레오나르도가 손에 있던 글라스를 들이켜고 테이블에 놓았다.

"그러고 보니."

그러더니 그렇게 화제를 꺼내며 막시밀리안 쪽으로 얼굴을 돌렸다.

"아버지가 준비하신 혼담을 거절했다면서?"

생각지도 못한 갑작스러운 전개에 심장이 덜컥했다. 순간적으로 얼핏 쳐다본 루카의 시선 끝에서 막시밀리안이 얼굴색 하나 변하지 않고 "네." 하고 인정했다.

"가정을 꾸릴 생각은 없나?"

"저는 평생 로셀리니가에 충성을 다하기로 맹세했습니다."

막시밀리안이 레오나르도의 질문을 슬쩍 넘기자, 레오나르도가 어깨를 움츠렸다.

"말은 그렇게 한들, 너도 언제까지고 독신으로 있을 수는 없잖아? 4월에 일본으로 부임하면 도쿄 지사가 궤도에 오르기까지 적어도 3년은 돌아오지 못한다고. 가정을 꾸릴 거라면 지금이 기회야. 그런 이유도 있어서 아버지도 혼담을 권하셨겠지."

"……."

막시밀리안이 조금씩 궁지에 몰리는 모습을 조마조마하게 지켜보던 루카는 저도 모르게 두 주먹을 꽉 쥐었다.

'어쩌지……? 형은 왜 이런 껄끄러운 얘기를 꺼낸 건지 모르겠네.'

"연애한다는 소문도 없던데, 마음이 있는 상대는 없나?"

"아쉽게도 없습니다."

"정말이야? 믿어지지 않는걸. 너 정도 되는 남자라면 여자들이 줄을 설 텐데."

"저, 저기 말이야."

참지 못하고 목소리가 나왔다. 대화를 가로막은 것까진 좋았지만, 이쪽을 향한 형을 보고 나서야 딱히 아무 생각도 하지 않았다는 것을 깨달았다.

"왜?"

자신을 똑바로 응시하는 레오나르도의 눈빛에 겁을 먹고 움츠러든 루카는 횡설수설하면서도 간신히 말을 지어써 냈다.

"혀……형은?"

막시밀리안만큼은 아니지만, 형도 결혼 적령기이다. 그렇기 때문에 그 질문은 그다지 요점을 벗어난 말도 아니었지만.

"형이야말로 결혼 안 해?"

그 찰나, 허를 찔린 듯이 눈을 휘둥그렇게 뜬 레오나르도의 표정에 점점 그늘이 지는 것을 포착한 루카는 마음속으로 소리를 질렀다.

'왜 저러지? 내가 뭔가 해선 안 되는 말을 한 거야?'

예상치도 못한 반응에 깜짝 놀라고 있으려니, 미간을 찌푸린 레오나르도가 엄숙하게 입을 열었다.

"난…….."

말을 꺼낸 레오나르도는 일단 말을 끊더니, 눈을 돌려 옆에 있는 아키라를 힐끔 살폈다. 그 시선의 움직임을 따라 루카도 아키라를 보았다.

시야에 들어온 아키라의 얼굴도 기분 탓인지 딱딱했다.

'뭐지?'

그 후로 레오나르도가 입을 다물어버렸기 때문에 대화는 끊기고 침묵이 흘렸다.

"⋯⋯."

아무도 입을 열지 않았다. 무거운 분위기를 주체하지 못한 루카는 엉덩이를 들썩거렸다.

서로의 의중을 살피는 듯한 불편한 침묵을 견디지 못하고 도움을 청하기 위해 얼굴을 옆으로 돌렸다. 그러자 마침 막시밀리안이 빈 글라스를 테이블에 놓고 팔걸이의자에서 일어나던 참이었다.

"저는 슬슬 실례하겠습니다. 처리해야 하는 잡무가 조금 남아 있거든요."

레오나르도가 물러가겠다는 막시밀리안의 말에 어딘가 안도한 얼굴로 "그렇군." 하고 고개를 끄덕였다.

"아, 그럼 나도."

마침 잘됐다는 듯이 루카도 의자에서 일어났다.

"오랜만에 같이 저녁 먹어서 즐거웠어. 레오나르도 형, 잘 자. 내일 봐. 아키라 씨도 안녕히 주무세요."

"그래, 잘 자렴."

"루카, 잘 자."

"레오나르도 님, 아키라 님, 먼저 실례하겠습니다."

살롱을 나온 루카는 막시밀리안과 나란히 복도를 걸어 나가면서 나지막이 혼잣말을 했다.

"나……, 무슨 이상한 말 했어?"

느닷없이 막시밀리안이 발걸음을 멈췄기에 루카도 따라서 멈춰
섰다. 막시밀리안은 상반신을 틀어 루카의 얼굴을 들여다보듯이
위에서 가만히 응시했다. 왠지 걱정에 사로잡힌 듯한 그 청회색 눈
동자를 루카도 마찬가지로 가만히 쳐다보았다.

"막시밀리안?"

"……"

"왜 그래?"

안경알 안쪽에서 두 눈을 가늘게 뜬 막시밀리안이 천천히 고개
를 내저었다.

"아뇨……, 아무것도 아닙니다……."

낮은 목소리로 그렇게 말하더니, 몸을 다시 원래 방향으로 돌려
걷기 시작했다.

'막시밀리안까지 어딘가 이상해.'

뭔가 석연치 않았지만 언제까지고 멈춰 서 있을 수도 없었기에
루카도 복도를 걷기 시작했다. 그리고 연인과 나란히 걸으며 "있잖
아." 하고 말을 걸었다.

"그러고 보니 결국 에두아르 형과 나루미야 씨는 내려오지 않았
네. 몸이라도 안 좋은 건 아니겠지?"

"여행의 피로가 몰려왔을지도 모르겠군요. 나루미야 씨는 오기
직전까지 일을 하셨던 것 같으니 말이죠."

"역시 호텔 일은 힘들구나. 나중에 어떤지 보러 방에 가봐야겠다."

그런 대화를 나누는 사이에 대계단이 있는 홀이 보였다. 이대로 2층으로 올라가봤자 막시밀리안과는 다른 방을 쓴다.

'모처럼 함께 있는데……, 시시해.'

어쩐지 아직 자신의 방으로는 돌아가고 싶지 않았던 루카는 막시밀리안의 겉옷 자락을 쭉 잡아당겼다.

"잠깐 밖에 나가고 싶어."

"지금 밖에 나가시겠다는 말씀입니까?"

막시밀리안이 의아스러운 목소리로 물었다.

"마구간에 있는 말들한테 아직 인사를 안 했단 말이야."

"내일 하시는 게 어떻습니까? 시간이 많이 늦었습니다."

"아직 열 시잖아. 자기엔 이른 시간이라구."

"밤바람을 쐬고 감기에 걸리시면 큰일입니다."

"괜찮아. 인사 끝나면 바로 방에 돌아갈 거니까. 조금만……. 응?"

눈을 위로 살짝 뜨고 조르자, 막시밀리안이 수려한 미간을 찌푸렸다.

"……."

"방에 혼자 있어봤자 할 일도 없는걸. 막시밀리안의 방에 가도 된다면 얘기가 달라지지만……."

"그건 안 됩니다."

즉각 거절당한 루카가 뺨을 부풀리자, 막시밀리안이 한숨을 후우 내쉬었다. 그러더니 잠시 후, 루카의 끈기에 졌다는 듯한 목소리로 말했다.

"여기서 기다리고 계십시오. 지금 걸칠 것을 가져오겠습니다.

*　　*　　*

막시밀리안이 가져온 큰 캐시미어 스톨로 어깨를 쏙 감싼 루카는 마구간을 향해 달빛에 비친 돌길을 걷기 시작했다. 슈트 위에 트렌치코트를 걸친 막시밀리안이 옆을 천천히 걸었다.

"약간 쌀쌀하지만, 달이 참 예쁘다. 어쩜 저렇게 동그랗지?"

"Wolf Moon이네요."

보름달이라 그런지, 플래시라이트가 없어도 문제없었다. 무엇보다 산책길에는 군데군데 가로등이 있었기 때문에 설령 초승달이 떴다 하더라도 완전히 깜깜할 일은 없을 것이다.

"도쿄와 달리 별도 많이 보이네. 공기가 맑아서 그런가?"

루카는 어딘가 달콤한 감귤향을 머금은 밤공기를 스읍 들이마시고는 후우 내쉬었다.

다양한 나라와 장소에는 그 토지 특유의 냄새가 있지만, 시칠리아의 냄새는 1년 내내 흐드러지게 핀 꽃과 향긋한 과일 향기였다.

이 냄새에 감싸여 있다 보면 '돌아왔다'는 실감이 났다.

"있잖아, 기억나? 어릴 적에 자주 이렇게 둘이서 산책했던 거 말이야."

【팔라초 로셀리니】부지 내 남단에 위치한 마구간까지는 저택

현관에서 도보로 20분 정도 걸린다. 어린아이의 걸음이라면 30분. 왕복 한 시간이라 산책 코스로 딱 알맞았다. 그래서 어렸을 때는 곧잘 막시밀리안의 손에 이끌려 이 산책길을 걷곤 했다.

화단에 핀 꽃향기를 맡거나, 포도 열매의 생장을 관찰하거나, 곤충과 개구리와 새를 지켜보는 등 딴짓을 하면서 종종걸음으로 걸어 작은 모험 끝에 다다른 마구간에서 말들을 만나는 것이 큰 즐거움이었다.

"마구간에 도착하면 막시밀리안에게 안겨 말에게 당근을 주곤 했었지."

"네."

루카가 당시를 회상하며 말하자, 막시밀리안이 그리운 듯이 고개를 끄덕였다.

"맨 처음에는 기뻐하던 말이 소리 높이 울면 루카 님께서 울음을 터뜨리시는 바람에 어찌나 힘들었는지 모릅니다."

"그, 그건……, 조금 놀랐을 뿐이야. ……그 후에 곧바로 친해졌는걸."

"그랬죠."

미소를 짓는 막시밀리안을 곁눈으로 살짝 흘겨본 뒤, 그 당시의 자신이 막시밀리안에게 매달려 엉엉 울었던 모습을 떠올린 루카도 소리 내어 후후 웃었다.

"나……, 참 울보였지."

"하지만 금세 그치고, 다음 순간에는 방긋방긋 웃고 계셨죠. 그런 점은 변함없으시군요."

"발전이 없다는 뜻이야?"

"다부지게 크셨다는 뜻이에요. 이래 봬도 칭찬입니다."

"별로 칭찬받은 기분이 안 들어."

입으로는 투덜거렸지만, 막시밀리안과 많은 기억을 공유하고 있다는 사실을 새삼 음미하니 마음이 간질간질했다. 중간에 10년의 공백이 있었지만, 사랑하는 사람과 공통된 추억을 잔뜩 가지고 있다는 것은 행복한 일이다.

문득 루카는 이럴 때처럼 어리광을 부리고 싶어서 막시밀리안의 손으로 살며시 손을 뻗었다. 그러자 그 직후, 커다란 손이 움찔떨렸다.

막시밀리안이 루카가 잡으려던 손을 쓱 뺐다.

"막시밀리안?"

"……."

"왜? 손잡는 것 정도는……, 보는 사람도 없는데."

"안 됩니다."

고개를 절레절레 흔드는 막시밀리안이 온몸에서 거부의 오라를 내뿜고 있는 것을 감지하자, 가슴이 욱신거렸다.

'역시 그랬어.'

아까 방에서도 느꼈지만, 【팔라초 로셀리니】에 도착한 이후로 막시밀리안은 자신과의 스킨십을 최대한 피하고 있다. 의식적으로 거리를 두고 있다.

자신들의 관계를 절대 주위에 들켜선 안 된다는 생각에 과도하게 신중을 기하고 있는 것처럼 느껴졌다.

물론 스스로 경계하는 막시밀리안의 자세는 옳다.

이 관계를 형들과 아버지가 알게 되는 날에는 강제로 헤어질 가능성이 크다.

자신이 더욱더 성장해서 어른이 되어 아무도 자신에게 뭐라 하지 못하는 입장이 될 때까지 막시밀리안과의 관계는 반드시 비밀로 해야 한다.

'나도 알아.'

하지만……, 머리로는 알아도 섭섭한 마음이 드는 것은 도무지 어쩔 수 없었다.

"멈춰 서 계시면 몸이 차가워집니다. 가시죠."

막시밀리안이 재촉하자, 루카는 느릿느릿 걷기 시작했다. 아까까지 잔뜩 들떠 있던 기분은 급격히 사그라졌고, 차가운 밤공기가 몸에 스몄다.

그 이후 별다른 대화 없이 어색한 분위기를 질질 끌며 벽돌로 지어진 마구간에 도착했다.

마구간 앞 안뜰에서 눈에 띄는 것은 역시 벽돌로 만들어진 둥근 우물. 지금은 이미 사용되고 있지 않지만, 옛날에는 이 우물에서 물을 길러 말에게 주거나 몸을 씻어주곤 했다.

사람의 기척을 알아챈 듯한 말들이 울기 시작하자, 마음을 다잡은 루카는 맨 끝에서부터 차례대로 마방을 살펴보았다.

"네로, 알피오, 파멜라, 지노."

레오의 애마들이 루카의 인사에 응하며 히이잉, 콧소리를 냈다.

"날 기억하는구나!"

기쁜 마음에 곁으로 다가가선, 그들의 목과 어깨를 어루만졌다.

뛰어난 기수인 큰형의 말들은 정성껏 손질이 되어 다들 무척이나 아름다웠다. 그 등에 올라타 달릴 수 있다면 더더욱 멋있겠지만, 공교롭게도 루카는 승마가 젬병이었다. 어릴 적에 말에서 떨어져 다친 이후로 도저히 다시 탈 수가 없었다.

히지만 이렇게 귀여워하는 ~~깃~~것이라면 문제없다.

"어라? 말이 더 있었나?"

기억에 있는 말들에게는 전부 인사를 했다고 생각했는데, 아직 한 마리 남아 있는 것을 알아채고는 가장 안쪽에 있는 마방을 들여다보았다.

"우와, 굉장하다!"

눈처럼 하얀 백마였다. 갈기도 꼬리도 새하얗고, 아직 어려서 그런지 몸이 다른 말에 비해 한결 작았다.

"처음 봤어……. 새로 온 아이구나."

흥분한 루카의 뒤에서 막시밀리안이 "그러고 보니." 하고 중얼거렸다.

"레오나르도 님께서 아키라 님을 위해 백마를 찾으셨다는 이야기는 들은 적이 있습니다. 백마는 희소종이기 때문에 입수하는 데 꽤나 애를 먹으신 것 같더군요."

"흐음……. 그럼 이 아이는 아키라 씨의 말이구나."

가까이서 보니 속눈썹도 하얀색이었다. 피부는 연분홍색이며, 눈동자는 물색이었다.

가까이 다가간 루카는 매끄러운 털을 손으로 만져보았다. 따뜻한 몸은 가늘게 바르르 떨리고 있었다.

"귀엽다."

눈을 가늘게 뜬 채 순백색 망아지를 넋을 잃고 바라보며 한동안 등을 쓰다듬어주고 난 뒤, 아쉬운 듯이 손을 뗐다.

"레오나르도 형은 그렇게 고생하면서까지 아키라 씨가 기뻐하는 얼굴을 보고 싶었구나. 아키라 씨를 무척 소중히 여기니까."

"……그러게요."

"그 마음, 나도 이해해. 좋아하는 사람이 기뻐하는 모습을 보면 내 일처럼 기쁜걸."

몸을 돌린 루카는 뒤에 있는 막시밀리안을 쳐다보았다.

"난 그 마음을 막시밀리안한테서 배웠어."

"……."

만감이 교차하는 마음을 담아 가만히 응시했지만, 막시밀리안은 시선을 쓱 돌렸다.

"……슬슬 돌아가시죠."

막시밀리안이 눈을 딴 데로 돌린 채 낮은 목소리로 속삭였다.

'저택에서 이렇게나 멀리 나왔는데……, 아무도 없는데……, 단둘이 있는데.'

그런데도 눈조차 제대로 마주치지 않는 막시밀리안에게 점점 짜증이 나면서 —— .

"아직 돌아가고 싶지 않아."

정신을 차려 보니 그런 말이 입을 타고 나왔다.

"돌아가기 싫어."

그러자 막시밀리안이 떼를 쓰는 루카를 보며 인상을 찌푸렸다.

"루카 님."

"막시밀리안과 방도 따로 쓰는걸. ……따분하단 말이야."

"그건 어쩔 수 없지 않습니까. 이제 애도 아니니 고집 부리지 마십시오."

그건 알고 있다. 자신이 제멋대로 구는 것도 알고 있다.

'하지만…….'

나만 허전한 거야?

같이 있는데도 스킨십을 할 수 없어서 애가 타는 건 나뿐이야?

막시밀리안은 아무렇지 않아?

가슴속에서 한껏 부풀어 오른 안타까운 마음에 등을 떠밀린 루카는 그대로 막시밀리안에게 달려갔다. 그리고 그 단단한 몸에 쿵 부딪히듯이 달려들어 안겼다.

"루카 님! 이러시면 안 됩니다!"

막시밀리안이 자신을 떼어 내려는 낌새를 감지한 루카는 떨어지지 않고자 안간힘을 다해 매달렸다. 그리고 막시밀리안의 가슴에 얼굴을 묻으며 "부탁이야." 하고 애원했다.

"잠깐이라도 좋으니까……, 안아줘."

"……."

"안아주면……, 이제 얌전히 있을게. 내 방에서 혼자 잘 테니까……, 부탁이야."

"루카 님……."

울음을 터뜨릴 듯한 목소리로 빌자, 마음속의 갈등이 스며 나오는 듯한 갈라진 목소리가 들렸다. 막시밀리안이 망설이면서 등에 팔을 두른 다음 순간, 루카의 몸은 그의 품에 꽉 안겼다.

"……윽."

등이 휠 정도로 세찬 포옹에 숨을 헉 삼켰다.

"막시……밀리안."

"루카 님……."

귓바퀴를 떨리게 만드는 애절한 목소리를 통해 막시밀리안 또한 자신과 마찬가지로 안타까운 마음을 품고 있었다는 것을 깨닫자 얼어붙은 몸과 마음이 서서히 따뜻해지는 것을 느꼈다.

"막시밀리안……, 좋아해."

연인의 가슴에 얼굴을 비벼 댄 루카는 복받치는 마음과 함께 뜨거운 숨을 토했다.

제4장

결국 마지막까지 에두아르와 나루미야는 저녁 식사 자리에도, 살롱에도 나타나지 않았다.

저녁에 에두아르에게 자신들의 관계에 대해 이야기했다.

—— 앞으로도 계속 아키라와 함께 인생을 살아갈 생각이야. 이미 조상님들 앞에서 평생을 함께하겠다고 맹세했다.

물론 에두아르는 레오의 고백에 몹시 경악했지만, 그래도 자신들의 결의가 흔들림 없다는 것을 깨닫자 결국 '알았다'고 말해주었다.

—— 두 사람 다 자립한 성인인걸. 어떤 리스크와 곤란이 있을지 납득하고 그렇게 하기로 결심했다면 아무리 형제라고 해도 참견할 입장은 못 되지.

진심으로 납득한 것은 아니라는 사실은 그 얼굴을 보고 알 수 있었다. 틀림없이 반대해봤자 레오가 양보할 것 같지 않았기 때문에 우선은 형의 주장을 받아들였을 것이다.

그래도 레오가 '에두아르에게 사실을 털어놓겠다'는 말을 꺼낸 뒤로 2주 동안 줄곧 가슴에 막혀 있던 무거운 것이 일단 내려갔다…….

그런 기분으로 있었기 때문에 아키라는 그 후 방으로 돌아간 에두아르가 저녁 식사 자리에 얼굴을 보이지 않은 데에 적지 않은 충격을 받았다.

제1관문조차 돌파하지 않았다는 현실을 깨달은 기분이 들었기에…….

'안일했어.'

역시 그리 간단한 일은 아니었다.

친형이 같은 남자와 연인 사이라는 사실을 듣고 기뻐할 사람이 있을 리 없다. 에두아르는 동성애에 편견을 가진 타입으로는 보이지 않지만, 그렇다고 한 핏줄인 형제가 그렇다는 것을 알고도 태연자약하게 있을 수는 없을 것이다.

더욱이 레오는 로셀리니가의 가장이자 그룹의 CEO이며, 패밀리의 카포이기도 하다. 많은 사람들의 생계, 때에 따라서는 인생 그 자체를 두 어깨에 짊어진 입장이다.

일단 납득하긴 했지만, 방으로 돌아가서 혼자 거듭 되새겨보고는 사태의 중대성에 대해 생각에 잠겼을지도 모른다.

아니면 책임이 막대한 가장의 입장에 있으면서 자신의 의지를 굽히지 않으려 하는 형에게 충격을 넘어 화가 났다거나?

그럴 가능성도 충분히 있다.

경우에 따라서는 남 일이 아니기 때문이다.

에두아르가【팔라초 로셀리니】를 떠나 밀라노에서 지내며 패밀리의 굴레에서 선을 그을 수 있었던 것도 차남이기 때문에 가능했다. 자유분방하게 살며 일에 몰두할 수 있었던 것도 레오가 장남의 역할을 확실하게 맡아 로셀리니가의 기반인 시칠리아를 이끌고 있기 때문이다.

그러나 만약 자신들의 관계가 돈 키릴로에게 알려지고, 그 결과 레오가 후계자의 자리를 빼앗기는 사태가 벌어진다면 필연적으로 차남 에두아르에게 순번이 돌아간다.

그렇게 되면 에두아르는【팔라초 로셀리니】에 돌아와야 할 것이다. 지금처럼 아무 속박 없이 세계를 바삐 돌아다니는 생활을 지속하기는 어렵다.

형의 동향 여하에 따라 자신에게 불똥이 튈 수도 있다.

그런 식으로 생각하면 생각할수록 식욕이 감퇴하는 것도 쉽게 상상이 갔다.

단테에게서 전해 들은 '이동하느라 피곤하다'는 이유보다 이쪽이 더 식욕 감퇴의 진정한 이유인 것 같다는 느낌이 든다…….

'아무튼 지금은 얼굴을 보고 싶지 않다는 뜻일까?'

에두아르의 심정을 이래저래 상상하다 보니 아키라도 마음이 점점 침울해지는 것을 자각했다.

레오도 마찬가지일 것이다.

저녁 식사 중에도 줄곧 심각해 보였지만, 막시밀리안과 루카가 돌아간 후 살롱에서 아까부터 혼자 말없이 빠른 속도로 술을 들이붓고 있었다. 단테의 이야기에 따르면, 아키라가 이 저택에 오기 전에는 자주 이렇게 술을 잔뜩 마셨다고 한다.

하지만 자신과 서로 사랑하는 사이가 되어 평생의 반려자로서 함께 지내기 시작한 이후로는 좀처럼 과음하는 모습을 볼 수 없었다. 식사와 함께 와인을 즐기는 일은 있어도, 레오가 혼자서 장시간 술을 마시는 경우는 거의 없었다.

그러나 어느샌가 주량을 넘긴 연인에게 뭐라 할 말이 없었던 아키라는 마음속으로 깊은 한숨을 내쉬었다.

이 건에 관해서는 물론 두 사람의 문제이긴 하지만, 당연히 레오가 훨씬 더 큰 중압감을 느꼈을 것이다.

하야세 가문의 대를 잇기를 포기한 자신에게는 이미 짊어져야 할 것이 아무것도 없다. 설령 자신의 대에서 하야세 가문의 핏줄이 끊긴다 하더라도 뭐라 할 사람조차 없다.

하지만 레오는 다르다.

레오의 결단 하나로 인해 많은 사람들의 인생이 변하고 만다.

다 알고 있었어도, 다 각오하고 있었어도 실제로 에두아르의 반응을 보고 느낀 것이 있을 것이다.

지금은……, 어설프게 위로의 말을 건네지 않는 편이 좋다.

앉아서 서로의 상처를 핥아봤자 아무런 의미도 없다.

레오는 강한 남자이다. 반드시 스스로 감정을 다잡을 것이다. 그때까지 기다리는 편이 좋다.

오늘 밤엔 마음껏 마시게 두자고 마음먹은 아키라는 앉아 있던 팔걸이의자에서 일어났다.

고개를 숙이고 정면에 앉아 있던 레오가 얼굴을 들었다. 왜 그러냐고 묻는 듯한 그 까만 눈동자를 향해 아키라는 "잠깐 마구간에 다녀올게." 하고 말했다.

"나탈레가 잘 있는지 궁금해서."

나탈레는 작년 크리스마스 때 레오가 선물로 준 망아지였다. 새하얀 털과 크리스마스 선물에서 따와 이탈리아어로 크리스마스를 의미하는 'Natale'라는 이름을 붙였다.

아키라가 태어나서 처음으로 소유하는 '자신의 말'이며, 마구간 스태프의 손을 빌려 한창 열심히 키우는 중이다.

【팔라초 로셀리니】에 있을 때는 적어도 하루에 한 번은 나탈레의 얼굴을 보지 않으면 마음이 진정되지 않는 것을 레오도 알고 있기 때문에 "그렇구나……." 하고 납득하며 고개를 끄덕였다.

"한 시간 안에 돌아올게. 졸리면 먼저 자고 있어."

*　　　*　　　*

방으로 돌아가 슈트에서 스웨터로 갈아입고 다운재킷을 걸친 아키라는 아래층으로 내려갔다.

현관까지 배웅 온 파고가 따라가고 싶다는 듯이 낑낑거렸지만, 아키라가 등을 두드리면서 "넌 레오 곁에 있어줘." 하고 부탁하자 순순히 뒤로 돌아 살롱으로 돌아갔다.

현관문을 열고 밖으로 나와 평소보다 밝은 밤하늘을 올려다보니 달이 동그라미를 그리고 있었다.

"울프문이구나……."

정말로 늑대가 힘차게 짖을 것 같은 동그란 보름달이었다.

아키라는 한동안 환하게 빛나는 아름다운 보름달을 바라본 후, 돌바닥을 걷기 시작했다.

마구간까지는 걸어서 20분 정도 걸린다. 식후 소화를 위해 산책하기 딱 좋은 거리이기 때문에 새해에【팔라초 로셀리니】로 돌아온 이후로는 이 시간대에 나탈레를 보러 가는 것이 습관이 되었다. 낮에 시간이 날 때는 하루에 두 번 얼굴을 보러 간다.

보아하니 나탈레도 서서히 아키라를 보호자로 인식하기 시작했는지, 얼굴을 보이면 기쁜 듯이 어리광을 부렸다. 그 얼굴을 보면 하루의 피로도 싹 날아갔다.

오늘은 특히 마음이 어수선하고 진정이 되지 않았기에 한시라도 빨리 나탈레의 얼굴을 보고 싶었다.

종종걸음으로 산책길을 걸어가던 아키라의 뇌리에 문득 에두아르가 했던 말이 스쳤다.

── 아버지한테는 말씀드릴 거야?

── 얼마 전에 막시밀리안한테 선 보라고 했다가 거절당했다면

서? 다음은 형 차례야.

'혼담이라······.'

확실히 매우 있을 법한 전개였다.

레오도 올해로 서른 살이 된다.

사회에서는 일반적으로 아이 한둘쯤은 있어도 이상하지 않은 나이였다.

아마 친족이나 회사 임원들은 틀림없이 하루라도 빨리 레오가 격무에 바쁜 그를 뒷바라지해줄 아내를 맞이하여 가정을 꾸리는 날이 오기를 바라고 있을 것이다.

그런 바람이 돈 카를로의 귀에 들어가도 이상하지 않았다.

주위에 있는 독신을 꼽다 보면 나이로 봤을 때 우선 막시밀리안을 떠올리는 것이 당연하다. 그러나 그에게 거절당했다면 다음은 레오에게 눈을 돌리는 것이 자연스러운 흐름이다.

내일모레 【팔라초 로셀리니】에 도착한 돈 카를로의 입에서 그 이야기가 나오지 않으리라는 보장은 없다. 어쩌면 이미 혼담 후보를 구체적으로 골라 놨을지도 모른다.

로셀리니가에 걸맞는 집안의 여성을 ──.

그때 레오가 부친이 제안한 혼담을 거절하면 당연히 이유를 추궁당할 것이다. 돈 카를로도 상대가 막시밀리안일 때와 달리 그렇게 쉽게 물러서지 않을 터.

가령 이번에는 어떻게든 얼버무린다 해도, 영원히 피하는 것은 불가능하다.

언젠가는 진실을 말해야 할 때가 올 것이다…….

그리고 진실을 안 돈 카를로의 분노는 심상치 않을 것이다.

혹시 레오가 의절당한다면?

【팔라초 로셀리니】에서 쫓겨난다면?

상상만 해도 예리한 칼로 후벼 파인 듯이 가슴이 아파 왔다.

아무리 생각해봐도……, 아니, 생각하면 생각할수록 절망밖에 보이지 않자, 깊은 한숨이 절로 나왔다.

아키라는 나부끼는 하얀 숨을 바라보며 어금니를 악물었다.

'혼자 상상하고 침울해하지 마, 바보야.'

속으로 나약한 자신을 혼냈다.

함께 싸우겠다고 결심하지 않았는가. 설령 주위의 모든 사람들이 레오의 적으로 돌아선다 하더라도 자신만은 레오의 옆에 있을 것이다. 곁에서 쭉 그의 버팀목이 되어줄 것이다. 마지막까지 레오의 편으로 있을 것이다.

이 목숨이 다하는 마지막 순간까지 함께 싸울 것이다.

마음을 격려하기 위해 가슴속으로 그런 말을 되풀이하다 보니 어느새 마구간 지붕이 보이기 시작했다. 아키라는 이따금 울려 퍼지는 말 울음소리를 들으며 부정적인 생각을 끊어 냈다. 말은 주인의 심경에 민감하다. 자신의 부정적인 감정 때문에 나탈레에게 악영향을 끼쳐선 안 된다.

'서두르자. 분명히 나탈레가 기다리고 있을 거야.'

"응?"

돌바닥을 빠른 걸음으로 질주하여 마구간 문 앞까지 온 아키라는 미간을 찌푸렸다.

빗장이 풀린 상태로 문이 어렴풋이 열려 있었기 때문이다.

'누가……, 문단속을 깜박했나?'

한순간 그런 생각이 들었지만, 이곳에서 일하는 스태프가 절대 문단속을 잊을 리 없었다.

"……."

아키라는 곧바로 문으로 다가가선, 문 틈에 귀를 가져다 댔다. 그러자 말이 내는 콧소리와 지푸라기를 밟는 말굽 소리 등에 섞여 사람의 말소리가 들리는 듯한 기분이 들었다.

'누가……, 있는 건가?'

게다가 가장 안쪽에 있는 마방 —— 나탈레의 마방 근처에서 들려왔다.

설마 말도둑?

아키라는 얼굴이 굳어지는 것을 의식하면서 발소리를 죽이고 문에서 떨어졌다.

느닷없이 들이닥쳐 나탈레나 다른 말들에게 위해를 끼쳐선 안 된다.

그렇게 생각한 아키라는 벽돌로 만들어진 벽을 돌아 측면에 있는 창문으로 다가갔다.

이곳이라면 나탈레의 마방 안을 둘러볼 수 있을 것이다.

숨을 죽인 채 살며시 유리창을 들여다본 그 순간.

"루카 님! 이러시면 안 됩니다!"

한껏 억누른 듯한 목소리가 울려 퍼지면서 시야에 펼쳐진 광경에 어깨를 움찔 떨었다.

'……어?'

시선 끝에서 막시밀리안과 루카가 포옹을 나누었다.

정확히 말하면 루카가 막시밀리안에게 매달렸다.

막시밀리안이 달려들어 안긴 루카의 팔을 잡고 몸을 떼어 내려 했다. 그러자 루카가 그럴 줄 알았다는 듯이 더 꽉 매달렸다. 가슴에 얼굴을 묻더니, 애절한 목소리로 "부탁이야." 하고 속삭였다.

"잠깐이라도 좋으니까……, 안아줘."

"……."

"안아주면……, 이제 얌전히 있을게. 내 방에서 혼자 잘 테니까……, 부탁이야."

당장이라도 울음을 터뜨릴 듯이 떨리는 목소리로 애원하자, 수려한 얼굴이 고뇌의 표정을 띠었다.

"루카 님……."

갈등 끝에 막시밀리안은 망설이듯이 느릿느릿 루카의 등에 팔을 둘렀다. 느닷없이 세차게 안긴 루카가 몸을 뒤로 젖혔다.

"막시……밀리안."

"루카 님……."

숨을 죽이고 있던 루카가 이윽고 천천히 숨을 내쉬면서 황홀한 표정을 짓더니, 달콤한 목소리로 속삭였다.

"막시밀리안……, 좋아해."

＊　　　＊　　　＊

지금 그 상황은……, 뭐지?

왜 저 두 사람이 저런 곳에서 껴안고 있는 거지……?

심장이 불규칙하게 쿵쿵 뛰었고, 가슴이 술렁거렸다.

언제 어떻게 창문에서 벗어났는지도 확실하게 기억나지 않았다. 하지만 정신을 차려 보니 이 키리는 빠른 걸음으로 산책길을 되돌아가는 중이었다.

누군가에게 쫓기는 도망자처럼 잔달음질 치며 온 길을 되돌아가면서 혼란스러운 머릿속을 열심히 정리했다.

어린 루카를 돌보았던 막시밀리안.

막시밀리안이 요직에 등용되어 몹시 바빴던 탓에 한때는 사이가 소원했던 것 같지만, 일본으로 유학을 떠나는 루카의 후견인이 되면서 작년 봄부터 다시 예전처럼 친밀한 관계로 돌아갔다는 사실은 알고 있었다.

열 살이라는 나이에 어머니를 잃은 루카에게 바쁜 부친을 대신해 자신을 키워준 막시밀리안은 보호자나 마찬가지인 존재.

그렇기 때문에 사이가 좋은 것은 당연한 데다, 주위 사람들도 그런 사정이 있기에 루카가 막시밀리안에게 어리광 부리는 모습을 흐뭇하게 보던 구석이 있었다.

형들과 나이 차이가 나는 막내인 탓에 루카는 실제 나이보다 약간 앳된 부분이 있었다. 막시밀리안 껌딱지인 이유는 정신적으로 아직 자립하지 못했기 때문이다. —— 모두가 그렇게 여겼다.

하지만 그것도 앞으로 몇 년 후에 루카가 귀여운 연인을 사귀게 되면 끝이겠지……. 아키라조차 그렇게 생각했다.

물론 레오도, 에두아르도…….

그러나…….

'그 분위기는……, 그런 게 아니었어…….'

유사 부자관계라거나, 보호자와 피보호자 같은 그런 관계가 아니었다.

무엇보다 막시밀리안을 바라보는 루카의 눈은 완전히 사랑에 빠진 눈이었다.

막시밀리안 또한 루카에게 친애의 정 이상의 감정을 품고 있는 것은 명백했다.

완벽하리만치 냉정 침착한 그 남자가 충동을 거스르지 못할 만큼 뜨거운 마음을, 루카에게…….

'그래……, 그랬구나…….'

그 두 사람은……, 서로 사랑하는 사이였구나.

혼란스러웠던 머릿속이 조금씩 정리되면서 이미 의심할 여지 없는 사실로 납득이 되었다.

그렇게 생각하니 막시밀리안이 돈 카를로가 권한 혼담을 거절한 이유도 납득이 갔다.

남자와 남자가 사귄다는 것을 단죄할 생각은 없다. 그 점은 자신도 똑같다. 이것을 죄라고 한다면 자신도 같은 죄를 저지른 사람이다.

루카가 택한 상대라면 형으로서 축복해주고 싶다는 생각도 들었다.

두 사람의 앞날에는 결코 평탄치 않은 길이 기다리고 있을 것이다.

자신들과 마찬가지로……, 자칫하면 그 이상으로 가시밭길일지도 모른다.

루카를 끔찍이 아끼는 레오는 절대로 두 사람의 교제를 허락하지 않을 테고, 아마 에두아르도……

진실을 알고 격앙하는 두 형의 모습이 눈에 선했다.

레오는 루카를 눈에 넣어도 아프지 않을 만큼 귀여워한다. 막시밀리안이 루카와 연인 사이라는 사실을 알면 심복의 크나큰 배신 행위로 간주할지도 모른다.

레오는 막시밀리안을 신뢰했기 때문에 그를 용서하지 않을 것이다.

그리고 돈 카를로 또한 틀림없이 반대할 것이다.

그들은 손을 잡고 반드시 어떻게 해서든 두 사람을 헤어지게 만들고자 온갖 수단을 동원할 터.

막시밀리안은 주인에 대한 은의와 연정의 갈림길에 서서 괴로워할 테고, 루카 또한 사랑하는 사람을 위해 가족과 인연을 끊는 일생일대의 결단을 강요당할지도 모른다.

루카도 자신들의 관계가 축복받지 못하리라는 사실 정도는 알고 있을 것이다.

그럼에도 수많은 곤란을 충분히 각오하고 막시밀리안을 택했다.

그만큼 소중한 상대인 것이다. 유일무이한……, 둘도 없이 소중한 상대.

루카에게는 아마 첫사랑. 태어나서 처음으로 사랑한 상대가 틀림없다.

이부형으로서 지금까지 루카에게 형다운 모습 한 번 보이지 못했다.

그렇기 때문에 적어도 이 사랑은 보이지 않는 곳에서나마 지켜봐주고 싶다.

주종의 벽을 넘어 서로 사랑하는 두 사람을 응원해주고 싶다.

'하지만……, 그렇게 되면.'

후계자에 관해 에두아르는 이미 '자신을 기대하진 말라'고 못을 박아 놓은 상태였다. 그런 와중에 심지어 루카까지 결혼하지 않는다면 레오의 입장은 점점 난처해질 따름이다.

이대로 가다간 조만간 로셀리니가는 대가 끊어질 것이다.

그런 결론을 도출하고 나니 위 언저리가 묵직하게 욱신거렸다.

예전에 레오는 '오로지 후계자를 위해 자손을 남기는 것은 어리석은 일'이라고 말한 적이 있다.

입 밖으로 낸 이상, 각오는 되어 있을 터.

레오의 대에서 5대째 이어져 온 로셀리니 가문이 끝을 맞이한다.

과연 정말로 그런 일이 가능할까?

허락될까?

허락되지 않는다면 역시 장남의 책임과 의무를 다하기 위해 레오가 일단 아내를 맞이해야 할까?

후계자를 남기게 될까?

'레오의…… 아이?'

저도 모르게 발걸음을 멈추었다. 아키라는 머리까지 치솟았던 핏기가 단번에 확 가시는 것을 느끼면서 인적 없는 산책길에 멍하니 멈춰 섰다.

루카의 사랑은 응원해주고 싶다.

하지만 그건 다시 말해 자신들의 목을 조르는 것을 의미한다.

'……어떡하면 좋지?'

아키라는 막다른 골목에 몰린 쥐처럼 절망적인 기분을 느끼며 하늘을 올려다보았다.

마구간으로 향할 때와 조금도 변함없는 밝은 달을 노려보며 얼마나 그 자리에 멍하니 서 있었을까?

다운재킷 안까지 스며든 냉기에 몸이 바르르 떨렸다. 아키라는 가늘게 떨리는 몸을 두 팔로 끌어안고 느릿느릿 걷기 시작했다.

저택 안으로 들어가 입술을 깨문 채 복도를 걷는 동안에도 답이 나오지 않는 갈등이 가슴속에서 쉴 새 없이 빙글빙글 소용돌이쳤다.

'어떡하면 좋지? 어떡하면……, 어떡하면.'

정신을 차려 보니 아키라는 문이 열린 살롱 앞에 서 있었다.

"── 아키라?"

곧바로 레오가 문간에 가만히 서 있는 아키라를 알아채고는, 팔걸이의자에서 일어났다.

"벌써 갔다 왔어?"

"……."

"그런 데에 가만히 서 있지 말고 안에 들어오지 그래?"

"……."

움직이지 않는 아키라를 보니 눈살을 찌푸린 레오가 전혀 취했다고 여기지지 않는 걸음걸이로 문을 향해 똑바로 걸어왔다. 그러더니 문간 앞에서 발걸음을 멈추고는, 아키라의 얼굴을 가까이서 들여다보았다.

"왜 그래? 안색이 안 좋네."

레오가 걱정스러운 듯이 묻자, 아키라는 말없이 레오의 얼굴을 쳐다보았다.

이 젊은 나이에 감당할 수 없는 수많은 책임을 짊어진 그 얼굴을.

'말 못해.'

진실을 알면 레오는 지금 이상으로 무거운 십자가를 짊어지게 된다.

또한 루카와 막시밀리안의 사이도 엉망진창이 되고 말 것이다. 신뢰관계는 무너지고, 사이좋은 형제는 앙숙이 될지도 모른다.

말해선 안 돼. 절대로.

스스로에게 단단히 주의를 준 아키라는 고개를 가로저었다. 그리고 입술 양쪽 끝을 힘껏 끌어 올려 억지 웃음을 지었다.

"……아무것도 아니야."

목구멍에서 그 한마디를 쥐어짜 내는 것이 고작이었다.

제5장

일곱 시부터 디너가 있을 예정이라는 이야기는 들었지만, 그 시간이 다가와도 에두아르는 자신의 방에 돌아가려 하지 않았다.

아야토는 아까부터 의자 팔걸이 부분에 한쪽 팔꿈치를 대고 긴 다리를 높이 꼰 자세로 생각에 잠겨 있는 에두아르 앞에 서서 조심스럽게 말을 걸었다.

"저……, 옷을 갈아입으셔야 하지 않을까요?"

"……응."

에두아르가 근심을 띤 표정으로 맞장구를 쳤다. 그러더니 콘솔 테이블 위에 놓인 시계로 시선을 돌리고는 "벌써 이런 시간이군……." 하고 중얼거렸다.

레오나르도에게 불려간 에두아르가 그의 방에 다녀오고 난 뒤 곧장 아야토의 방으로 찾아와 문을 두드린 지 30분 정도가 지났다.

── 두 사람……, 서로 사랑하는 사이인가 봐.

── 믿어지지 않지? 나도 귀를 의심했어. 그 두 사람이 연인 사이라니.

에두아르의 입에서 레오나르도와 아키라에 관한 충격적인 사실이 전해진 후, 방 안에는 무거운 공기가 쫙 깔렸다.

── 넌 아무 걱정 안 해도 돼.

── 여차하면 난 이 집을 나갈 거야.

── 집안보다 네가 더 소중해.

에두아르의 말은 진심으로 기뻤던 데다, 그의 진지한 마음을 새삼 실감하고 얼마나 안심이 됐는지 모른다.

에두아르의 품에 꽉 안겨 가슴에 깔린 먹구름을 떨쳐 낼 수 있었다.

그러나 그것으로 우려해야 할 모든 문제가 사라진 것은 아니다.

오히려 무엇 하나 해결 되지 않았다.

이대로 가다간……, 에두아르는 레오나르도와 점점 거리를 두지 않을까?

아무에게도 도움이 되지 않을 뿐더러, 절대 바람직하지 않은 사태가 아닐 수 없었다.

만약 이번 일을 계기로 에두아르가 【팔라초 로셀리니】에 또다시 등을 돌리게 된다면 그의 가슴속에 맺힌 응어리도 아무런 해결을 내지 못할 것이다.

앞으로의 전개에 따라서는 고향에 대한 애정을 되찾기 위한 처음이자 마지막 기회를 놓쳐버릴지도 모른다…….

'가령 그렇다 하더라도……, 내가 뭘 할 수 있을까?'

자신이 얼마나 무력한지 실감하고 기분이 우울해진 아야토와 마찬가지로 에두아르도 안색이 좋지 않았다. 형의 충격적인 고백을 듣고 심히 동요한 상태일 것이다.

각자 생각에 깊이 잠긴 탓인지 대화도 거의 나누지 않은 채 시간만이 흘러갔다.

"앞으로 30분 후에 디너가 시작됩니다. 옷을 갈아입으실 거면 저도 방에 가서 도와 드리겠습니다."

"……아니."

골똘히 무슨 생각을 하는 듯한 표정으로 한동안 아야토의 얼굴을 응시하던 에두아르가 "디너에는 참석하지 말자." 하고 말했다.

"네……?"

에두아르가 뜬금없이 그렇게 말하자, 아야토는 작은 목소리로 물었다.

"참석하지 않으시겠다고요?"

"지금 레오나 아키라와 얼굴을 마주해도 즐겁게 환담을 나눌 수 있을 것 같지 않아서 말이야."

역시 에두아르도 생각하는 바가 있는 것이다.

"어색하게 반응했다가 루카나 막시밀리안이 의심을 품으면 곤란하니까."

그러더니 일단 말을 끊고는, 아야토의 눈을 보며 "게다가." 하고 다시 말을 이었다.

"너도 내키지 않잖아?"

"그건……."

솔직히 말하면 레오나르도와 아키라를 앞에 두고 아무렇지 않은 척할 자신은 없었다. 직업 특성상 속내를 겉으로 드러내지 않는 포커페이스에는 비교적 자신이 있지만, 방금 그 이야기를 듣고도 태연한 자세를 유지할 수 있을 것 같다는 생각은 도무지 들지 않았다.

"그편이 좋아."

입 밖에 내지 않아도 얼굴에 대답이 써 있었는지, 에두아르가 그렇게 결론을 냈다.

"배는 안 고파?"

"네."

식욕이 있을 리가 없다……는 것이 솔직한 심정이었다.

"좋아, 그럼 단테한테 전하자."

에두아르가 그렇게 말하자마자 재킷 안쪽 주머니에서 스마트폰을 꺼냈다.

이곳 【팔라초 로셀리니】에는 전화선이 깔려 있지 않기 때문에 관내에 있는 누군가와 이야기를 나눌 때는 휴대전화를 사용할 수밖에 없다.

물론 마음만 먹으면 언제든지 전화선을 깔 수 있지만, 보아하니 레오나르도가 일부러 그렇게 하지 않는 듯했다.

중세 저택에서 지내는 동안에는 세속과 단절되고 싶다는 바람의 표시일지도 모르고, 그렇게까지 철저히 하지 않으면 그룹의 총수라는 입장상 공사 구분이 어렵기 때문이기도 할 것이다.

"단테?⋯⋯나야, 에두아르."

단테가 전화를 받았는지, 에두아르가 말을 꺼냈다.

"오늘 밤 디너 말인데, 이동하느라 좀 피곤해서 식욕이 없군. 직전에 말해서 미안하지만, 나와 나루미야 몫은 준비 안 해도 돼. 그래⋯⋯, 아니, 괜찮아. 약이 필요할 정도는 아니야. 하룻밤 푹 쉬면 회복할 테니까. 참석 못한다고 레오한테 전해줘, 미안하다고⋯⋯. 응⋯⋯, 가벼운 식사? 글쎄."

에두아르가 얼굴에서 스마트폰을 떼더니 아야토에게 물었다.

"방에서 간단히 먹을래? 갖다준다고 하는데."

자신은 식욕이 없었지만, 에두아르는 배 속에 뭘 넣는 편이 좋을 것 같다는 생각에 "손으로 집어 먹을 만한 식사를 준비해주실 수 있을까요?" 하고 대답했다.

"간단하게 손으로 집어 먹을 수 있는 게 좋다고 하는군. 그래, 파니니 좋네. 그럼 파니니와 에스프레소를 두 잔 부탁할게. 설탕도 챙겨줘."

전화를 끊은 에두아르가 "30분 안에 준비해준대." 하고 말했다. 스마트폰을 가슴 주머니에 넣은 연인과 시선을 마주한 아야토는 불안을 입에 담았다.

"레오나르도 님께서 언짢아하시지 않을까요?"

"우리가 없어도 루카와 막시밀리안이 동석하면 외로운 만찬은 되지 않겠지. 무리해서 태연한 척해봤자 레오는 다 알아챌 거야. 형제는 그런 점이 성가시단 말이지. 서로의 수중을 다 꿰뚫고 있기 때문에 뭘 숨길 수가 없어."

"……."

"얼굴을 보여주고 걱정을 끼칠 바엔 차라리 참석을 안 하는 편이 나아. 나도 오늘 자고 내일 일어나면 마음이 어느 정도 정리되어 중립적인 입장에서 그 두 사람을 대할 수 있을 거야. 두 사람과는 다시 한 번 앞으로 어떻게 할지 이야기를 나눌 필요가 있을 테니."

우선 지금은 시간을 두는 편이 중요하다는 냉정한 분석에 어딘가 안도한 아야토는 "알겠습니다." 하고 수긍했다.

괜찮다.

물론 충격은 충격이지만, 그렇다고 에두아르는 평정심을 잃지 않았다. 그리고 지금 그 말투를 보건대 이 문제에서 등을 돌릴 생각도 없는 것 같았다.

과거의 그였다면 '자신과는 상관없다'는 쿨한 태도를 취하며 레오나르도와 거리를 두었을지도 모른다.

하지만 지금은 다르다.

여차하면 '집을 나가겠다'고 했지만(아마 자신을 배려해서 한 말일 것이다) 그건 어디까지나 최종 수단이며, 그 전에 할 수 있는 일은 최대한 하겠다는 각오를 그 표정을 통해 알 수 있었다. 레오나르도, 아키라와도 힘을 합쳐 되도록 긍정적으로 대처해 나가겠다는 의지가 느껴졌다.

　내일 이후로는 마음을 정리하고, 로셀리니가의 일원으로서 앞으로 이 문제를 어떻게 대처해야 할지 시행착오를 거듭해 나갈 것이다.

　'나도 정신 똑바로 차리자.'

　에두아르가 곤란에 맞선다면 자신도 함께.

　그의 앞에 서서 방패가 될 수 없다 하더라도, 적어도 뒤에서 버팀목이 되고 싶다.

　신경을 곤두세우고 있을 때가 아니다.

　자신을 꾸짖고 격려하고 있자, 에두아르의 오른손이 뻗어 왔다. 그러더니 아야토의 왼손을 꽉 잡았다. 그런 다음, 아야토의 눈을 똑바로 응시했다.

　"네가 이 일 때문에 중압감을 느끼지 않았으면 좋겠어. 너에게 얘기하지 않는 편이 좋았을 것 같다는 생각도 들었지만, 역시 너와 나 사이에는 비밀을 만들고 싶지 않아."

　"당연하죠, 에두아르. 잘 얘기해 주셨어요."

　에두아르가 혼자 이런저런 생각으로 괴로워하는 모습은 상상만 해도 가슴이 아팠다.

　"하지만……, 결국 내가 얘기한 탓에 널 고민하게 만들고 말았어. 안 그래도 낯선 땅과 저택, 게다가 우리 가족과 만나느라……, 너도 스트레스가 많을 텐데."

　아야토는 아름다운 얼굴에 고뇌의 빛을 띤 에두아르의 손을 오른손으로 감싼 다음, 가능한 한 한껏 힘을 주어 꽉 잡았다.

"저는 당신 혼자 괴로워하시는 모습을 두고 볼 수 없습니다. 어떤 일이든 함께 나누고 싶어요. 어떻게 하는 것이 최선인지 함께 생각하고 극복해 나가도록 해요."

"……아야토."

그 찰나, 허를 찔린 듯이 눈을 휘둥그렇게 뜬 에두아르가 곧바로 아이스블루색 두 눈을 서서히 가늘게 떴다.

"고마워. 의지가 되는 파트너가 곁에 있다니, 난 참 행운아야."

"이래 봬도 일단은 연상이니까요."

에두아르가 미소를 지은 아야토에게 얼굴을 가져다 대더니, 입술에 살며시 입을 맞추었다.

제6장

마구간에서 잠시 둘만의 시간을 보낸 후, 슬슬 돌아가자는 막시밀리안의 재촉을 받으며 저택으로 되돌아갔다. 루카는 막시밀리안과 나란히 산책길을 걸으면서 옆에 있는 연인을 곁눈으로 힐끔힐끔 훔쳐보았다.

사실은 손을 잡아줬으면 좋겠지만, 막시밀리안의 샤프한 옆얼굴이 거부하고 있는 듯한 기분이 들어 말을 꺼낼 수 없었다.

아까는 안아줘서 기뻤는데.

하지만 그것도 한순간. 막시밀리안은 곧바로 루카의 몸을 떼어내고 말았다. 그 후에는 유혹에 진 자신을 나무라듯이 살벌한 표정으로 변했고, 말수도 적어졌다.

설령 한순간이라 할지라도 온기를 실감한 후였기 때문에 불안이 더더욱 커지고 만 루카는 스톨을 두른 몸을 팔로 꽉 끌어안았다. 그리고 목구멍에서 나올 뻔한 한숨을 열심히 참았다.

어쩔 수 없는걸.

막시밀리안은 우리의 관계를 지키려 하고 있어.

그러니까……, 서운하지만 어쩔 수 없어.

아까 '안아주면 얌전히 있겠다, 내 방에서 혼자 자겠다'고 약속했으니까 참아야 돼.

자신을 타이르면서 산책길을 되돌아가길 20분. 마침내 저택 현관 앞에 도착했다. 3층 건물은 반 이상 불빛이 켜져 있었다.

2층 레오나르도의 방도, 아키라의 방도, 에두아르의 방도, 나루미야가 쓰는 객실도 커튼 너머로 오렌지색 불빛이 새어 나오고 있었다.

보아하니 다들 아직 안 자고 있는 것 같다. 단테를 포함한 사용인들도 분명히 아직 일하는 중일 것이다.

관내에 들어가면 누가 어디서 볼지 모른다. 조심해야 한다.

많은 불빛을 바라보며 마음을 가다듬은 루카는 돌로 된 바깥 계단을 걸어 올라갔다. 고개를 들어 올려봐야 할 정도로 커다란 문 앞에서 발걸음을 멈추고는, 옆에 서 있는 막시밀리안 쪽으로 얼굴을 돌렸다.

"막시밀리안……, 같이 산책 나와줘서 고마워."

사실은 좀 더 함께 있고 싶지만, 이 이상 바라면 틀림없이 막시밀리안을 괴롭게 될 뿐이다.

자신도 내일은 아침 일찍 집을 나와 고모 댁을 방문할 예정이기 때문에 슬슬 목욕을 해야 한다.

"딸들한테도 인사했으니……, 이제 푹 잘 수 있을 것 같아."

막시밀리안이 안경알 안쪽의 청회색 눈을 살짝 가늘게 뜨며 "다행입니다." 하고 대답했다.

"응."

루카가 방긋 웃으며 얼굴을 다시 정면으로 돌리자, 막시밀리안이 두쪽문 중 한쪽을 열고 잡아주었다.

"들어가십시오."

"고마워."

관내로 들어간 두 사람은 중세 시대에는 이 천장 높은 공간에서만 24시간 동안 내내 가족과 사용인의 모든 생활이 이루어졌다고 하는 현관 홀을 지나 갤러리 같은 복도를 걸어 천장이 뻥 뚫린 대계단 아래에 다다랐다. 저택 안에는 계단이 몇 개나 있지만, 이 대계단이 가장 폭이 넓고 근사하게 꾸며졌다.

현관 홀에서 대계단까지 이어지는 통로가 건축가의 솜씨가 발휘되는 곳이라 모든 건축가들이 이곳까지 이어지는 흐름에 가장 힘을 쏟는다는 이야기를 들은 적이 있다. 【팔라초 로셀리니】도 예외는 아니다. 【팔라초 로셀리니】의 그곳은 손님에게 계단 위가 어떤 모습인지 기대를 품게 하는 구조였다.

3층까지 뚫린 공간에는 천장에 작은 채광창이 쭉 나 있어서 그런지 개방감이 넘쳤다. 금박을 대량으로 사용한 타원형 천장화 중앙에 달린 이탈리안 글래스로 된 샹들리에 또한 보석처럼 아름다웠다.

계단 자체는 호두나무로 되어 있으며, 수십 미터에 이르는 비색 카펫이 3층까지 빈틈없이 깔려 있었다. 마호가니로 만들어진 손잡이와 난간은 오랜 세월을 거쳐 많은 사람들의 손에 닦여 깊이 있는 빛을 발하고 있었다.

까맣게 빛나는 그 손잡이를 잡고 계단을 올라가기 시작했다. 2층까지 올라가면 막시밀리안과 각자 복도 왼쪽, 오른쪽으로 헤어져야 한다. 그렇게 생각하니 무의식중에 다리를 움직이는 힘이 둔해졌다.

막시밀리안도 느릿느릿 계단을 오르는 루카보다 몇 발짝 뒤에서 천천히 계단을 올라왔다. 앞서가는 루카를 추월하지 않도록 올라가는 속도를 조정해주고 있는 것 같았다.

하지만 아무리 느릿느릿 올라가도 몇 분 걸리지 않아 층계참에 다다르고 말았다. 층계참에서 위로 뻗은 계단은 20단 정도였다.

'이제 조금만 올라가면 2층에 도착하고 말아.'

전모가 보이기 시작한 2층의 휑한 작은 홀에는 인적이 없었다. 이 홀을 중간지점으로 오른쪽에는 객실, 왼쪽에는 이 저택 가족의 방이 있다.

다시 말해 막시밀리안은 오른쪽, 자신은 왼쪽이다.

이제 남은 세 계단. 마침내 작별이 임박하자 작은 한숨을 내쉰 그때였다.

찰칵.

오른쪽 방향에서 문이 열리는 소리가 났다.

"그럼 쉬어."

"안녕히 주무십시오."

벽에 가로막혀 모습은 보이지 않았지만, 에두아르와 나루미야의 목소리였다. 보아하니 저녁 식사에 나타나지 않았던 두 사람은 나루미야의 방에서 시간을 보낸 듯했다.

'목소리만 들었을 때는 기운이 있는 것 같은데…….'

계단을 마저 올라가서 두 사람에게 말을 걸어 볼까? 하지만 그랬다가 이런 시간에 막시밀리안과 어디 갔다 왔냐고 물어보면 어쩌지?

말을 걸지 말지 망설이면서 발걸음을 멈춘 상태로 있으려니, 나루미야의 조심스러운 목소리가 들려왔다.

"방까지 배웅하겠습니다."

"아냐……, 됐어."

"에두아르?"

"……더 헤어지기 힘드니까."

'응? 지금 뭐라고?'

여태까지 한 번도 들어본 적이 없는 작은형의 애달픈 목소리를 듣고 깜짝 놀랐다. 저도 모르게 귀를 쫑긋 세우자, 갈라진 비명이 들려왔다.

"윽……, 에두아……, 이러시면 안 됩니다……!"

타이르는 듯한 뉘앙스의 목소리가 중간에 끊겼다. 사람과 사람이 밀치락달치락하는 듯한 옷이 스치는 소리.

무슨 일인지 궁금해서 한 계단 더 올라간 다음, 벽 코너에서 목을 길게 빼고 복도 오른쪽을 들여다보았다.

"……앗."

루카는 시야가 포착한 충격적인 장면에 놀라 숨을 삼켰다.

에두아르와 나루미야가 키스를 하고 있었다.

순간적으로 잘못 본 줄 알고 두 눈을 깜박거렸다. 하지만 몇 번을 깜박거려도 시야 끝에 비친 영상에 변화는 없었다.

에두아르가 나루미야의 두 팔을 잡더니, 그 몸을 쭉 끌어당겨 입술을 빼앗았다.

처음에는 나루미야도 저항하는 것 같았지만, 에두아르가 두 손을 꽉 붙들어 달아나지 못하게 하자 저항도 점차 약해지더니……, 마침내 얌전해졌다. 조각처럼 하얀 얼굴이 희미하게 홍조를 띠기 시작했고, 지금은 오히려 적극적으로 에두아르의 입맞춤에 응하고 있는 것처럼 보였다.

'에두아르와 나루미야 씨가……, 키스?'

예상치도 못한 사태에 숨을 죽이고 얼어붙어 있던 루카의 입에서 "말……도, 안 돼……." 하고 목소리가 튀어나왔다. 그러자 그 직후, 막시밀리안이 귓가에서 "쉿." 하고 속삭였다.

팔을 잡히더니 몸이 확 뒤집혔다. 안경알 너머에 있는 청회색 눈동자와 눈이 마주쳤다.

"막시……."

막시밀리안이 입술 앞에 손가락을 세웠다. 그 제스처를 보자마자 황급히 입을 다물었다.

"……이쪽으로 오십시오."

한껏 낮춘 목소리로 유도하는 막시밀리안을 따라 서둘러 계단을 내려가 층계참을 통과했다. 그런 다음, 왔던 길을 되돌아가서 난간 뒤에 몸을 숨긴 채 숨을 죽이고 에두아르가 2층 계단 앞을 지나가기를 기다렸다.

막시밀리안의 옆에서 빌렁빌렁 떠는 가슴을 누르고 있으려니, 얼마 안 있어 2층 어딘가에서 문이 닫히는 소리가 들렸다. 아마 에두아르가 자신의 방에 돌아가서 문을 닫는 소리였을 것이다.

이어서 방금 전보다는 가까이서 문을 탁 닫는 소리가 들렸다.

에두아르가 방에 들어가는 모습을 지켜보던 나루미야가 문을 닫은 소리?

그 소리를 확인한 찰나, 멈추고 있던 숨이 입술에서 후우 새어 나왔다. 저도 모르는 사이에 꽉 쥐고 있던 손바닥은 땀으로 축축하게 젖어 있었다.

빠른 심장 고동을 의식하면서 옆에 있는 막시밀리안을 보았다. 막시밀리안은 미간을 찌푸린 채 무언가를 곰곰이 생각하는 듯한 표정을 짓고 있었다.

"지, 지금 그건……, 무슨 상황이야?"

에두아르가 상사의 입장을 이용해 괴롭히고 성추행하는 건가?

하지만 결국에는 나루미야도 키스에 응했던 데다, 싫은데 참고 있는 것처럼 보이진 않았다.

"그 두 사람……, 연인 사이인 거야?"

"……그런 것 같습니다."

막시밀리안이 아직 사념에 사로잡힌 듯한 표정으로 맞장구를 쳤다.

"에두아르 님께서 사적인 일정에 부하 직원을 데리고 다니시는 경우는 매우 드문 데다, 두 분이 함께 계신 모습을 봤을 때 사이가 굉장히 끈끈한 것 같다고 느끼긴 했지만……, 역시 특별한 분이셨던 거군요."

긍정하는 막시밀리안의 말을 들으며 새삼 사태의 중대성을 깨달았다.

에두아르에게 같은 남자인 애인이 있다.

그 사실이 앞으로 삼형제와 막시밀리안에게 어떠한 영향을 끼칠지 확실하게 알 수는 없었지만.

희미한 불안을 느낀 루카는 막시밀리안에게 매달리듯이 물었다.

"어, 어쩌지?"

막시밀리안이 안경 브릿지에 손가락을 대더니 쓱 밀어 올렸다. 그리고 날카로운 눈빛으로 루카를 꿰뚫었다.

"루카 님. 지금 보신 것은 아무에게도 말씀하시면 안 됩니다."

"으, 응."

"아시겠죠?"

무서우리만치 진지한 표정으로 거듭 당부하자, 루카는 고개를 꾸벅 끄덕였다.

뜻하지 않게 알게 된 작은형의 비밀.

막시밀리안이 말하는 '아무에게도' 중에서도 특히 레오나르도와 아버지에게는 절대 말해선 안 된다는 것을 루카도 잘 알고 있었다.

'크, 큰일이야.'

루카의 입 안은 어느새 바짝 말라 있었다.

제7장

다음 날 아침, 아키라는 오랜만에 자신의 침실 침대에서 눈을 떴다.

팔레르모에서도, 【팔라초 로셀리니】에서도 평소에는 항상 레오의 침대에서 자기 때문에 본인 방에서, 무엇보다 혼자 있는 침대에서 눈을 뜨니 이상한 기분이었다.

어젯밤에는 잠을 설쳤다.

곁에 항상 있는 온기가 없는 탓인지, 혼자 자기에는 너무 넓은 침대를 주체하지 못해서인지…….

몸은 녹초가 되었는데도 침대에 눕고 나서도 좀처럼 잠이 오지 않아 셀 수 없을 만큼 몇 번이나 몸을 뒤척였다. 안절부절못하고 머리밑에 있는 전등 아래에서 책을 읽기 시작했지만, 그러자 오히려 머리가 맑아지는 바람에 역효과라 판단하고 독서는 단념했다.

최후의 수단이라는 듯이 침대에서 일어나선 비장의 와인을 들이켜고 나니 겨우 세 시 지나 잠들었지만……, 그 후에도 연달아 쓸데없이 실감 나는 꿈을 꾸는 바람에 스스로도 꿈인지 현실인지 구분이 되지 않는 상태로 방금 전에 잠에서 깼다.

"……."

피로가 전혀 풀리지 않는 몸을 침대에 눕힌 채 섬세한 자수가 놓인 캐노피를 멍하니 올려다 보았다.

잠을 이룰 수 없었던 이유는 아마 혼자 잤기 때문은 아니다.

신경이 평소와 달리 곤두선 상태였기 때문이다.

손님을 【팔라초 로셀리니】에 맞이하는 것만으로도 나름대로 긴장됐는데, 손님이 도착하자마자 한숨 돌릴 틈도 없이 레오가 에두아르에게 자신들의 관계를 고백했다.

에두아르는 놀라면서도 일단 자신들을 인정해 주었지만, 그 후 저녁 식사 자리에는 나루미야와 함께 결석했다.

그 의미를 헤아리고 불안을 느끼던 참에 뜻밖에도 마구간에서 루카와 막시밀리안이 포옹한 모습을 보고 말았다.

'그건……, 정말 깜짝 놀랐어…….'

루카와 막시밀리안이 서로 사랑하는 연인 사이라는 것.

우연히 알게 된 사실은 너무나도 충격적이었다.

도저히 레오에게는 털어놓지 못한 채 무거운 비밀을 가슴에 안고 방으로 돌아갔지만, 잠들기 직전까지도 포옹을 나누는 두 사람의 모습이 뇌리에 어른거렸다.

목욕을 해도 머리에서 떠나지 않고, 침대에 눕고 나서도 사라지지 않고, 급기야 꿈속에까지 두 사람이 나올 정도였다.

어젯밤부터 벌써 몇 번째인지 모를 포옹 장면을 지금 또다시 떠올리고는 무의식중에 표정이 험악해지면서 미간을 찌푸리고 있었다는 것을 깨달은 아키라는 두 손으로 뺨을 철썩 쳤다.

루카도 막시밀리안도 내일모레까지 【팔라초 로셀리니】에 체류한다. 그동안 계속 얼굴을 마주해야만 한다.

그 두 사람에게 자신이 알고 있다는 사실을 눈치채게 해선 안 된다.

물론 레오에게도 무슨 일이 있었다는 것을 눈치채게 할 수는 없다.

"......좋아!"

다시 한 번 뺨을 쳐서 떠나지 않는 졸음을 털어 내고 재차 기합을 넣은 아키라는 이불을 걷어 침대에서 일어났다.

그런 다음, 세수를 하고 몸단장을 마친 후에 방을 나갔다.

저택 안은 이미 해가 뜨는 것과 동시에 일어난 스태프들이 바지런히 일하고 있었다.

[아키라 님, 안녕히 주무셨습니까?]

복도에서 마주친 하우스메이드에게 [좋은 아침이에요.] 하고 인사를 한 뒤, 레오의 방으로 걸음을 서둘렀다. 그리고 문 앞에 서서 노크를 했다.

"레오, 나야."

말을 걸자, 스스로 문을 열기도 전에 안에서 단테가 문을 열어주었다. 오늘 아침에도 빈틈없는 완벽한 차림의 집사가 아키라를 보고 생긋 미소를 지으며 공손하게 인사했다.

"아키라 님, 안녕히 주무셨습니까?"

"단테, 좋은 아침이에요."

"어젯밤엔 푹 쉬셨습니까?"

"아……, 네……."

순간적으로 우물우물 얼버무리자, 단테의 얼굴이 어렴풋이 어두워졌다.

"안색이 약간 안 좋으시군요."

"그래요?"

한창 그런 대화를 하던 중, 웨이스트코트 차림의 레오가 침실에서 나왔다. 셔츠 소맷부리에 달린 커프스 단추를 잠그면서 아키라를 보더니 "좋은 아침." 하고 인사를 건네었다.

"좋은 아침."

"어제는 잘 잤어?"

레오로부터 단테와 똑같은 질문을 받고는 그렇게 안색이 안 좋은지 당혹스러웠다.

"응……, 그럭저럭."

그렇게까지 얼굴에서 티가 나는데도 역시 푹 잤다는 거짓말을 할 수 없어서 말을 얼버무렸다.

레오는 한순간 무슨 말을 하고 싶은 듯한 표정을 지었지만, 단테가 뒤에서 "재킷을 입으시죠." 하고 겉옷을 펼치자 말없이 소매에 팔을 넣었다. 그러더니 재킷을 걸치고 앞 단추를 채우고 나서 아키라를 돌아보았다.

"아래로 내려가자. 슬슬 다들 모여 있을 거야."

다들……이라는 단어에 심장이 철렁 뛰었다.

어제 그 고백 이후로 에두아르와 얼굴을 마주하는 것도 긴장되지만, 문제는 루카와 막시밀리안이었다.

특히 무슨 일에든 민감할 것 같은 막시밀리안이 어젯밤 자신이 마침 마구간에 있었다는 사실을 눈치채지 못하도록 조심해야 한다.

스스로를 경계하면서 레오와 함께 1층으로 내려갔다.

식당에는 이미 네 명의 멤버가 모여 있었다.

옆에 있던 레오가 테이블에 앉은 에두아르와 나루미야의 얼굴을 보고는 내심 안도하는 것을 알 수 있었다. 레오도 저녁 식사 자리에 참석하지 않은 두 사람이 어제부터 내내 마음에 걸렸을 것이다.

"레오나르도 형, 아키라 씨, 좋은 아침."

막시밀리안의 옆에 앉은 루카가 말을 걸자, 아키라도 되도록 자연스러운 미소를 지으며 "좋은 아침." 하고 인사를 건네었다.

"루카, 잘 잤니?"

레오가 묻자, 루카가 "응, 푹 잤어." 하고 대답했다.

"침대에 눕자마자 바로 잠든 거 있지? 스스로 생각했던 것보다 훨씬 피곤했었나 봐."

"그렇구나. 막시밀리안은 어땠나?"

"좋은 방을 준비해주신 덕분에 푹 쉬었습니다."

"에두아르는? 어젯밤 디너에도 안 왔잖아."

"미안. 둘 다 이동하느라 피곤해서 먼저 쉬었어."

그렇게 사과한 에두아르가 입가에 미소를 지었다.

"어제 좀 쉬고 났더니 이제 괜찮아."

"걱정을 끼쳐드려 죄송합니다."

나루미야가 예의 바르게 고개를 숙여 사과했다.

"아니……, 회복했다니 잘됐군. 다들 잘 쉰 것 같아서 다행이다."

주인답게 너그러운 동작으로 고개를 끄덕인 레오가 정면에 있는 지정석에 착석했다. 아키라도 단테가 빼준 의자에 앉았다.

곧바로 카푸치노와 방금 짜낸 블러드오렌지 주스가 서빙되더니, 아침치고는 꽤 양이 많은 요리가 잇따라 테이블에 놓였다.

어제 저녁에도 별로 먹지 않았기에 눈으로 보기에는 모든 요리가 다 맛있어 보였지만, 도무지 식욕이 나지 않았다.

잠이 부족한 탓인지, 아니면 어제 자기 전에 마신 술이 아직 남아 있는 건지 위가 무거웠다.

'이대로 있으면 이상하게 여길 거야.'

초조함에 사로잡힌 아키라가 쓸데없이 소시지를 나이프로 잘게 자르고 있으려니, 예상대로 레오에게 주의를 받고 말았다.

"왜 그래? 식욕이 없는 것 같네. 어디 안 좋아?"

"아니……, 괜찮아."

아키라는 황급히 고개를 가로저었다. 다른 네 사람의 주목을 받고 싶지 않았지만, 연인의 추궁은 끝날 기미가 보이지 않았다.

"어젯밤에 마구간에 갔다 온 이후로 상태가 이상하군."

"……윽."

레오가 한 말에 심장이 멎을 뻔했다. 심장이 크게 쿵쾅 뛰었다.

"밤바람 맞아서 감기 걸린 것 아니야?"

"아……, 아니……, 아냐……."

굳어진 얼굴로 부정하려던 말을 전부 다 입에 담기도 전에 누군가가 가로막았다.

"마구간에 가셨습니까?"

질문한 사람을 돌아보자, 안 그래도 시끄러웠던 심장이 더욱더 정신없이 뛰기 시작했다.

겨울의 호수처럼 쿨한 청회색 눈동자가 자신을 똑바로 응시했다.

'막시밀리안……!'

심장 박동이 한층 불규칙해지고, 관자놀이가 확 뜨거워졌다.

아키라는 뇌 속의 사고까지 꿰뚫어 보는 듯한 날카로운 눈빛에 견디지 못하고 대답을 기다리는 남자로부터 눈을 쓱 돌렸다.

"근데 갔다가 금방 왔어……."

힘없는 목소리로 중얼거린 아키라는 난처한 나머지 레오에게 다시 시선을 돌렸다.

"감기 걸린 거 아니야. 그냥 요새 소화가 잘 안 되더라고."

그러자 레오가 한쪽 눈썹을 치켜 올렸다.

"그럼 소화제 먹어. ……루카, 너도."

"응?"

어깨를 흠칫 떤 루카가 고개를 홱 들어 올리더니, 동요한 목소리로 대답했다.

"내, 내가 왜?"

"너도 전혀 못 먹고 있잖아."

그 말을 듣고 보니 확실히 루카의 접시에 담긴 요리도 전혀 줄어들지 않은 상태였다. 자신과 어슷비슷했다.

일동의 주목을 받은 루카가 뺨을 확 붉히며 "하, 항상 아침엔 이렇게 많이 안 먹어서 그래." 하고 변명했다.

"기껏 요리장이 일찍 일어나서 솜씨를 발휘했으니 되도록 많이 먹어."

"으, 응……."

형의 말에 고개를 끄덕여 보였지만, 루카의 접시는 그 후에도 별다른 진전을 보이지 못했고……, 결국 더 이상 소시지를 잘게 자를 수 없게 된 아키라도 포기하고 접시를 치워달라고 했다.

없는 식욕에 비례하여 대화도 거의 오가지 않고 어딘지 모르게 어색한 분위기 속에서 기껏 여섯 명이 모두 모인 아침 식사는 조용히 마무리되었다.

"난 이제 준비해서 루카, 에두아르와 엘자 고모 댁에 갈 거야."

식당을 나와 함께 2층으로 올라가자, 레오가 아키라의 방 앞에서 그렇게 말했다.

"세 시 넘어서 돌아올 예정이니, 내가 없는 동안 저택을 부탁할게."

"알았어."

아키라가 대답하자, 레오가 오른손을 스윽 뻗어 머리카락을 만지작거렸다.

"……약 꼭 챙겨 먹어."

걱정하는 얼굴을 보니 가슴이 따끔거렸다.

"응. 걱정 끼쳐서 미안. 너도 조심해서 다녀와."

레오와 헤어진 아키라는 자신의 방에 들어갔다. 그리고 손을 뒤로 돌려 닫은 문에 등을 기대며 한숨을 푹 내쉬었다.

역시나 자신은 뭔가를 숨기는 일이 적성에 맞지 않는다.

특히 상대가 레오인 경우에는 평상시 비밀 하나 없는 사이이기 때문에 죄책감이 큰 나머지…….

내일이면 돈 카를로도 도착하는데, 이 상태로는 앞날이 걱정될 따름이다.

'정신 똑바로 차려. 이렇게 가다가는 조만간 레오가 낌새를 챌 거라고.'

루카의 사랑을 지키기 위해서야.

레오에게는 어쩔 수 없이 비밀로 할 수밖에 없어.

자신에게 힘을 불어넣고 있으려니, 발밑에서 부스럭 소리가 났다. 의아해하며 아래를 본 아키라는 오른발과 왼발 사이에 있는 하얀 종이 같은 것을 발견했다.

'이게 뭐지……?'

몸을 돌려 웅크린 다음, 누가 문 밑에서 방으로 집어넣은 그 종이를 잡아 뽑았다. 종이인 줄 알았던 그것은 하얀 봉투였다.

봉투를 들고 문을 열어 복도를 살펴보았지만, 이미 사람 그림자 하나 없이 조용했다.

"……."

미간을 찌푸리며 문을 닫은 아키라는 서둘러 봉투를 개봉한 다음, 네 번 접은 편지지를 펼쳤다. 달필로 쓰인 영어로 된 문면을 읽었다.

『아키라 님께

갑작스럽게 실례되는 부탁을 드려 죄송합니다. 긴히 아키라 님께 상의드릴 일이 있으니, 가능하시면 오늘 열한 시에 서고로 와주십시오.』

번거롭게 해드려 죄송하지만, 시간이 안 되신다면 알려주시길 바랍니다 —— 라는 문장이 이어진 뒤,

『또한 레오나르도 님께는 이 편지에 대해 모쪼록 비밀로 해주시길 부탁드리겠습니다.』

그 한 문장으로 끝맺어져 있었으며, 맨 아래에 이름이 적혀 있었다.

그 사인을 확인한 아키라는 작은 비명을 질렀다.

"막시밀리안?!"

편지를 놓고 간 사람은 막시밀리안이었다.

아침 식사 자리에서 본심을 살피는 듯한 예리한 눈빛을 떠올렸다.

'⋯⋯눈치챘구나.'

그야말로 빈틈없고 눈치 빠른 남자였다. 레오의 발언을 통해 어젯밤에 있었던 일의 전말을 추측하고는, 자신이 그 자리에 마침 있었다는 결론을 도출했을지도 모른다.

루카가 외출한 동안 이야기를 끝내버릴 심산인가?

굳이 입막음을 하지 않아도 다른 이에게 말할 생각 따윈 추호도 없지만, 이렇게 됐으니 식섭 만나 이쪽의 진의를 전할 수밖에 없다.

오히려 이로써 막시밀리안에게 숨길 필요가 없어졌기에 아키라의 입장에서는 감사한 일이었다.

*　　*　　*

형제들이 고모 댁을 방문하기 위해 차를 타고 외출한 후, 약속 시간인 열한 시에 아키라는 막시밀리안이 지정한 1층 서고로 향했다.

문을 두드리자 곧바로 "네." 하고 대답이 돌아왔다. 문을 열고 서가에 둘러싸인 실내로 발을 들여놓은 아키라는 약속했던 인물이 아닌 예상치도 못한 인물의 모습을 시야에 포착하고는 어깨를 떨었다.

저도 모르게 그 자리에 멍하니 선 채 두 눈을 휘둥그렇게 떴다.

"나루미야 씨⋯⋯?"

방 중간 정도에 있는 소파에 앉아 있던 나루미야도 일어나서 "아키라 님." 하고 중얼거렸다. 나루미야 또한 아키라가 나타날 것이라는 이야기를 사전에 듣지 못한 듯한 표정이었다.

막시밀리안이 불러서 왔는데, 왜 나루미야가?

의문이 솟구쳤지만, 언제까지고 멍하니 서 있을 수는 없었다.

마음을 다잡고 걸음을 옮긴 아키라는 나루미야의 앞에서 멈춰 섰다. 그런 다음, 하얗고 갸름한 얼굴을 쳐다보며 물었다.

"어째서 이곳에?"

"막시밀리안 씨께 열한 시에 이쪽으로 와달라는 편지를 받았습니다."

"저도 그 편지 받고 왔어요."

둘이서 얼굴을 마주 보고 있으려니, 서가와는 반대편 벽 안쪽 문이 열리더니 막시밀리안이 나타났다.

얼핏 보기에도 수완가임을 알 수 있는 스리피스 슈트에 은색테 안경이 트레이드마크인 남자가 두 사람을 향해 허리를 숙여 인사했다.

"아키라 님, 나루미야 님, 일부러 여기까지 와주셔서 감사합니다. 그리고 갑작스럽게 불러내어 죄송합니다. 타이밍을 봤을 때 형제분들께서 고모님 댁을 방문하시는 지금밖에 없다고 판단해 무례한 부탁을 드리고 말았습니다."

"막시밀리안, 대체 이게 무슨 상황이지?"

당혹스러워하는 아키라의 목소리에 고개를 끄덕인 막시밀리안이 "이야기가 길어질지도 모르니, 우선 앉으십시오." 하고 소파를 권했다.

아키라는 할 수 없이 그가 권한 소파에 앉았다. 한 사람이 앉을 공간만큼 거리를 두고 나루미야도 아키라의 옆에 앉았다. 막시밀리안은 로테이블을 사이에 두고 두 사람과 마주 보는 모양새로 팔걸이의자에 착석했다.

삼자대면의 자리가 갖추어지자마자, 아키라는 "그래서?" 하고 성급하게 말을 꺼냈다.

"왜 나와 나루미야 씨를 불러낸 기야?"

"로셀리니가 분들의 귀가 닿지 않는 곳에서 두 분께 긴히 드릴 말씀이 있었기 때문입니다."

옆을 힐끗 살펴보니 나루미야도 진지한 표정으로 막시밀리안의 이야기를 듣고 있었다.

"그들에게는 비밀로 하고 싶은 이야기라는 건가?"

"그렇습니다."

막시밀리안이 긍정하자, 아키라는 마른침을 꿀꺽 삼켰다.

아무래도 오기 전에 추측한 그 용건이 맞는 것 같다.

각오를 다진 아키라는 "무슨 이야기인데?" 하고 거듭 물었다.

무릎 위에서 살며시 깍지를 끼고 몸을 약간 앞으로 굽힌 막시밀리안이 아키라의 얼굴을 가만히 응시하며 물었다.

"아키라 님, 혹시 어젯밤에 마구간에서 뭔가를 보셨습니까?"

대놓고 그렇게 묻자, 아키라는 머뭇거리면서도 고개를 끄덕였다.

"……봤어."

그 찰나, 눈썹이 아주 살짝 꿈틀거린 막시밀리안이 내심 동요를 꾹 누르듯이 무릎 위에 얹은 손에 힘을 주었다.

"역시……, 보셨군요."

막시밀리안이 음미하듯이 중얼거리자, 아키라는 그의 말에 긍정했다.

"나탈레를 보러 마구간에 갔더니……, 당신과 루카가……."

나루미야의 앞에서 끝까지 말하기는 꺼려졌기에 중간에서 말을 삼켰다. 하지만 도무지 마음이 진정되지 않아 말을 이었다.

"그……, 두 사람은……, 그런, 사이야?"

막시밀리안은 조심스럽게 묻는 아키라의 질문에 대답하지 않은 채 "그 전에 저도 확인하고 싶은 것이 있습니다." 하고 말했다.

"아키라 님과 레오나르도 님에 대해서입니다."

"……윽."

그렇게 받아칠 줄은 예상도 하지 못했기에 날이 선 목소리가 흘러나왔다.

"나, 나와 레오?"

"두 분은 연인 사이 맞으시죠?"

가차 없이 파고들자, 숨이 턱 막혔다.

막시밀리안이 보내는 추궁의 눈빛을 받으며 한동안 빠져나갈 길을 머릿속으로 모색한 결과, 아키라는 결국 포기했다.

이 눈치 빠른 남자에게는 도저히 끝까지 숨길 수 없다고 판단했기 때문이다.

자신과는 차원이 다르다.

"어떻게……, 알았어?"

긍정과 마찬가지인 질문을 건네자, 막시밀리안의 시선이 부드러워졌다.

"저는 레오나르도 님의 보좌로 일하고 있기 때문에 예전부터 두 분의 사이에서 그런 기류를 몇 번 느낀 적이 있습니다. 무엇보다 레오나르도 님은 아키라 님과 함께 생활하시기 시작한 뒤로 많이 변하셨습니다. 표정이 부드러워지시고, 분위기도 온화해지셨죠. 그리고 늘 자애에 찬 눈빛으로 아키라 님을 바라보신답니다."

"……."

차분하고 낮은 목소리로 논리 정연한 설명을 듣고 있으려니 얼굴이 서서히 뜨거워졌다.

남들 눈에는 그렇게 알기 쉬웠나? 그렇게 생각하니 수치가 치밀어 올랐다.

"하지만 저의 개인적인 생각이었기 때문에 확신은 없었습니다. 그래서 직접 확인하고 싶었습니다."

"……."

"나루미야 씨는 별로 놀라지 않으시네요."

막시밀리안이 그렇게 중얼거리자, 아키라는 나루미야를 쳐다보았다. 확실히 그 하얀 얼굴에서 눈에 보이는 동요는 발견할 수 없다.

"우리 사이에 대해 알고 있었어요?"

"네."

나루미야가 망설이듯이 대답했다.

"……에두아르 님께 들었습니다."

역시 나루미야는 에두아르에게서 들었던 것이다.

그건 바꿔 말하면 에두아르가 나루미야를 신뢰한다는 증거이기도 했다.

"어제 레오가 에두아르한테 얘기했어. 언젠가는 동생들에게 진실을 털어놔야 한다는 이야기는 예전부터 둘이서 계속 했었거든. 그래서 루카는 아직 어리니까 우선 에두아르에게 털어놓았지."

아키라의 부연 설명을 들은 막시밀리안이 "그러셨군요." 하고 맞장구를 쳤다. 그러더니 한동안 동병상련의 눈빛으로 나루미야의 얼굴을 응시하고 나선 천천히 입을 열었다.

"어젯밤 열한 시 무렵에 나루미야 씨와 에두아르 님을 2층 복도에서 뵈었습니다. 저와 루카 님이 대계단을 걸어 올라가던 타이밍과 마침 에두아르 님이 나루미야 씨의 방을 나오시는 타이밍이 일치했고, 두 분께서 복도로 나오셨죠."

설명이 계속됨에 따라 나루미야의 얼굴이 점점 새파랗게 질렸다. 홀로 사정을 파악하지 못한 아키라의 시선 끝에서 나루미야의 마른 몸이 가늘게 떨리기 시작했다.

"나루미야 씨? 괜찮아요? 안색이……."

대체 어떻게 된 상황인지 이해가 가지 않아 막시밀리안을 돌아보자, 남자는 고개를 천천히 저으며 안경 브릿지를 밀어 올렸다. 안경알 안쪽의 청회색 눈동자가 희미하게 번뜩였다.

"요컨대 저희는 같은 사정을 안고 있습니다."

"같은 사정?"

"이제 와서 열심히 숨겨봤자 아무 의미도 없으니 솔직히 말씀 드리겠습니다. 저는 루카 님을 이 세상 그 누구보다도 소중히 여기고 있습니다. 그리고 그 마음은 이미 주종 관계를 뛰어넘었습니다. 마찬가지로 아키라 님은 레오나르도 님을, 나루미야 씨는 에두아르 님을 누구보다도 소중히 여기시죠……. 그 마음은 친애의 정이나 존경을 능가하는……, 생기가 넘치면서도 뜨거운 감정이 틀림없을 것입니다."

몇 초 동안 막시밀리안의 말뜻을 곱씹기 위한 침묵이 흘렀다. 그리고 ── .

"나루미야 씨와 에두아르가?!"

"루카 님과 당신이?!"

아키라와 나루미야가 거의 동시에 소리쳤다.

'그, 그런 일이 있을 리가.'

너무나도 갑작스러운 나머지 믿을 수 없었던 아키라는 저도 모르게 나루미야에게 바싹 다가서더니, "정말로 에두아르와?" 하고 물었다.

"……죄송합니다."

기어 들어가는 목소리로 사과한 나루미야가 고개를 푹 숙였다.

아래로 내리뜬 긴 속눈썹이 떨리는 것을 본 아키라는 퍼뜩 정신을 차렸다.

"아니⋯⋯, 사과할 필요는 없어요. 그렇게 치면 저도 똑같죠."

"네. 저희는 모두 같은 죄를 짊어진 입장이라고도 할 수 있습니다."

막시밀리안이 냉정한 목소리로 말하자, 그 자리가 쥐 죽은 듯이 조용해졌다.

'맞아⋯⋯.'

가벼운 흥분 상태가 지나간 곳에는 무거운 현실이 가로놓여 있었다.

막시밀리안과 루카, 나루미야와 에두아르, 그리고 자신과 레오.

로셀리니가 삼형제 모두에게 동성 애인이 있다는 충격적인 사실.

게다가 한때의 방황이나 장난이 아니라는 사실은 루카와 에두아르가 택한 상대를 보면 일목요연했다.

그들은 진심이다.

자신과 레오가 평생 끝까지 함께할 각오인 듯이 그들 또한 서로를 인생의 반려자로 점찍어 놓았을 것이다.

하지만 그것은 다시 말해 로셀리니가 존망의 위기를 의미한다.

"어쩌지⋯⋯?"

아키라의 입에서 작은 신음 소리가 새어 나왔다.

자신들이 아니더라도 언젠가 동생 둘 중 하나, 혹은 둘 다 후계자를 낳아주겠거니 마음속 어딘가로 기대했던 자신을 후회했다.

터무니없이 안일했다.

"저……, 돈 카를로께선 형제가 어떻게 되시나요?"

아키라보다 조금 먼저 마음을 다잡은 듯한 나루미야가 그렇게 질문하자, 막시밀리안이 대답했다.

"누님이 한 분, 남동생과 여동생이 각각 한 분씩 계십니다."

"그분들께 자녀분은……?"

"누님인 엘자 님께는 자녀분이 안 계십니다. 여동생분은 결혼 후 스페인에서 생활하고 계시고, 아드님이 한 분 계시죠. 남동생분은 일찍 돌아가셨습니다. 역시 아드님이 한 분 계셨지만……, 마리오 님께선 아마 현재 미국에 계실 겁니다."

"아마……?"

나루미야가 의아해하며 묻자, 막시밀리안이 복잡한 표정을 지었다.

"행방이 묘연합니다. 레오나르도 님을 습격한 건으로 인해 패밀리에서 파문된 후, 시칠리아에서 쫓겨나셨거든요."

마리오가 벌인 일은 아키라의 입장에서도 큰 사건이었다. 레오는 자신을 구하기 위해 마리오가 쏜 총에 맞아 전치 1개월의 부상을 입었다. 결과적으로 그 사건을 계기로 서로의 마음을 확인할 수 있었지만.

"여동생분 아드님은 뭘 하시는 분인가요?"

돌아가는 형세가 불길하다는 것을 느끼면서도 지푸라기라도 잡는 심정인 듯한 나루미야가 끈질기게 물고 늘어졌다.

"카를로스 님은 바르셀로나에서 셰프로 일하고 계십니다. 매우 재능 있고 멋진 인품을 가지신 분이지만, 리스토란테를 총괄하고 계시기 때문에 시칠리아에서 지내시면서 로셀리니가를 잇기는 힘드실 겁니다."

"그분의 자녀분께서 이어받으실 가능성은 없을까요?"

"그건……, 기대하시지 않는 편이 좋습니다."

"왜죠?"

"카를로스 님은 게이라고 커밍아웃하신 상태입니다."

나루미야가 탄식을 삼키는 것을 알 수 있었다. 그 얼굴이 점점 어두워지더니, 곧이어 실망스러운 목소리로 "그렇군요." 하고 중얼거렸다.

사촌까지 범위를 넓혀봐도 계승자가 될 만한 후보가 없었다.

그야말로 속수무책. 손쓸 수가 없었다.

서고에 아까보다 훨씬 무거운 분위기가 깔렸다.

"이대로 가다간……, 로셀리니가는 언젠가 없어질 거야……."

아키라가 목 깊은 곳에서 비통한 목소리를 쥐어짜 내자, 막시밀리안이 싸늘한 눈빛으로 쳐다보았다.

"그렇다고 레오나르도 님과 헤어지실 수 있습니까?"

매서운 목소리로 추궁을 당한 아키라는 곧바로 고개를 가로저었다.

"못 헤어져."

그건 불가능하다.

설령 로셀리니가가 자신들 때문에 대가 끊어진다 하더라도.

"나루미야 씨는 어떠십니까?"

이어서 막시밀리안의 질문을 받은 나루미야가 입술을 꽉 깨물었다. 하지만 다음 순간, 막시밀리안을 똑바로 쳐다보았다. 그러더니 뜻밖에도 또랑또랑한 목소리로 말했다.

"저도 헤어질 수 없습니다."

우아한 외모 아래에 숨어 있는 그의 강한 심지를 엿볼 수 있는 목소리였다.

"저도 물러날 생각은 없습니다."

마지막으로 막시밀리안이 자신의 의사를 표명했다.

"적어도 지금 이곳에 모인 세 사람의 의견은 통일됐군요. 이제부터 저희는 서로의 소중한 사람과 그 관계를 지키기 위한 운명 공동체입니다."

막시밀리안이 그렇게 정리하자, 아키라와 나루미야는 고개를 크게 끄덕였다.

"다양한 우연이 겹쳐져 이런 사태가 벌어졌지만, 이렇게 셋이서 비밀을 공유하게 되어 다행일지도 모르겠군요. 저마다 안고 있는 사정에 대해서는 가슴에 묻고, 로셀리니가의 세 분께는 알려지지 않도록 하죠. 특히 레오나르도 님은 진실을 알면 누구보다도 깊이 괴로워하실 겁니다. 아키라 님께 심려를 끼쳐 죄송하지만, 절대로 눈치채시지 않도록 조심해 주십시오."

"알았어."

"앞으로의 일에 대해서는 추후 협의를 거듭하기로 하고……, 우선 돈 카를로를 포함한 모든 가족분들께서 【팔라초 로셀리니】에 모이시는 내일이 고비입니다. 셋이서 힘을 합쳐 눈앞에 닥친 위기를 넘기도록 하죠."

제8장

깜짝 놀랐다.

3자 회담이 진행된 서고에서 자신의 방으로 돌아온 아야토는 주
실 소파에 비틀거리는 걸음으로 다가가선, 실이 끊어진 꼭두각시
인형처럼 털썩 앉았다.

왠지 아직 머리가 혼란스럽다…….

하지만 심하게 동요하고 있는 사람은 자신 혼자만이 아니었다.
서고에서 2층 복도까지 함께 올라온 아키라도 시종일관 딴 생각을
하는 듯한 얼굴이었다.

"그럼……, 이만 실례하겠습니다."

"아, 네……, 나중에 봐요."

대계단을 올라가 홀에서 헤어진 뒤, 아야토는 아키라의 뒷모습을 한동안 지켜보았다. 기분 탓인지 그의 걸음은 어딘지 모르게 휘청거렸다.

그도 당연하다. 자신들이 받은 충격은 여간한 충격이 아니었다.

아야토는 여태까지 부모님을 죽음에 이르게 한 사고, 부모님 대신이었던 선대 오너의 죽음, 난데없는 카사호텔 매수극, 선대 오너 아들의 공금 횡령과 해고 등, 수많은 문제와 사건을 경험해 왔다.

지금 되돌아봐도 평온 무사라고는 말하기 어려운 인생이었다.

그러나 어떤 의미로 이번에 받은 큰 타격은 과거의 그것을 훨씬 웃돌았다.

설마 이런 일이 일어날 줄은 상상도 못했다.

에두아르를 통해 레오나르도와 아키라의 관계를 알게 된 것만으로도 충분히 경악스러웠는데.

에두아르와 자신이 키스하는 장면을 루카와 막시밀리안에게 들킨 데다, 그 두 사람이 실은 연인 사이였다니…….

―― 요컨대 저희는 같은 사정을 안고 있습니다.

―― 저희는 모두 같은 죄를 짊어진 입장이라고도 할 수 있습니다.

막시밀리안의 냉정한 목소리가 머릿속을 왔다 갔다 하면서……, 떨어지지 않았다.

'같은 죄……. 죄…….'

확실히 고의로 그런 것이 아니든 간에 결과적으로 로셀리니가를 존망의 위기에 처하게 했다고 생각하면 자신들은 모두 죄 많은 인간들이었다.

돈 카를로나 패밀리 멤버들 입장에서 보면 용서하기 힘든 배신 행위일 것이다.

—— 이대로 가다간……, 로셀리니가는 언젠가 없어질 거야…….

아키라의 비통한 중얼거림이 되살아나면서 점차 마음이 어두워졌다. 연동하듯이 위가 욱신욱신 아프기 시작했다.

자신들 탓에 로셀리니가의 혈통이 끊어진다.

물론 세계에는 로셀리니가보다 훨씬 오래 이어진 명문가가 수없이 많이 존재할 테지만, 시칠리아는 도지 성격상 패밀리의 결속이 강하다.

포도와 올리브, 오렌지 생산을 통해 로셀리니가와 오랜 세월 동안 관계를 이어 온 지역 주민의 입장에서 지주 일족의 단절은 틀림없이 커다란 손실이 될 것이다. 실망하는 이도 많을 터.

또한 글로벌 기업으로 발전한 로셀리니 그룹의 후계자 문제도 있다.

그룹은 친족 이외의 사람에게 잇게 하는 선택지가 있다고는 해도, 창업 이후 창립자 직계 가족이 대대로 대표 자리를 맡아 온 것을 생각하면 어느 정도 혼란은 피할 수 없을 것이다.

자칫하면 차기 총수의 자리를 둘러싸고 그룹 내에서 분쟁이 일어날 가능성도 있다. 그 내부 분열에 의해 그룹 본체의 기둥이 흔들릴 위험성 또한 전혀 없지 않다.

게다가 마피아로서 맡고 있는 로셀리니 패밀리의 카포 자리를 누가 잇는가, 라는 문제도 있다.

로셀리니가 당주가 다양한 직책을 맡고 있기 때문에 후계자 부재의 영향은 각 방면에 미칠 것이다.

어제 레오나르도가 무슨 고백을 했는지 에두아르에게서 들은 이후로 아야토의 마음속은 로셀리니가의 장래에 대한 우려로 가득했지만, 더욱더 궁지에 몰린 기분을 느끼며 소파 등받이에 뒤통수를 맡겼다.

이렇게 된 이상, 더는 제삼자 입장에서 사태를 바라보고만 있을 수는 없다.

자신과 에두아르도 당사자일 뿐더러, 같은 죄에 가담한 공범자인 것이다. 막시밀리안의 말을 빌리자면 '운명 공동체'.

그래도 아직……, 자신들은 그나마 나은 편일 것이다.

현 당주인 장남 레오나르도, 그리고 그와 연인 사이인 아키라를 짓누르는 중압감은 얼마나 클지 그들의 심중을 생각하면 가슴이 따끔따끔 아팠다.

만약 자신이 아키라의 입장이었다면?

자신이 없어지면 모두 원만하게 수습될 테니 포기하고 물러설까?

그렇게 자문하는 뇌리에 문득 막시밀리안이 아키라에게 던진 질문이 떠올랐다.

―― 그렇다고 레오나르도 님과 헤어지실 수 있습니까?

―― 못 헤어져.

고뇌가 깃든 얼굴로 즉답한 아키라. 아마 그는 속으로 이미 몇십 번이나 이 건에 대해 자문자답을 되풀이했을 것이다.

―― 나루미야 씨는 어떠십니까?

그렇게 질문받은 자신도 정신을 차려 보니 어느새 이렇게 대답하고 있었다.

—— 저도 헤어질 수 없습니다.

두 사람에게 결의를 재촉한 막시밀리안 또한 겉으로는 냉정한 척하고 있었지만, 그 가슴속은 아키라에게 결코 뒤지지 않을 만큼 괴로울 것이다.

그는 본디 사수해야 하는 주종 관계의 선을 넘어 루카와 사랑하는 사이가 되었다.

그것은 자신을 신용하여 세상에서 제일 아끼는 삼남을 맡긴 돈 카를로의 기대를 저버리고, 레오나르도와 에두아르의 신임에 등을 돌린다는 의미.

막시밀리안은 충성에 살고 충성에 죽는 남자였다. 고아였던 그는 돈 카를로에게 거둬진 뒤, 돈 카를로의 원조 덕분에 고등교육을 받았다고 한다.

그런 그가 보통 사람 이상으로 강한 자제심을 최대한 발휘해 가슴 깊은 곳에 봉인하고 있던 뜨거운 격정을 토해 내면서 루카와 맺어지기까지는 틀림없이 상당한 갈등이 있었을 것이다.

때로는 고뇌하고, 때로는 자신을 책망하며, 때로는 발버둥 치면서 다양한 난관을 극복하고 우여곡절 끝에.

—— 저도 물러날 생각은 없습니다.

그 선언까지 다다랐다.

자신도 업무상 에두아르와는 부하 직원과 상사 사이이기 때문에 막시밀리안의 심정과 싱크로하는 부분이 있었다.

동성 커플이라는 점에 더해 이중으로 금기를 범하고 있다는 강한 죄책감.

── 저마다 안고 있는 사정에 대해서는 가슴에 묻고, 로셀리니가의 세 분께는 알려지지 않도록 하죠.

'……그래.'

이 건에 관해서는 무슨 일이 있어도 에두아르가 눈치채게 해선 안 된다.

레오나르도의 고백만으로도 적잖이 충격을 받은 상태였다. 그에 추격타를 가하듯이 루카의 비밀을 알게 되면 틀림없이 에두아르는 엄청난 타격을 입을 것이다.

막시밀리안을 택한 루카의 선택은 한때의 방황도, 보호자에 대한 친애의 정을 착각하는 것도 아닐 것이다. 가령 그랬다면 막시밀리안이 루카의 마음을 받아들일 리가 없을 테니까.

막시밀리안도 루카의 진심과 각오를 알고 함께 어려움을 극복하기로 결심했다.

그러나 에두아르에게 그 결의를 이해하게 하기는 어려울 것이다.

더구나 루카에 관한 일이라면 판단력이 둔해지는 것은 아마 레오나르도도 마찬가지일 터.

두 사람은 결속하여 온갖 수단을 써서라도 억지로 루카와 막시밀리안의 사이를 갈라 놓으려고 할 것이다.

물론 루카는 자신들의 연애를 방해하는 형들에게 맹렬히 반발할 테고, 최악의 경우에는 사랑의 도피를 감행할지도 모른다.

그 청년에게는 귀여운 외모에 걸맞지 않는, 한번 정하면 반드시 해내는 우직함과 무모한 강인함이 있는 것 같다는 느낌이 들었다.

그 또한 로셀리니의 핏줄이기 때문일지도 모르지만…….

한 핏줄인 친형제가 절연 상태가 되다니, 생각만 해도 슬픈 일이다.

루카를 귀여워하기 때문에 더더욱 사랑하는 동생을 잃는 상실감은 틀림없이 클 것이다.

에두아르에게는 그런 힘든 일을 겪게 하고 싶지 않다.

그를 위해서라도 이 비밀을 반드시 끝까지 지켜야 하다,

＊　　　＊　　　＊

똑똑똑, 똑똑똑 ── .

어딘가에서 리드미컬한 소리가 났다.

"음……."

딱따구리가 수목을 꿰뚫는 듯한 그 소리에 눈을 뜬 아야토는 자신이 어느샌가 소파 팔걸이에 한쪽 팔꿈치를 댄 상태로 꾸벅꾸벅 졸고 있었다는 것을 깨달았다.

'……언제, 잠들었지?'

남아 있는 졸음을 뿌리치듯이 고개를 홱 흔들었다.

앞으로 어떻게 해야 할지 이것저것 고민하는 동안 서서히 의식이 멀어지더니……, 어느샌가 몰려온 졸음을 이기지 못하고 잠들었나 보다.

여행을 오기 전에 계속 바빴던 데다, 그저께, 어제 내내 별로 잠을 이루지 못했기 때문일지도 모른다.

똑똑똑, 똑똑똑.

'노크 소리……?'

또다시 들려온 소리가 문을 두드리는 소리임을 인식한 직후.

"아야토? 방에 있어?"

문 건너편에서 자신을 부르는 목소리가 들려오자, 아야토는 어깨를 흠칫 떨었다.

"에두아르?"

외출했던 연인의 목소리에 반신반의하며 혼잣말을 한 다음, 황급히 소파에서 일어났다.

"지금 가겠습니다."

복도를 향해 그렇게 말한 뒤, 종종걸음으로 서둘러 문간을 향해 다가가선 문을 열었다.

역시 그곳에는 에두아르의 모습이 있었다.

한순간 눈을 휘둥그렇게 뜨고 속으로 당황하면서도 "오셨습니까?" 하고 물었다.

"응, 방금 왔어."

"……그러시군요. 다녀오느라 고생하셨습니다."

스스로는 고작 10분 정도 선잠을 잤다고 생각했는데, 아무래도 의외로 푹 잠들어버렸던 것 같다. 자신의 부주의한 태도를 후회하면서 에두아르를 방 안으로 들였다.

"앉으십시오."

앉으라고 권하자, 에두아르가 소파에 앉았다.

"뭐 마실 것을 드릴까요?"

그렇게 물어봤지만, "아냐, 됐어."라는 대답이 돌아왔기에 아야토도 약간 거리를 두고 그의 옆에 앉았다.

새삼스레 가까이서 본 에두아르의 크림색 피부에는 피로의 그림자가 희미하게 번져 있었다. 강인한 에두아르치고 얼굴까지 피로한 경우는 매우 드물었다.

에두아르도 어젯밤에는 잠을 이루지 못했던 걸까? 잠이 부족한 데다 이른 오전부터 외출한 탓에 더더욱 피곤할지도 모른다.

"고모님은 잘 지내고 계신가요?"

"응……, 힘이 너무 넘치더군. 우리가 있는 내내 혼자 떠들지 뭐야. 파트너를 먼저 보내고 난 후로 평소에는 외롭게 지내고 있으니 이해는 가지만……, 한번 수다를 떨기 시작하면 어찌나 말이 많은지."

'그렇구나. 그래서 피로가 더 쌓였나 보네.'

호텔리어로서 중노년층 여성들을 상대할 기회가 많은 에두아르가 불평을 늘어놓을 정도이니 아마 엄청났을 것이다.

"오랜만에 당신과 루카 님의 얼굴을 보고 기쁘셨던 것 아닐까요?"

아야토가 그렇게 말하자, 에두아르는 "그럴 수도 있겠군." 하고 어깨를 움츠렸다.

"근데 우리보다 레오가 훨씬 힘들었을 거야. 한시도 쉬지 않고 '빨리 예쁜 아내 하나 들여서 가정을 꾸리라'고 어찌나 재촉을 해 대던지. 빨리 아이를 낳아서 카를로를 안심시켜 주라느니, 본인이 살아 있는 동안 일족을 이어받을 후계자를 봐 두고 싶다느니……."

"……."

일족 중에서도 최연장자인 고모의 입장에서 보면 당연한 바람일 것이다.

"레오는 맨날 들어서 익숙한지 '지금은 일이 바쁘니 차차 생각하겠다'고 흘려 넘기긴 했지만……, 고모는 납득이 가지 않는다는 듯이 장남의 마음가짐에 대해 간곡하게 타이르더군."

에두아르는 형의 심중을 헤아렸기 때문인지 복잡한 표정을 짓고 나선 아야토를 보았다.

"그동안 넌 별일 없었어?"

심장이 철렁했다.

그가 저택을 비운 동안 남은 셋이서 밀회의 장을 가진 것은 비밀이기 때문에 가슴의 동요를 억누르며 "네, 별일 없었습니다." 하고 대답했다.

비밀은 거짓말을 부른다.

'하지만……, 루카 님과 막시밀리안 씨의 사랑을 지키기 위해서는 어쩔 수 없어.'

자신을 타이르면서도 혀뿌리 언저리에 퍼지는 씁쓸한 감각을 주체하지 못하고 있으려니, 에두아르가 "그렇구나, 다행이다." 하고 고개를 끄덕였다.

"혼자 남겨 둬서 미안해. 이로써 주어진 과제가 하나 끝났어. 이제 내일 오실 아버지를 기다리기만 하면 돼."

"……."

돈 카를로가【팔라초 로셀리니】에 온다 —— .

막시밀리안도 그것이 고비라고 말했다.

느닷없이 에두아르가 몰래 마음을 다잡고 있는 아야토의 손을 잡았다. 지근거리에서 아이스블루색 눈동자가 가만히 쳐다보자, 아야토의 심장이 또다시 쿵쾅 뛰었다.

'설마…….'

가슴이 뛰기 시작한 그때, 에두아르가 입을 열었다.

"실은 너를 데리러 왔어."

"데리러?"

"저녁 식사 시간 전까지 지하에 있는 양조장을 안내해주고 싶어서."

'……아니었어.'

마음속으로 안도의 한숨을 휴우 내쉬었다. 그와 동시에 앞으로도 계속 이런 식으로 조마조마해야 한다고 생각하니 우울해졌다. 사랑하는 사람이 모르는 비밀이 있다는 것은 이렇게나 고통이구나.

가라앉을 뻔한 기분을 안간힘을 다해 격려한 아야토는 "양조장이요?" 하고 되물었다.

"그래, 우리 저택 지하가 양조장이라고 예전에 이야기했던 적 있지?"

"네. 말씀하셨어요."

【팔라초 로셀리니】지하에서 만드는 와인【ROSSO DEL LEONE】와【BIANCO DEL LEONE】는 최근 평가가 높아져서 입수하기가 힘

들지만, 에두아르의 소개로 특별히 카사호텔 레스토랑에서 취급하게 되었다. 와인 맛에 까다로운 손님에게도 평판이 좋은 데다, 인터넷 맛집 사이트 등에서도 곧바로 화제가 되고 있는 것 같았다.

"와인 양조 과정에 관심 있어?"

"물론 있죠. 하지만 일하시는 데 방해가 되지 않을까요?"

"너와 내가 견학하는 것 정도는 문제없어. 그럼 지금 당장 가보자."

자리에서 일어난 에두아르의 손에 이끌려 아야토도 소파에서 일어섰다.

*　　*　　*

양조장은 저택 북쪽 끝 지하에 있었다.

에두아르에게 '걸쳐 입을 옷을 가져가는 편이 좋다'는 조언을 듣고 캐시미어 스톨을 어깨에 걸치고 오길 잘했다. 돌계단을 한 층, 한 층 내려갈 때마다 체감온도도 내려갔고, 도착한 지하실은 으스스 추웠기 때문이다.

울퉁불퉁한 석재를 쌓아 올린 벽과 그리스풍 버팀대는 마치 중세의 성안으로 발을 잘못 들인 듯한 착각을 불러일으켰다.

쭉 늘어선 버팀대 안쪽에는 원주형 스테인리스 탱크 다섯 개가 설치되어 있는 것이 보였다. 가까이 다가가니 올려다봐야 할 정도로 꽤 높았고, 회전식 핸들과 압력계, 온도계가 달려 있었다.

탱크 주변에는 양조장 스태프로 보이는 사람 그림자 몇 명이 부지런히 몸을 움직이고 있었다. 에두아르는 그중에서도 가장 나이가 있어 보이는 노인에게 아야토를 소개했다.

"양조 책임자인 줄리오 트룰리. 할아버지 대부터 60년에 걸쳐 우리 양조장에서 일해주고 있어. 이 토지 사람들 사이에서는 존경의 뜻을 담아 '마에스트로'라고 불리는 베테랑이야. 특히 네로 다볼라 육성에 관해서는 시칠리아에서도 뛰어난 기술과 경험치를 갖고 있지."

아야토에게 그렇게 설명한 에두아르가 이어서 이탈리아어로 노인에게 [줄리오, 나루미야라고 해. 일본에 있는 '카사호텔 도쿄'의 총지배인을 맡고 있지.] 하고 말했다.

[일본에서 오신 귀중한 손님, 처음 뵙겠습니다.]

노인이 쓰고 있던 헌팅모를 벗어 숱이 많은 백발을 보이며 머리를 살짝 숙였다.

[처음 뵙겠습니다, 마에스트로 줄리오. 나루미야라고 합니다.]

아야토가 이탈리아어로 인사하자, 에두아르가 놀란 목소리로 말했다.

"아야토……, 너, 이탈리아어를 할 줄 알아?"

실력이 조금 더 늘고 나서 밝힐 생각이었지만, 어쩌다 보니 자백하는 처지가 되고 말았다. 그리고 이제 더 이상 에두아르에게 비밀을 만들고 싶지 않다는 마음도 작용했다.

"실은 가을부터 이탈리아어 수업을 듣기 시작했어요……."

"수업을?"

에두아르가 아이스블루색 눈을 크게 떴다.

"하지만 정말 초급 수준이에요. 듣기는 간단한 일상 회화라면 가능하지만, 회화는 겨우 더듬더듬 말하는 정도입니다."

"그렇군. ……하지만 이제 막 배우기 시작한 것치고는 발음이 훌륭한걸? 넌 원래 영어도 잘하고 어학 능력이 높으니까 분명히 금방 늘 거야."

그렇게 격려한 에두아르가 "그럼 이탈리아어로 얘기해도 괜찮을까?" 하고 물었다.

"네."

"다행이다. 줄리오는 영어를 못하거든."

마에스트로 줄리오에게 양조에 대한 강습을 받은 뒤, 2단으로 쌓인 숙성용 오크통을 견학하고 나서 한 층 더 내려가 장기 숙성용 셀러 저장 선반을 둘러보았다. 그런 다음, 마지막으로 또다시 지하 1층으로 돌아가 테이스팅 룸에서 와인을 시음했다.

풍년이라고 하는 빈티지 와인은 지금까지 마신【ROSSO DEL LEONE】 중에서도 특히나 포도 본연의 맛이 깊고 진하게 느껴졌다.

[처음에는 민트향이 약간 느껴졌지만, 시간이 지나니 카시스와 무화과 같은 향긋한 과일향이 입 안 한가득 퍼지는 게……, 맛이 참 훌륭하네요.]

이탈리아어 실력이 부족하기 때문에 표현도 서툴렀지만, 줄리오는 기쁜 듯이 주름 깊은 얼굴에 활짝 미소를 지었다.

[아키라 님처럼 일본분들은 후각과 미각이 뛰어나시군요.]

아야토는 마에스트로의 칭찬에 몸 둘 바를 몰랐지만, 에두아르는 마치 자신이 칭찬받은 것 마냥 눈을 가늘게 떴다.

[일본인은 혀가 섬세하고 미식가가 많지. 성게알의 맛을 아는 건 시칠리아인과 일본인밖에 없다는 이야기가 있을 정도니까.]

에두아르가 그렇게 말하자, 줄리오가 고개를 끄덕였다.

[시칠리아의 전통 품종은 흙을 연상케 하는 강한 맛이 특징이지만, 그러면 야성미가 강해지고 맙니다. 하지만 세계 시장에서 판매하기 위해서는 우아함이 필수죠. 개성을 남기면서도 우아한 맛이 감도는 와인을 완성하기 위해 수십 년이나 시행착오를 거듭하며 양조 방법을 연구했습니다.]

[그 덕분에 네로 다볼라나 프라빠토 등 토착 품종이 최근 들어 높이 평가받게 되었고, 지금은 이탈리아 본토를 시작으로 전 세계에서 사랑받고 있지. 우리 양조장이 하이퀄리티 와이너리의 자리를 획득한 것도 온전히 줄리오의 공적이야.]

에두아르의 부연 설명에 [저 혼자만의 힘이 아닙니다. 모든 스태프들의 노력의 산물이죠.] 하고 겸손하게 대답한 줄리오가 아야토에게 물었다.

[호텔 리스토란테에서 저희 와인을 취급해 주신다고 들었습니다만, 평판은 어떤가요?]

[ROSSO와 BIANCO 둘 다 인기가 대단합니다. 이 와인은 어디서 들어오냐고 묻는 손님도 계십니다.]

[다행이네요. BIANCO는 물론 ROSSO도 여름에는 약간 차갑게

헤시 드시는 것을 추천합니다. ……그렇지, 혹시 괜찮으시면 이것
도 드셔보세요.]

줄리오가 선반에서 가져온 것은 아직 에티켓이 붙어 있지 않은
병이었다.

[이것도 와인인가요?]

[포도 주스입니다.]

그렇게 대답한 줄리오가 글라스에 포도 주스를 따라주었다. 글라
스 안에 담긴 액체는 와인과 마찬가지로 맑은 루비색을 띠고 있었다.

[이건……!]

한입 머금은 아야토는 저도 모르게 감탄의 목소리를 자아냈다.

[어떠신지요?]

[굉장히 신선하고 맛있어요. 산미와 단맛의 균형이 절묘하
고……, 유산음료 같은 풍미도 있어서 그런지, 과일 맛이 강한데도
뒷맛이 깔끔하네요.]

[과일 본연의 맛을 최대한 남길 수 있도록 열처리에 걸리는 시간
과 온도를 다방면으로 연구했습니다.]

에두아르도 글라스에 입을 대고는 [그렇군. 훌륭한 맛이야.] 하고
감탄하듯이 중얼거렸다.

[산미료, 감미료, 향료는 일절 사용하지 않은 100퍼센트 포도 과
즙 주스입니다.]

[이 주스라면 술을 못 드시는 손님께서도 무알코올 음료지만 와
인의 풍미를 맛보실 수 있겠어요.]

[그러게. 리스트에 올리면 반응이 좋겠군. 기껏 풀코스를 먹으러 왔는데 반주가 미네랄 워터라 심심하다고 생각하는 손님도 많을 테니.]

에두아르의 동의를 얻은 아야토는 밑져야 본전이라는 마음으로 줄리오에게 물었다.

[이 주스는 시장에 판매하지 않으시나요?]

[보존료를 넣지 않기 때문에 유통 기한이 짧은 데다, 생산 수가 그렇게 많지 않기 때문에 그냥 마을 사람들끼리만 나눠 마십니다.]

역시 힘들구나.

아야토가 낙담하려던 바로 그때,

[하지만 만약 필요하시다면 특별히 넘겨 드리겠습니다.]

줄리오가 그렇게 제안하자, 아야토는 눈을 반짝였다.

[정말이세요?]

[나루미야 씨처럼 다른 일본 분들도 이 주스의 가치를 알아주시리라 믿습니다.]

[감사합니다!]

머리를 깊이 숙이고 나서 상체를 원위치로 돌리자, 줄리오가 주름 깊은 얼굴에 겨울 햇살 같은 온화한 미소를 짓고 있었다.

* * *

"보아하니 줄리오는 네가 마음에 든 것 같군."

줄리오가 일을 하기 위해 테이스팅 룸에서 나가고 단둘이 남자 마자 에두아르가 기분 좋은 목소리로 말했다.

"줄리오는 자신이 키운 포도를 진심으로 사랑하거든. 주스를 넘겨 주겠다는 건 너를 자기 자식을 맡길 만한 사람이라고 인정한 증거야."

만약 그렇다면 기쁘지만, 그가 정성을 들여 제조한 와인과 주스를 맡는 입장으로서 강한 책임 또한 느껴졌다. 귀중한 물건을 양도받게 됐으니 소중히 취급하도록 하자.

아야토는 감사의 마음과 함께 자신의 책임과 의무를 가슴에 새긴 다음, 에두아르를 향해 몸을 돌렸다.

"이곳에 데려와주셔서 감사합니다. 와인 양조 과정을 보면서 정말 많은 공부가 되었습니다."

"도움이 되었다니 다행이군."

"네, 정말. ……여기서 만들어지는 맛있는 와인을 더 많은 분들께서 맛보실 수 있도록 저도 조금이나마 도움이 되고 싶습니다."

"응. 와인 제조는 우리 그룹의 본업이야. 지금은 주요 사업이 아니지만, 설령 수지가 맞지 않는다 하더라도 계속 질 좋은 와인을 만들어 나가고 싶어."

그렇게 말하는 에두아르의 진지한 눈을 보니 역시 그도 태어나 자란 토지와 그 토지에 뿌리내린 사업을 사랑하고 있다는 것을 알 수 있었다.

한차례 등을 돌린 고향.

모친과 관계된 고통스러운 추억이 남아 있는 토지에 자신을 얽

매던 굴레를 극복하고 돌아왔다.

겨우 돌아온 그가 시칠리아에 또다시 등을 돌리는 모습은 보고 싶지 않다.

형제가, 부모 자식이 예전처럼 사이좋게 이 저택에 모이게 하기 위해.

그를 위해 자신이 할 수 있는 일은 뭐가 있을까? 무엇을 해야 할까?

연인의 얼굴을 쳐다보며 생각에 잠겨 있으려니, 에두아르가 "이 탈리아어." 하고 중얼거렸다.

"네?"

"날 위해 공부해주는 거라고 자만해도 될까?"

"그건……."

그 말이 맞지만, 얼굴을 마주 보고 인정하기는 부끄러웠던 아야 토는 천천히 고개를 숙였다.

"아야토."

에두아르는 벨벳 같은 질감을 가진 달콤한 테너톤 목소리로 이 름을 부르더니, 위팔에 자신의 손을 가져다 댔다. 그리고 그대로 껴 안으려 하는 기척을 감지하자마자 아야토는 반사적으로 몸을 뒤로 피했다.

"이러시면 안 됩니다."

"아야토?"

거부를 당하자, 에두아르가 미간을 찌푸리며 "왜 그래?" 하고 의 아한 목소리로 물었다.

"우리 말고 아무도 없어."

어제도 그런 줄 알았지만, 사실은 막시밀리안과 루카가 키스하는 장면을 보고 있었다. 모든 일에 반드시 절대는 없다는 것을 뼈저리게 깨달았다.

내일모레 이곳을 떠나기 전까지 항시 긴장하고 있지 않으면 작은 방심으로 인해 큰일이 벌어질 가능성도 있다.

"방으로 돌아가시죠."

타이르듯이 속삭이며 에두아르에게서 떨어지려던 직후, 천장에 달린 전등이 훅 꺼졌다.

"……윽."

느닷없이 어둠에 감싸인 아야토의 목에서 비명이 새어 나왔다.

"정전인가?"

'정전?!'

지하이기 때문에 창문에서 엷은 햇살이 비쳐 들어오는 일도 없었다.

작년 가을에 카사호텔 보일러실에 갇힌 이후……, 오랜만에 칠흑같은 어둠에 감싸였다.

정전인 것을 알고 있어도 조건반사적으로 몸이 차가워졌다.

어둠이 무서운 이유는 열세 살 여름에 사고로 부모님을 잃은 후유증이며, 의사로부터 PTSD라는 진단을 받았다.

"……아."

다리가 가늘게 떨리기 시작하면서 그 자리에 주저앉기 직전에 에두아르가 위팔을 잡았다. 그러더니 힘을 잃은 몸을 쭉 끌어 올리고는, 따뜻한 품에 꼭 껴안아주었다.

귓가에서 "괜찮아." 하고 속삭이는 목소리가 들렸다.

"아마 일시적인 정전일 테니, 금방 불이 들어올 거야."

등을 쓰다듬어주는 커다란 손. 몸을 뒤덮는 듯한 달콤한 향기.

"내가 같이 있으니까……, 괜찮아."

격려해주는 다정한 목소리와 밀착한 가슴에서 전해지는 또렷한 심장 소리를 듣고 있는 사이에 시끄럽게 벌렁벌렁 뛰던 가슴이 조금씩 진정되기 시작했다. 떨리던 다리도 차츰 원래대로 돌아왔다.

예전에는 설령 옆에 사람이 있어도 어둠 속에 있다는 것만으로 혼란 상태에 빠졌다.

호흡이 얕아지고, 눈물이 멈추지 않아……, 너무나도 고통스러웠다.

하지만 지금은……, 에두아르의 온기가 있으면 마음이 차분해진다.

그의 말대로 괜찮다는 생각이 든다.

'……무섭지 않아.'

따뜻한 품에 뺨을 부비부비 비벼 댄 그 찰나, 꺼졌을 때와 마찬가지로 느닷없이 주위가 밝아졌다.

"켜졌군. 다행이다."

에두아르가 아야토를 가슴에서 떼어 내고는, 얼굴을 가만히 들여다보았다.

"괜찮아? 많이 무서웠지? 미안해."

"아뇨……, 저야말로 감사합니다."

아야토는 진심을 담아 감사를 전했다.

'당신이 없었다면 틀림없이 나잇값도 못하고 울음을 터뜨려버렸을 테니까요.'

에두아르가 피식 미소를 지었다.

"어둠 속에서 널 이 품에 처음으로 안았을 때를 떠올렸어."

"아로마호텔 엘리베이터 말씀인가요?"

"그래. 오들오들 떠는 너를 껴안은 그 순간, 난 사랑에 빠졌지."

"……."

자신은 그 전에 이미 사로잡히고 말았다.

보석처럼 반짝이는 아이스블루색 눈동자에.

"지금 널 품에 안으면서 또다시 사랑에 빠졌어."

"에두아르……."

가슴이 달콤쌉쌀하게 조여 왔다.

"키스해도 돼?"

애달픈 얼굴로 조르자……, 도저히 거스를 수 없었다.

방금 전에 마음속으로 맹세한 참인데 ── .

자제심이 약한 자신을 원망하면서도 유혹에 거역할 수 없었던 아야토는 연인의 입술을 받아들이기 위해 천천히 눈을 감았다.

제 9 장

　그날 아침, 루카는 늦잠을 잤다.

　일곱 시에 일어날 계획이었지만 좀처럼 스스로 일어나지 못하고 막시밀리안의 재촉에 겨우 일어나보니 일곱 시 반이 넘어 있었다. 황급히 세수를 한 다음, 이를 닦고 몸단장에 들어갔다.

　늦잠의 원인은 피곤한데도 불구하고 잠을 설쳤기 때문.

　뜻하지 않게 작은형의 비밀을 알아버리고 신경이 곤두선 탓에 침대에 눕고 나서도 좀처럼 잠을 이루지 못했기 때문이다.

　눈을 감아도 눈꺼풀 안쪽에 에두아르와 나루미야가 키스를 나누던 장면이 반복 재생되면서 ——.

　항상 화려한 여성들에게 둘러싸여 지내던 에두아르 형이 설마 동성의 연인을 사귀게 되다니…….

정말 깜짝 놀랐다.

확실히 나루미야는 처음 만났을 때부터 저도 모르게 넋을 잃고 쳐다볼 정도로 아름답고, 독특한 분위기가 있었다. 에두아르가 끌리는 것도 이해는 간다.

눈부시게 화려한 미모를 가진 형과 하얀 백합처럼 청초한 아름다움을 가진 나루미야는 비주얼로 봤을 때도 잘 어울리는 커플이었다.

하지만 아마 에두아르는 외모가 아니라 그의 내면에 끌렸을 것이다. 그 인간성에.

그야 외모만 봤다면 굳이 남자인 나루미야를 택할 필요가 없다. 에두아르는 지금까지도 줄곧 여자와 사귀어 왔던 데다, 역대 연인들은 자신이 알고 있는 사람만 해도 다 엄청난 미녀들이었다. 톱 모델, 재색을 겸비한 유명 여성 기업가, 그중에는 누구나 아는 세계적인 배우도 있었다.

사교계에서도 에두아르의 인기는 어마어마했다. 어떤 파티에 가든 형 주변에는 여자들이 몰려 있었기 때문에 아무리 멀리 떨어져 있어도 한눈에 '에두아르가 있는 곳'을 알 수 있을 정도였다.

어린 루카는 사교계의 꽃이라는 비유가 세련되고 우아한 작은형을 위해 있는 말이라고 여겼다.

형 또한 플레이보이는 아니지만 굳이 예를 들자면 박애주의자라고 할까, 나이를 불문하고 여자에게 다정하고, 자신에게 열심히 대시하는 여자에게는 나름대로 보답하려 했던 것 같다. 특히 한때는 만날 때마다 데리고 있는 여자가 다른 시기가 있었다.

단, 열을 올리는 쪽은 항상 상대 여성이었고, 에두아르는 그다지 마음이 있는 것처럼 보이지 않았다.

누구에게나 똑같이 다정한 반면, 특정 인물에게 집착하거나 마음을 쏟아붓지 않았다.

그래서 왠지 모르게 형에게는 정말로 좋아하는 사람이 따로 있을 것 같다……는 생각을 하곤 했다.

마음속에 숨겨 둔 진정으로 사랑하는 상대가 어딘가에.

그 에두아르가 화려한 씨싱 펄럭 끝에 택한 상대는 바로 같은 남자인 나루미야였다.

공공연히 밝힐 수 없는 상대.

평생 동안 두 사람이 사교계에서 축복받을 일은 없을 것이다.

오히려 스캔들이 될지도 모르는 관계.

그럼에도 불구하고 그를 택했다.

분명히 진심일 것이다.

어제 에두아르를 보고 그렇게 확신했다. 그런 식으로 안간힘을 다해……, 체면 따윈 개의치 않고 누군가에게 집착하는 에두아르를 본 적은 처음이었기 때문이다.

그렇다면 두 사람은 아무리 반대를 당해도 절대로 헤어지지 않을 것이다.

【팔라초 로셀리니】까지 나루미야를 데려왔다는 건 에두아르의 각오를 나타내는 증표인 것 같다는 기분이 들었다.

과거에 에두아르는 한 번도 가족에게 연인을 소개한 적이 없기 때문이다.

'진심이구나……'

새삼스레 에두아르의 진심을 실감한 루카는 리본 타이를 매던 손을 멈추었다.

막시밀리안과 자신, 그리고 에두아르와 나루미야.

두 동생이 동성의 연인과 교제 중이라는 사실을 알면 레오나르도는 기절초풍할 것이다.

레오나르도는 마초까지는 아니더라도 완고한 면이 있기 때문에 남자끼리의 연애를 본능적으로 받아들이지 못하지 않을까?

퇴폐적, 타락적이라고 인식하고 모욕할까……?

그래도 아직 에두아르와 나루미야는 두 사람 다 충분히 어른인데다, 경제적으로도 정신적으로도 자립한 상태이기 때문에 어쩔 수 없다며 포기해줄지도 모르지만.

자신과 막시밀리안의 사이는 허락해주지 않을 것이다.

성인이 되었다고는 해도 자신은 아직 경제적으로 자립하지 않았으니까.

── 루카 님. 지금 보신 것은 아무에게도 말씀하시면 안 됩니다.

어젯밤 막시밀리안이 신신당부했던 말을 떠올렸다.

그렇게 말하지 않아도 다른 사람에게 말할 생각은 없다.

'그래. 만약 모든 관계가 밝혀진다 하더라도, 에두아르 형 커플이 아니라 나와 막시밀리안을 갈라 놓으려 할 거야. 그러니까 절대로 레오나르도 형과 아버지에게 들켜선 안 돼.'

다시 한 번 마음에 깊이 새기고 있으려니, 막시밀리안이 꾸물대는 루카를 기다리다가 지쳤는지 침실을 들여다보며 말을 걸어왔다.

"루카 님, 옷은 다 갈아입으셨습니까?"

"아……, 미안, 리본이 잘 안 묶여서."

"제가 도와드리겠습니다."

침실로 들어와서 루카 앞에 서더니 익숙한 손놀림으로 리본을 매는 막시밀리안을 멍하니 올려다보면서 생각했다.

막시밀리안은 어제 그 일에 대해 어떻게 생각할까?

자신에게 함구령을 내린 이후로 그 일에 관해서는 아무 말도 하지 않았다.

일부러 그렇게 말했다는 것은, 에두아르와 나루미야의 관계를 발단으로 자신들에게 누가 미칠까 봐 두려워하고 있는 걸까?

확실히 하나의 비밀이 또 하나의 비밀에 어떤 파급이 있을지 지금 시점에서는 모르니까.

시선 끝의 단정한 얼굴에서는 무슨 생각을 하고 있는지 전혀 읽어 낼 수 없었다. 단, 막시밀리안의 속내는 오늘만이 아니라 항상 읽을 수 없지만……

연인의 생각을 투시할 수 없을지 기대를 담아 청회색 눈동자를 가만히 응시하고 있으려니, 시선이 딱 마주쳤다.

"……윽."

한마디 들을 줄 알고 경계한 순간, 막시밀리안이 목에서 손을 쓱 떼었다.

그러더니 몇 발짝 뒤로 물러나서 전신을 확인한 다음, "괜찮네요." 하고 중얼거렸다. 리본이 마음에 드는 모양새로 묶였나 보다.

"겉옷은 어떤 게 좋을까?"

"오늘은 엘자 님의 저택을 방문하실 예정이니, 까만 벨벳 소재 재킷이 좋을 것 같습니다. 지금 준비하겠습니다."

워크인 클로짓에서 재킷을 꺼내 온 막시밀리안이 루카의 등 뒤로 돌아간 다음, 재킷을 벌려 입혀주었다.

"고마워."

"구두 끈은 매셨습니까?"

"응."

"그럼 아침 식사를 하러 식당으로 가시죠."

본심을 말하면 형들과 얼굴을 마주하려니 마음이 무거웠지만 어쩔 수 없다.

루카는 막시밀리안의 재촉에 마지못해 고개를 끄덕였다.

* * *

1층으로 내려갔더니 식당에는 이미 에두아르와 나루미야가 앉아 있었다.

두 사람이 나란히 앉아 있는 모습을 본 순간, 어젯밤의 그 장면이 뇌리에 되살아나면서 심장이 철렁 뛰었다.

'떠, 떠올리면 안 돼.'

"루카, 좋은 아침."

"루카 님, 안녕히 주무셨습니까?"

두 사람의 인사를 받은 루카는 약간 굳은 미소를 지으며 "좋은 아침." 하고 대답했다.

한편 막시밀리안은 어젯밤 일 따윈 전혀 티도 내지 않고 아무렇지도 않은 얼굴로 "안녕히 주무셨습니까?" 하고 두 사람에게 인사한 다음, 루카의 의자를 뒤로 빼주었다.

루카는 막시밀리안과 나란히 앉은 뒤, 의도적으로 에두아르 쪽을 보았다. 지금 극복해 놓지 않으면 앞으로 계속 얼굴조차 제대로 볼 수 없을 것 같았기 때문이다.

"레오나르도 형과 아키라 씨는?"

"아직 안 왔어. 좀 있으면 오겠지."

"에두아르 형, 어제……, 어디 아팠어?"

"아니, 조금 피곤했을 뿐이야. 걱정 끼쳐서 미안해."

다정하게 미소 짓는 에두아르를 보자, 죄책감이 확 치밀어 올랐다.

'보고 싶어서 본 것도 아니지만……, 봐서 미안.'

마음속으로 사과하고 있던 참에 레오나르도와 아키라가 입구를 지나 식당으로 들어왔다.

"레오나르도 형, 아키라 씨, 좋은 아침."

마음을 다잡은 루카는 두 형에게 말을 걸었다. 아키라가 웃는 얼굴로 "좋은 아침." 하고 인사해주었다.

"루카, 잘 잤니?"

레오가 묻자, 루카가 "응, 푹 잤어." 하고 대답했다.

거짓말이었지만, 잠을 설쳤다고 털어놓았다가 왜 못 잤냐고 추궁당하면 곤란하기 때문이다.

"침대에 눕자마자 바로 잠든 거 있지? 스스로 생각했던 것보다 훨씬 피곤했었나 봐."

"그렇구나. 막시밀리안은 어땠나?"

"좋은 방을 준비해주신 덕분에 푹 쉬었습니다."

"에두아르는? 어젯밤 디너에도 안 왔잖아."

"미안. 둘 다 이동하느라 피곤해서 먼저 쉬었어."

그렇게 사과한 에두아르가 입가에 미소를 지었다.

"어제 좀 쉬고 났더니 이제 괜찮아."

"걱정을 끼쳐드려 죄송합니다."

나루미야가 고개를 숙여 사과했다.

"아니……, 회복했다니 잘됐군. 다들 잘 쉰 것 같아서 다행이다."

너그러운 동작으로 고개를 끄덕인 레오가 정면에 있는 지정석에 착석하자, 아키라도 자리에 앉았다.

전원이 모이기를 기다리고 있었다는 듯이 곧바로 카푸치노와 방금 짜낸 블러드오렌지 주스가 서빙되는 것을 시작으로 아침치고는 기합이 들어간 요리가 잇따라 테이블에 놓였다.

'으아……, 양이 어마어마해!'

그 양에 압도된 루카는 내심 비명을 질렀다.

모든 요리가 다 맛있어 보였지만……, 아무튼 양이 많았다.

원래 식욕이 왕성한 편이 아닌 데다, 오늘 아침은 긴장한 탓에 위가 오그라든 상태였다. 도저히 전부 먹을 수 있을 것 같지 않았다.

난감해하면서도 우선 카푸치노를 마시고 있으려니, 레오나르도의 목소리가 들려왔다.

"왜 그래? 식욕이 없는 것 같네. 어디 안 좋아?"

자신에게 한 말인 줄 알고 뜨끔했지만, 레오나르도의 시선은 아키라를 포착하고 있었다.

"아니……, 괜찮아."

"어젯밤에 마구간에 갔다 온 이후로 상태가 이상하군. 밤바람 맞아서 감기 걸린 것 아니야?"

"아……, 아니……, 아냐……."

말을 더듬거리는 아키라의 목소리에 낮은 목소리가 포개졌다.

"마구간에 가셨습니까?"

'막시밀리안?'

자신의 옆에 앉은 막시밀리안이 아키라를 똑바로 응시하고 있었다. 기분 탓인지 날카로운 시선이 향하자 얼굴이 굳어진 아키라가 막시밀리안으로부터 눈을 쓱 돌렸다.

"근데 갔다가 금방 왔어……."

낮은 목소리로 중얼거린 아키라는 추궁에서 달아나듯이 레오나르도 쪽을 보았다.

"감기 걸린 거 아니야. 그냥 요새 소화가 잘 안 되더라고."

"그럼 소화제 먹어. ……루카, 너도."

"응?"

뜬금없이 화살이 자신을 향하자, 루카는 어깨를 흠칫 떨었다. 저도 모르게 동요한 목소리가 나왔다.

"내, 내가 왜?"

"너도 전혀 못 먹고 있잖아."

모두의 시선이 자신에게 집중된 것을 느끼고는, 뺨이 확 뜨거워졌다.

"하, 항상 아침엔 이렇게 많이 안 먹어서 그래."

중얼중얼 변명을 입에 담자, 레오나르도가 타일렀다.

"기껏 요리장이 일찍 일어나서 솜씨를 발휘했으니 되도록 많이 먹어."

"으, 응……."

고개를 끄덕이긴 했지만, 그렇다고 식욕이 나는 것도 아니었기에 결국 접시를 치울 때까지 음식은 거의 먹지 못했다.

*　　*　　*

엘자 고모 댁으로 향하는 리무진 안에서도, 고모를 방문 중에도,

그리고 돌아오는 길에도 루카는 형들 사이에 흐르는 어색한 분위기를 느꼈다.

원래 큰형과 작은형은 사이가 굉장히 좋다고는 할 수 없는 미묘한 관계였다.

그래도 평소에는 자신이 윤활제 역할을 다하지만, 오늘은 루카도 두 사람 사이를 제대로 중재하지 못했다.

루카 자신도 에두아르에게 평소처럼 대하지 못했고, 에두아르 또한 레오나르도에 대한 태도가 어딘지 모르게 어색했다. 그리고 레오나르도는 레오나르노내토 엘자 고모에게 '결혼해라, 어서 후계자를 낳아라'라는 잔소리를 쉴 새 없이 듣는 탓에 약간 녹초가 된 것 같았다. 그래서 그런지, 특히 저택으로 돌아오는 차 안은 침묵에 지배되는 시간이 길었다.

거의 아무런 대화도 없이 세 시 넘어【팔라초 로셀리니】에 돌아왔다.

【팔라초 로셀리니】에 돌아오자마자 레오나르도는 그를 기다리고 있던 단테, 요리장과 내일 만찬회에 대한 의논에 들어갔다.

막시밀리안도 준비에 쫓기고, 레오나르도의 보좌역인 아키라도 분주해 보였다.

에두아르와 나루미야는 모습이 보이지 않았지만, 듣자 하니 지하 양조장을 견학하러 간 듯했다.

전 당주인 아버지의 방문을 코앞에 두고 저택 전체가 부산한 분위기에 휩싸인 가운데, 루카에게만 '할 일'이 없었다.

일단 막시밀리안에게 돕겠다고 제안해 보았지만, "마음은 고맙지만."이라는 서론 뒤에 "루카 님께서는 방에서 조용히 지내주십시오." 하고 완곡하게 거절당했다.

넌지시 방해하지 말라고 말하는 것 같아 약간 울컥했지만, 실제로 모두의 도움이 될 만한 능력 하나 없기 때문에 더 이상 물고 늘어질 수도 없었던 루카는 풀이 죽어 방으로 물러날 수밖에 없었다.

마찬가지로 어디 있을 곳이 없어서 도망쳐 온 파고를 발밑에 앉힌 채 책을 읽고 TV를 보면서 지내는 사이에 해가 저물었다.

저녁 식사는 식당에서 다 같이 먹었지만, 디너가 끝나자 살롱에서 티타임을 갖지 않고 그대로 해산했다. 레오나르도를 필두로 아키라, 막시밀리안, 단테, 그리고 에두아르와 나루미야까지 이래저래 바빠 보여 말을 걸기도 힘들었다.

루카는 적어도 모두의 방해가 되지 않도록 또다시 혼자서 방으로 돌아갔다.

목욕을 하고 머리를 말렸더니 곧바로 할 일이 없어졌다. 책장에 꽂힌 책 중에서 다시 읽고 싶은 책은 이미 다 읽은 데다, 원래 TV는 뉴스 외에 보지 않는다.

시간을 주체하지 못하고 있던 루카는 일본에서 가져온 노트를 꺼내 리포트 개요 작성 작업에 들어갔다.

한동안 책상에 앉아 집중하던 중, 문득 손을 멈추었다. 시계를 확인하니 열한 시가 넘은 시각이었다.

손에 쥐고 있던 펜을 놓고, 노트를 탁 덮었다.

막시밀리안은 한 번도 얼굴을 보이러 오지 않았다.

'아직도 바쁜가?'

아래층으로 내려가서 상황을 살펴보고 싶었지만, 어슬렁대다가 걸리적거리는 것도 싫었다.

조금 이르지만, 오늘은 이만 침대로 들어가자.

내일은 가급적이면 아버지를 만전의 상태로 맞이하고 싶다.

그렇게 결심한 루카는 "너도 이제 자러 가." 하고 파고를 복도로 내보냈다. 자신은 침실로 가서 캐노피 침대 위를 기어올랐다. 그리고 머리맡 라이트 불빛을 최내한으로 줄인 다음, 혼잣말을 하듯이 "안녕히 주무세요." 하고 중얼거리고 눈을 감았다.

"······."

하지만 잠이 오지 않았다.

어젯밤과 똑같았다. 요새 잠이 부족해서 곧바로 잠들 법도 한데······, 잠을 잘 수 없었다.

자자. 자야 돼. 그렇게 생각하면 생각할수록 잠의 요정은 점점 멀어져 갔다.

아직 신경이 곤두선 상태인 걸까?

'빨리 자자······, 자자.'

자신에게 암시를 걸면서 질끈 감은 눈꺼풀 뒤쪽에 막시밀리안의 얼굴이 떠올랐다.

막시밀리안.

이렇게 가까이에 있는데도 오늘은 거의 이야기를 나누지 못했다.

시칠리아에 온 이후로 거의 단둘이 있지 못했다.

단둘이 있는다 하더라도 주위의 눈을 신경 쓰느라 진심으로 마음 편히 어리광 부릴 수 없었다.

막시밀리안도 긴장하고 있다는 것을 알기 때문에 더더욱 어리광을 부리기 어려웠다…….

이렇게 곁에 있는데도……, 아니……, 곁에 있기 때문에 마음껏 스킨십을 나눌 수 없어 안타까웠다.

가까이에 있으면서 그 얼굴을 바로 옆에서 봐도 마음이 충족되지 않았다. 외롭다…….

막시밀리안을 생각하고 있으려니 차츰 슬픈 기분이 들었다.

이렇게 되리라는 것은 알고 있었던 데다, 각오도 했지만…….

'그래도 역시 외로워.'

한숨을 쉬면서 몇 번 뒤척였지만, 잠의 요정이 찾아오기는커녕 점점 머리가 맑아졌다. 결국 루카는 덮고 있던 이불을 걷고 벌떡 일어났다. 그리고 침대에서 내려가서 실내화를 신었다.

잠옷 위에 카디건을 걸친 뒤, 방에서 나갔다.

인기척이 없는 복도를 타박타박 걸어 대계단이 있는 천장이 뻥 뚫린 홀에 다다랐다. 아래층에서는 아직 희미한 소리가 들려왔다. 내일 준비가 이어지고 있을 것이다.

발소리를 죽이고 대계단 앞을 통과한 루카는 객실 문 앞을 몇 개 지나쳐 막시밀리안이 머무는 방 앞에 섰다. 방에 돌아가 있을지 어떨지는 모르지만, 일단 문을 노크해보았다.

"누구십니까?"

잠시 후, 문 건너편에서 대꾸가 돌아왔다.

막시밀리안이 방에 있어!

목소리를 들은 것만으로도 신이 난 루카가 "나야." 하고 대답하자, "루카 님?!" 하고 중얼거리는 소리가 들려오더니 문이 열렸다. 스리피스 슈트 차림의 막시밀리안이 복도에 서 있는 루카를 보고는, 안경알 안쪽의 두 눈을 가늘게 떴다.

"무슨 일이십니까?"

"막시밀리안, 바쁜 일은 끝났어?"

"지금 아래층에서 막 올라온 참입니다."

"그렇구나. ……내 방에도 들렀다 가지."

그만 원망스러운 듯한 목소리가 나오고 말았지만, 막시밀리안은 전혀 미안해하는 기색도 없이 "벌써 주무셨을 것 같아 방에는 찾아뵙지 않았습니다." 하고 대답했다.

약간 충격이었다.

난 막시밀리안을 생각하느라 잠들지 못했는데, 막시밀리안은 내 얼굴을 안 봐도 전혀 아무렇지 않구나.

지금 막시밀리안의 마음을 차지하고 있는 사람은 내일 이곳에 오는 아버지.

머릿속이 아버지로 가득 차서 내 생각 따윈 할 여유가 없는 거야.

그런 생각이 들자 따끔따끔 타들어 가는 듯한 아픔이 가슴을 스쳤다.

루카는 막시밀리안과 이런 관계가 된 이후로 친아버지에게 일방적인 라이벌 의식을 갖고 있었다.

아버지는 고아였던 막시밀리안을 거둬 일을 주고, 교육을 받게 하고, 그룹의 핵심을 담당하는 위치까지 키워 냈다. 아버지는 막시밀리안에게 특별한 존재. 지금은 은퇴한 아버지가 아니라 레오나르도 밑에서 일하고 있지만, 충성심은 틀림없이 아직도 아버지를 향해 있을 것이다.

나와 아버지, 둘 중 누가 더 소중해?

아무리 그래도 그런 질문은 역시 할 수 없지만.

"침대에 누워서 한 시간 정도 노력은 해봤는데……."

"잠이 안 오셨습니까?"

"응."

막시밀리안이 미간을 찌푸렸다.

"큰일이네요."

막시밀리안이 정말로 난처해하는 것을 알고 나니 마음이 우울했다.

폐를 끼치고 싶은 건 아닌데…….

"미안……."

사과하자, 막시밀리안은 작게 한숨을 내쉬었다.

"알겠습니다. 루카 님의 방으로 가죠."

"뭐? 정말?"

"잠드실 때까지 제가 곁에 있겠습니다."

"응!"

저도 모르게 큰 소리를 내는 바람에 "쉿." 하고 주의를 받았다.

"조용하십시오."

"……네."

목을 움츠리며 두 손으로 입가를 막았다. 혼이 나서 기뻤다.

아까와는 완전히 다른 가벼운 발걸음으로 막시밀리안과 함께 복도를 지나 자신의 방까지 돌아갔다.

침실 침대에 파고들자, 막시밀리안이 이불을 어깨까지 덮어주었다.

"정말로 잠들 때까지 곁에 있어줄 거야?"

"네."

"정말?"

"곁에 있겠습니다."

안도와 동시에 욕심이 난 루카는 자신을 내려다보는 청회색 두 눈동자를 가만히 올려다보았다.

"있지……, 막시밀리안……."

앙탈을 부리듯이 달콤한 목소리로 부르자, 막시밀리안이 미간을 찌푸렸다. 입 밖에 내지 않아도 루카가 무엇을 요구하려고 하는지 훤히 알고 있는 것 같았다.

"루카 님. 안 됩니다."

"조금만……."

"안 됩니다."

"부탁이야. 그럼 잘 수 있을 것 같단 말이야."

기도하는 모양새로 두 손을 모으자, 한동안 갈등하듯이 침묵하던 막시밀리안은 "후우……." 하고 한숨을 크게 내쉬었다.

"정말 잠깐입니다."

"신난다!"

루카는 얼굴을 환하게 빛내며 몸을 일으켰다. 몸을 앞으로 굽힌 막시밀리안의 목에 두 팔을 감고 꽉 껴안았다.

빈틈없이 착 붙인 넓고 단단한 가슴에서 쿵, 쿵, 규칙적인 심장 소리가 전해져 왔다.

사랑하는 사람이 살아 있다는 증거.

그렇게 생각하니 심장 고동 한 박자, 한 박자가 참을 수 없이 사랑스러웠다.

"막시밀리안의 심장 소리……, 듣고 있으면 마음이 차분해져."

"……루카 님."

흘러넘칠 것 같은 마음을 꾸역꾸역 억누르는 듯한 애달픈 저음이 귓바퀴를 떨리게 했다.

막시밀리안도 자신과 같은 마음일 것이다.

그런데도 안아주지 않는 연인을 보고 있으려니 왠지 가슴이 미어졌다.

사실은 더 제대로 안고 싶다.

평소처럼 꽉 안아줬으면 좋겠다. 키스해줬으면 좋겠다.

이 불안한 마음을 뜨겁고 정열적인 키스로 녹여줬으면 좋겠다.

하지만 막시밀리안은 그 간절한 소원에 보답해주지 않고 얼마 안 있어 루카의 몸을 떼어 내려 했다.

'벌써?'

아직 부족하다. 전혀 부족하다.

"싫어."

"루카 님……. 잠깐이라고 약속하셨잖습니까? 말씀 들으세요."

"싫어, 싫어!"

"이거 놓으십시오!"

"흑……."

여태까지 들어본 적이 없는 매서운 목소리로 주의를 받자 몸이 흠칫 떨렸다.

'왜?'

충격을 받은 것과 동시에 슬픔이 왈칵 밀려왔다. 루카는 눈물을 글썽거리며 막시밀리안을 노려보았다. 그런 다음, 험악한 표정을 띤 막시밀리안의 목에 다시 한 번 매달려 입술에 입술을 갖다 댔다.

밀어붙인 입술로 막시밀리안의 입술을 안간힘을 다해 정신없이 빨았다.

하지만 막시밀리안은 응해주지 않았다.

뭔가를 참고 견디는 듯한 매서운 얼굴로 입술을 꾹 다물고 있었다.

자신이 포기하고 떨어지기를 기다리는 것을 감지하고는, 루카의 승부욕에 불이 붙었다.

'반드시 그런 기분으로 만들어주겠어!'

막시밀리안의 뒤통수와 목덜미에 팔을 감아 몇 번이나 열심히 빨았다. 빨고, 핥고, 문질러 대고…….

그래도 반응이 없는 연인의 모습에 조바심을 내고 있으려니, 등 뒤에서 덜컹, 소리가 났다.

밀착한 몸이 주춤거리자 이변을 느끼고 실눈을 뜬 루카는 바로 앞에 있는 막시밀리안의 눈이 점차 커지는 것을 보았다. 조심스레 목을 뒤로 꺾었다.

주실과 침실 경계에 서 있는 장신이 시야에 들어왔다.

눈을 휘둥그렇게 뜨고 멍하니 서 있는 큰형의 모습을 확인한 찰나, 목덜미에 소름이 확 끼쳤다.

"레……레오나르도 형?!"

비명 같은 루카의 외침이 울려 퍼지자, 얼어붙어 있던 레오나르도가 어깨를 떨었다.

그 표정이 점차 경악에서 분노로 바뀌었다.

몹시 성을 내며 눈을 부릅뜬 레오나르도가 폭발했다.

"너희……, 대체 뭐 하는 거야?!"

노십사와 엉주관과 세 아들

  그날, 【팔라초 로셀리니】는 근년에 보기 드문 분주한 아침을 맞이했다.

  정확히 말하자면 그 며칠 전부터 일대 이벤트를 앞두고 저택 사용인들은 어수선한 일상을 보내고 있었다.

  몇 년 만에 이 저택 식구가 함께 새해를 보내기 위해 집결하는 것이다.

  작년 말에 현 당주인 레오나르도로부터 그 이야기를 들었을 때, 단테는 오랜만에 가족이 모두 모여 얼굴을 마주하는 것을 진심으로 기뻐하는 것과 동시에 저택 사용인을 총괄하는 몸으로서 마음이 긴장하는 것을 느꼈다.

예전처럼 당연했던 가족의 웃음소리가 얼마나 오래 전에 이 저택에서 사라졌는지 모른다.

돈 카를로의 세 번째 부인이었던 미카가 병으로 몸져누워 세상을 떠난 이후, 빗살이 하나씩 빠지듯이 한 사람, 또 한 사람 이 저택을 떠났다. 마침내 레오나르도 혼자 남겨진 저택은 떠들썩한 지난날을 봉인한 듯이 조용히 침묵했다.

레오나르도는 현 상황에서 눈을 돌리듯이 일에 몰두하며 집을 비우기 일쑤였고, 저택은 1년 중 거의 대부분을 주인 없이 보내게 되었다.

예전에는 주말마다 찾아오던 손님도 맞이할 일이 없어졌고, 요리장이 솜씨를 발휘할 기회도 급격히 줄어들었다.

사용인들은 방문하는 사람들마다 비스콘티 감독의 영화 속에 들어온 것 같다고 감탄하게 만드는 저택의 아름다움을 유지하기 위해 최대한의 노력을 아끼지 않았다.

그들은 【팔라초 로셀리니】에서 일하는 것을 자랑스럽게 여기고, 사용인들 모두가 이 아름다운 영주관을 사랑했기 때문이다.

그 마음은 3대째 로셀리니가를 섬기며 이 저택에서 인생의 거의 대부분의 시간을 보냈기에 행복했던 시절도, 슬픈 시절도 알고 있는 단테 또한 마찬가지였다.

언젠가 또다시 저택이 옛날의 그 떠들썩함을 되찾는 날이 반드시 올 것이다. 그렇게 믿고 엄숙하게 자신들의 직무를 다하는 나날이 이어졌다.

그리고 1년 반 전, 오랫동안 정체 시기가 계속됐던【팔라초 로셀리니】에 새로운 주민이 찾아왔다.

당주가 일본에서 데려온 '그'를 처음 봤을 때 느꼈던 놀라움은 아직도 선명하다.

10년 전에 세상을 떠난 안주인이 살아 돌아온 줄 알았다.

자세한 사정을 듣지 않아도 '그'가 미카의 아들이라는 사실은 일목요연했다.

단테는 레오나르도에게서 '그' —— 하야세 아키라의 시중을 들라고 하는 명령을 받았다.

새로운 환경에 혼란스러워하는 아키라를 돌보고 말을 나누는 사이에 그가 외모만이 아니라 내면 또한 모친의 미점을 물려받았다는 것이 느껴졌다.

심지가 굳고, 총명하고, 타인을 배려하는 마음을 갖고 있다.

늘 사용인들까지 배려하는 점은 미카와 똑 닮았다.

아키라가【팔라초 로셀리니】에 살게 된 이후로 레오나르도는 눈에 보이게 밝아졌다.

저택에 성실히 돌아왔으며, 휴일에도 저택 안에서 지내게 되었다.

또다시 주인을 얻은【팔라초 로셀리니】는 왕년의 밝은 분위기를 되찾았다.

숨기긴 했지만, 레오나르도가 아키라를 사랑한다는 사실은 옆에서 봐도 명백했다. 아마 눈치채지 못한 사람은 당사자인 아키라뿐일 것이다.

사용인들은 모두 마음속으로 주인의 사랑이 결실을 맺기를 바랐다.

그래서 아키라가 귀국하게 됐을 때는 사용인들도 슬픔에 잠겼다. 아키라와의 이별도 가슴이 아팠지만, 주인의 상심을 생각하며 조용히 눈물을 흘렸다.

또다시 암흑의 시대가 찾아오는 것인가.

암담한 예감을 앞두고 단테도 마음이 무겁게 가라앉는 것을 느꼈다.

하지만 그 후 벌어진 급전개로 인해 아키라는 귀국하지 않고【팔라초 로셀리니】에 돌아왔다. 레오나르도의 부상이라는 시련을 동반했지만, 사용인들은 그의 귀관을 진심으로 기뻐했다.

그리고 보아하니 최대의 위기를 넘긴 두 사람은 마침내 서로에게 사랑을 고백한 듯했다.

두 사람 다 남자인 이상 사교계에 공표할 수 있는 관계는 아니지만, 사용인들은 그런 건 전혀 신경 쓰지 않았다. 레오나르도가 행복을 손에 넣고, 미카의 아들과【팔라초 로셀리니】에서 평생 함께 살 테니까.

그 이상 바라는 것은 없었다.

그 이후로 매일 주인과 미카의 아들 언동 구석구석에서 두 사람이 서로를 깊이 사랑하고 있다는 것이 전해져 왔고, 사용인들도 자연스럽게 웃는 얼굴로 지내는 일이 많아졌다.

물론 섬기는 주인이 두 사람으로 늘어난 단테도 예전보다 훨씬 힘차게 저택 안을 관리했다.

행복은 행복을 부른다.

이번 가족 모임은 틀림없이 길보일 것이다.

오랜만에 가족끼리 단란하게 보내는 시간에 찬물을 끼얹는 실수가 있어서는 안 된다.

손님 여러분이 【팔라초 로셀리니】에서 체류하시는 동안 쾌적하게 지내실 수 있도록 해야 한다.

쭉 늘어선 사용인들을 앞에 둔 단테는 흥분과 긴장을 띤 그들 한 사람 한 사람과 눈을 마주친 뒤, 천천히 입을 열었다.

[좋은 아침입니다. 오늘은 손님 두 팀이 영주관을 찾으실 예정입니다. 루카 님과 시뇨레 막시밀리안 콘티, 그리고 에두아르 님과 시뇨레 나루미야. 네 분께서 기분 좋게 체류하실 수 있도록 성심성의껏 봉사합시다.]

*　　*　　*

우선 오전 중에 로셀리니가 삼남인 루카와 막시밀리안이 도착했다.

도착 소식을 듣고 사용인 일동이 마중을 나갔다. 주차 공간에 멈춰 선 리무진 뒷좌석에서 루카가 내려섰고, 막시밀리안이 그 뒤를 이었다.

단테는 돌로 된 바깥 계단을 내려와선, 가볍게 고개 숙여 인사했다.

"루카 님, 다녀오셨습니까?"

일부러 그 말을 고른 이유는 본가에서 나간 지 오래됐지만, 지금도 루카에게 【팔라초 로셀리니】는 변함없이 그가 태어나 자란 '집'이기 때문이다.

"응, 단테. 다녀왔어."

루카가 생글생글 웃으면서 인사했다. 여전히 사랑스럽고, 보는 사람을 행복한 기분으로 만들어주는 신비한 매력을 가졌지만, 기분 탓인지 표정이 어른스러워진 것 같다.

로셀리니가 삼형제 중에서 혼자만 나이 차이가 많이 나는 데다, 아버지와 형들에게 듬뿍 사랑받으며 자란 루카는 약간 소극적인 면이 있었다. 단테가 아는 루카는 항상 시중역인 막시밀리안의 윗옷 자락을 붙잡고 다리 뒤로 숨어 있었다.

그러나 지금 눈앞에 서 있는 청년의 갈색 눈동자에는 무어라 말할 수 없는 자신감이 깃들어 있었다.

"멀리서 오시느라 고생 많으셨습니다."

막내의 성장을 든든하게 느끼면서 말을 건 다음, 이어서 그 뒤에 서 있는 장신의 남성에게 미소를 지어 보였다.

"막시밀리안 님, 잘 오셨습니다."

"오래간만에 뵙겠습니다. 그동안 잘 지내셨죠?"

막시밀리안이 단테에게 존댓말을 쓰는 이유는 옛날에 단테 밑에서 일했기 때문이다.

처음 그와 만난 날을 지금도 생생히 기억한다.

어린아이들의 놀이 상대로 시설에서 거둬졌을 때, 그의 나이는 열 살이었다.

하지만 부모님을 일찍 여의고 천애고아의 몸으로 시설에서 지내온 성장 과정 때문인지, 청회색 눈에는 어딘가 인생을 달관한 듯한 체념이 훤히 보였다.

그가 똑똑한 아이라는 것은 지시에 대한 적확한 대응과 훌륭한 기억력을 통해 금세 알 수 있었다. 한 번 주의를 받은 일은 두 번 되풀이하지 않았다. 오히려 지시하기도 전에 먼저 움직였다.

돈 카를로도 그의 범상치 않은 총명함을 알아챘는지, 3년 후에는 가정교사로 고용된 미카 밑에서 아이들과 함께 일본어를 배우도록 했다.

하지만 주위 사람들은 전혀 빈틈이 없고 아이다운 감정을 겉으로 드러내지 않는 그와 거리를 두기도 했다.

그가 변한 것은 돈 카를로가 미카와 결혼하여 두 사람 사이에 아이가 태어나고 나서부터였다.

주인 부부의 신임을 얻은 막시밀리안은 태어난 아이를 돌보는 큰 임무를 맡게 되었다.

막시밀리안은 갓난아기를 키우는 사이에 변했다. 예전에는 스스로 뭐든지 할 수 있기 때문에 기억력이 나쁜 사람에게 짜증을 내는 일도 있었지만, 갓난아기를 상대로는 그런 기색을 보이지 않았다.

루카는 두 형과 달리 발육이 늦고 몸도 약해서 손이 많이 가는 아이였다. 단테는 막시밀리안이 그런 아이를 끈기 있게 돌봄으로써 인간적으로 성장할 기회를 가질 수 있었다고 생각한다.

성장한 막시밀리안은 돈 카를로의 오른팔이 되었고, 현재는 로셀리니 그룹의 핵심 부문에서 일하고 있다.

자신과는 이미 입장이 다르지만, 그래도 그의 활약을 전해 들을 때마다 과거에 함께 일한 동료로서 자랑스러운 기분이 들었다.

하지만 그 정도로 훌륭하게 큰 막시밀리안은 아직도 루카의 보호자에서 벗어나지 못한 듯했다. 이번에도 일부러 로마에서 만나 시칠리아까지 동행했다는 이야기를 듣고는, 여전히 루카를 과보호하는 막시밀리안을 떠올리니 흐뭇한 마음이 들었다.

막시밀리안도 오랜만에 찾은 【팔라초 로셀리니】를 만끽해준다면 좋을 텐데.

그렇게 바라면서 여행 가방을 각각 방으로 나르도록 스태프들에게 지시를 내린 단테는 두 사람 쪽을 돌아보았다.

"레오나르도 님과 아키라 님께서는 응접실에서 기다리고 계십니다."

*　　　*　　　*

오후가 되자, 이번에는 에두아르와 부하 직원인 나루미야가 도착했다.

동행이 있다는 이야기를 레오나르도로부터 들었을 때, 실은 매우 깜짝 놀랐다. 단테의 기억에 따르면 에두아르가 시칠리아를 떠난 이후로 친족 이외의 누군가를【팔라초 로셀리니】에 데려오는 것은 처음이었기 때문이다.

에두아르는 로셀리니 패밀리와 고향인 시칠리아에 오랜 세월 등을 돌리고 있었다. 귀성도 거의 하지 않는 데다, 아주 가끔 돌아와도 볼일이 끝나자마자 밀라노로 가버리고 말았다.

그 에두아르가 며칠 동안 체류하는 경우 자체가 이미 거의 없는 일인데…….

인간관계에 쿨한 에두아르가 대동하는 부하 직원은 대체 어떤 인물일지 흥미가 솟았다.

그리하여 실제로 만난 나루미야 아야토는 같은 일본인이라도 아키라와는 다른 타입이었다. 둘 다 이목구비가 또렷한 얼굴의 소유자지만, 나루미야가 아키라보다 약간 선이 가늘고 그윽한 분위기가 감돌았다.

존재감을 죽이고 에두아르를 따라 뒤에 서 있었다. 그것은 그의 직업이 호텔리어인 점과 관계가 있을지도 모른다.

나루미야의 현재 직책은 젊은 나이에 벌써 도쿄에 있는 '카사호텔 도쿄'의 총지배인.

에두아르는 특히 비즈니스에 관해서는 철두철미하게 냉정하다고 한다. 그 에두아르의 신임을 얻어 총지배인으로 임명되었으니 아마 상당히 유능할 것이다.

"나루미야라고 해. 도쿄에 있는 '카사호텔 도쿄' 총지배인이자 나의 소중한 브레인이기도 하지."

동행자를 소개한 에두아르의 얼굴은 어딘지 자랑스러워하는 듯 보이기마저 했다. 총애하는 부하를 고향 사람들에게 자랑하고 싶다는 속내가 훤히 배어 났다.

그런 에두아르를 처음 본 단테는 이 일본인이 에두아르에게 매우 소중한 존재임을 직감적으로 깨달았다.

그 나루미야와 운 좋게도 개인적으로 이야기를 나눌 기회를 얻었다.

산책 도중에 안뜰을 바라보는 그와 우연히 만난 것이다.

"에두아르 님 없이 혼자 계셨습니까?"

그렇게 말을 걸어 시작된 잠깐의 대화였지만, 매우 유익한 시간이었다.

나루미야는 【팔라초 로셀리니】를 유지하는 스태프들의 일에 흥미가 있는 듯했다. 그런 면을 주시하는 건 역시 마찬가지로 환대를 최우선으로 여기는 일에 종사하고 있기 때문일 것이다.

친밀감을 느낀 단테는 그만 평소라면 손님에게 하지 않는 말을 해버렸다.

"나루미야 님, 주제넘는 말인 줄은 알지만, 부탁 하나만 드리겠습니다. 부디 앞으로도 오래오래 에두아르 님의 곁에 있어주십시오."

그것은 【팔라초 로셀리니】에서 일하는 사용인을 대표한 마음이었다. 레오나르도도 에두아르도 넘치는 카리스마 탓에 강한 정신력만 부각되는 경향이 있지만, 어렸을 때부터 그들을 지켜봐 온 단테는 그들이 얼마나 섬세한 면모를 지녔는지도 잘 알고 있었다.

레오나르도는 아키라라는 반려자를 얻었다. 루카에게는 막시밀리안이라는 수호자가 있다.

에두아르의 곁에도 그를 이해해주는 사람이 있어준다면 마음이 든든했다.

나루미야는 주제넘는 부탁을 언짢게 여기지 않고 기꺼이 받아들여 주었다.

"지금은 아직 에두아르의 도움이 될 기회가 적지만, 앞으로는 저 나름대로 성장해서 최선을 다해 그의 힘이 되고 싶어요. 곁에 있기를 허락해주시는 한, 성심성의껏 모실 생각입니다."

성실한 대답을 듣고 나니 단테의 입가에 미소가 떠올랐다.

"감사합니다."

단테는 마음에서 우러나오는 감사를 담아 머리를 깊이 숙였다.

*　　*　　*

나루미야와 헤어진 단테는 후련한 마음으로 집사실로 향했다. 오늘 저녁 식사에서 사용할 은식기를 닦기 위해서였다.

손님 두 팀을 무사히 맞이했지만, 내일은 돈 카를로 일행이 도착한다.

전 당주를 맞이하는 내일이야말로 어떤 의미로는 고비였다.

오랜만에 와보니 사용인의 질이 떨어져 있었다……고 여겨져선 안 된다. 그럼 현 당주의 교육이 부족하다는 의심을 사게 된다.

레오나르도를 위해서도 지금 이상으로 융숭한 대접을 해야 한다.

　마음을 다잡고 있으려니, [단테 씨.] 하고 자신을 부르는 목소리가 들렸다. 돌아보자, 그곳에는 클라리사가 서 있었다. 오랫동안 저택에서 봉사해 온 하우스메이드를 통괄하는 하우스키퍼가 물었다.

　[객실 턴다운은 몇 시에 할까요?]

　[글쎄요. 저마다 사용하시는 시간이 있으니까요.]

　단테는 잠시 생각한 뒤, 고개를 끄덕였다.

　[집사실에서 의논하죠. 은식기를 닦으면서 얘기해도 괜찮으시죠?]

로셀리니가의 아들 5
◆계승자◆상

초판 1쇄 인쇄 / 2019년 12월 5일
초판 1쇄 발행 / 2019년 12월 16일

지은이 / Kaoru Iwamoto
일러스트 / Ai Hasukawa
옮긴이 / 심이슬
펴낸이 / 오영배
편집진행 / 조혜영, 김은경, 오정인
책임편집 / 삼양코믹스 일본만화 편집부
디자인 / 이희종
펴낸 곳 / (주)삼양출판사

주소 / 서울 강북구 도봉로 173 캠프 6층
편집부 전화 / (02) 980-2140
영업부 전화 / (02) 980-2112
FAX / (02) 983-0660
등록번호 / 제 9-46호
등록일자 / 1999년 3월 11일

THE SON OF THE ROSSELLINI FAMILY Volume 5 SUCCESSOR
ⓒKaoru Iwamoto 2011, 2014
Illustration by Ai Hasukawa
First published in Japan in 2014 by KADOKAWA CORPORATION, Tokyo.
Korean translation rights arranged with KADOKAWA CORPORATION, Tokyo.

ISBN 979-11-283-9737-0 / ISBN 979-11-283-9693-9 (세트)

한국어판 저작권은 (주)삼양출판사가 가지고 있습니다.

*이 작품은 저작권법에 의해 보호를 받으며 무단 전재나 복제는 법으로 보호 받을 수 없습니다.
*한국 내에서만 유통 판매가 가능합니다.
*잘못 만들어진 책은 구입하신 서점에서 교환해드립니다.

은 (주)삼양출판사의 BL번역소설 레이블입니다.